麥　田　人　文

王德威／主編

麥田出版

「現代」的移植與翻譯

日治時期台灣小說的後殖民思考

The Transplantation and Translation of "Modern":
Postcolonial Thinking in Colonial Literature from Taiwan

朱惠足 ——著
Huei-chu Chu

麥田人文 126

目次

序章

民族國家「間隙」中台灣的現代性形構

殖民現代性是探索當下我們共有狀態成形過程的方式之一，它顯示出歷史脈絡並不是由國家、文明、發展階段等具有明確定義且互相獨立的要素所決定，而是一個多重的關係或物質在時空上環環相扣的複合場域，可由特定位置進行縱覽探索。（巴蘿〔Tani E. Barlow〕）

我曾經不解於台灣老一輩經歷過日本殖民統治的阿公阿嬤，爲什麼對異民族殖民統治的「日本時代」充滿無限的懷念與憧憬。一九九六至二〇〇二年期間，我在日本念書，從日本觀察部分台灣本土派與日本右派軍國主義者彼此唱和，試圖合理化日本的台灣殖民統治，才了解到老一輩台灣人對日本濃厚的鄉愁，背後有著複雜難解的錯綜關係。在後解嚴期的台灣，某些本土派肯定日本在台灣五十年的殖民統治及其遺產，是爲了否認台灣與中國在歷史上的聯繫（不管是國民黨或北京政府的版本）。日本的右派國族主義者則抨擊戰後日本對於戰前日本殖民地支配及戰爭責任的「自虐史觀」有損日本人尊嚴，繼而提出充斥強烈軍國主義思想、歧視其他亞洲國家的「修正」版本。基於共通的假想敵「中國」，這些日本人與台灣人透過有力台裔日本人之仲介，迅速結成同盟，互相唱和。當他們試圖合理化日本的台灣殖民統治時，總是援引日本在台灣實施的現代化事業爲佐證：一九二〇年代，台灣的交通網、度量衡貨幣及語言的統一、衛生建設、教育制度、基礎工業建設大致完成；一九三七年中日戰爭爆發後，日本在台灣迅速展開軍事工業化。他們表示，這些現代化建設不但大幅改善戰前台灣人的生活，還爲戰後台灣的經濟奇蹟奠下基礎，是日本殖民統治帶給台灣的「恩惠」。

也就是說，戰後持續支配台灣的「親日情結」，除了源由於對戰後國民黨外來政權「半殖民統治」的不滿、日台間的後殖民經濟交流外，有很大的部分來自於對「現代」的無條件擁抱與憧憬。日本殖民統治不但帶來西方的現代物質、制度、思想與文化，更帶來民族意識、國民性等現代國族主義的相關概念，使得台灣脫離傳統移墾社會形態，進入「文明時代」。正如紀錄片《跳舞時代》所呈現的，當日本引進的西方現代物質與文化散發著「文明的香氣」，滲透到休閒娛樂、兩性關係等一般庶民切身的日常生活當中時，日本的殖民統治就開始產生一種壓迫與榨取之外的色彩。尤其是，台灣人知識分子掙扎於對「文明」的嚮往，以及對「日本」文化的抗拒之間，試圖將前者與後者切離，然後只擷取他們想要的前者。但日本引進的西方現代事物已被注入濃厚的日本意涵（透過明治維新以來的西化運動），很難進行切割。

從日本殖民者的角度來看，這些西方現代事物與思想爲兩刃之劍，在成爲實行殖民統治與管理工具的同時，做爲無法擺脫的「西方殖民」歷史夢魘之印跡，也具有從根底威脅殖民統治的潛在危險性。以上這些點顯示出，打從一開始，透過日本殖民統治引進台灣的「現代」，就已經具有多重而矛盾的性質，無法從單一的角度進行分析與評價。然而，這些惱人的多重性與矛盾性，正是追溯殖民地文化複雜權力關係與主體形構過程的重要線索。如果我們希望避免以日本人／台灣人、殖民者／被殖民者、壓迫／被壓迫、屈從／抵抗等化約的二元對立，來理解日本殖民統治時期台灣的社會與文化，那麼，殖民地主體（同時包含殖民者與被殖民者）如何圍繞著「現代」物質、制度、思想與文化等逐漸被形構，就成爲一個首先需要釐清的問題。

一般認爲，「現代性」首先出現在十八世紀的西歐，然後隨著西歐國家的海外擴張而擴散到世界各地，主要內涵爲英國工業革命以及法國大革命影響下所產生的理性主義、啓蒙思想、個人主義、工業化、國族主義，以及國際資本主義。「現代性」在西歐的發生，與其海外殖民地統治有著密不可分的關係。事實上，近年來的殖民地研究也指出，西歐中產階級做爲「現代性」的主要生產者與消費者，同時將海外的被殖民者與國內的勞動階級建構爲「他者」，據此形構並強化自我認同。[1]也就是說，西歐的現代主體並非先驗性的存在，而是透過帝國的海外殖民地經營，在本國與殖民地之間的雙向往返過程當中建構出來的；不管是殖民者與被殖民者，都在這殖民主義與現代性的交錯當中，摸索建構出相關的國族、階級與性別認同。

近年來西方學術界對於殖民主義與現代性相互關係的討論，多將以上這兩點視爲前提。在亞洲研究方面，巴蘿首先明確提出「殖民現代性」（colonial modernity）的概念，透過《形勢》（*positions*）期刊的專輯策畫以及之後的結集專書《東亞殖民現代性之形成》（*Formations of Colonial Modernity in East Asia*），討論東亞的中國、日本、沖繩、朝鮮等區域，在殖民主義與現代性的矛盾與共犯關係下，建構在地自我與民族認同的複雜歷史過程。巴蘿在專書序章開宗明義地指出，「殖民主義與現代性是工業資本主義兩個不可分割的特徵」，馬克思以後的左翼思想家都意識到，「現代性」不可與其政治經濟學的脈絡切離，也絕非一般所認爲地先行於殖民主義。因此，不管是非歐洲國家殖民地的現代性，或是歐洲現代性的殖民主義核心，都是不爭的事實。[2]劉禾（Lydia He Liu）的《跨語際實踐：文學，民族文化與被譯介的現代性（中國，一九〇〇－一九三七）》（*Translingual Practice: Literature, National Culture, and Translated Modernity--China, 1900-1937*）探討中日戰爭以前的近現代中國，如何在她稱爲「語際實踐」的過程之中，透過從西洋與日本引進的現代物質、思想與文化，建構現代國族認同與敘事。[3]史

1 John L. Comaroff and Jean Comaroff, *Of Revelation and Revolution, Volume 2: The Dialectics of Modernity on a South African Frontier* (Chicago: University of Chicago Press, 1997). 這本探討南非殖民主義、資本主義與現代化過程相互關係的歷史專書，提到中產階級式「文明」與「現代」的概念，是透過殖民地的被殖民者及殖民者社會底層、帝國本國內陸都市或下層階級所代表的「未開化」與「前現代」之對照，才得以建構成形（頁一九－二九）。另外，史托蕾（Ann Laura Stoler）也以荷屬東印度群島殖民地爲例，探討歐洲中產階級殖民者的階級與性別建構過程（"Cultivating Bourgeois Bodies and Racial Selves," *Race and the Education of Desire: Foucault's History of Sexuality and the Colonial Order of Things* [Durham: Duke University Press, 1995]）。

2 Tani E. Barlow, "Introduction: On 'Colonial Modernity'," in *Formations of Colonial Modernity in East Asia*, ed. Tani E. Barlow (Durham; London: Duke University Press, 1997).

3 Lydia H. Liu, *Translingual Practice: Literature, National Culture, and Translated Modernity--China, 1900-1937* (Stanford,

書美（Shu-mei Shi）的《現代的誘惑：書寫半殖民地中國的現代主義（一九一七—一九三七）》（*The Lure of the Modern: Writing Modernism in Semicolonial China, 1917-1937*）探討一九一七年五四運動至一九三七年中日戰爭爆發期間，中國知識分子如何因應中國的「半殖民地」狀況，建構與發展現代主義文學。[4] 酒井直樹（Naoki Sakai）的《翻譯與主體：論「日本」與文化國族主義》（*Translation and Subjectivity: On "Japan" and Cultural Nationalism*）則探討明治維新後的日本，如何「翻譯」西方式的主體性，以建構自身做為黃色人種帝國的國族與自我認同。[5] 由哈佛大學亞洲中心出版的專書《韓國的殖民現代性》（*Colonial Modernity in Korea*），則從印刷媒體、思想與文學、「農民」概念的歷史發展等面向，討論日本殖民統治時期朝鮮的殖民現代性。序章當中特別提到，這本書試圖挑戰既有單一的殖民地歷史與文化解釋，在殖民主義、現代性與國族主義的交錯下形成的歷史場域，探索朝鮮人與日本人建構認同的互動過程。與台灣相當不同的是，戰後韓國的國族主義者傾向於低調處理日本在殖民地朝鮮的現代化工程。因為他們認為，現代性象徵歷史「進步」，與殖民主義的「倒退」現象互不相容。[6]

這些英文專書均意識到現代性與殖民主義之間的相互關係，探討西方帝國以強大軍事力打開中國與日本門戶，原有以中國為中心、共享漢字文化的東亞秩序瓦解之後，中國、日本、朝鮮等東亞國家如何因應外來的刺激與衝擊，各自在重層的權力關係之下，對於西方現代物質與文化進行複雜的接受與演繹，並藉此建構現代國族認同。由此研究動向也可以看到，東亞地區現代性的發生，與西方帝國主義、殖民主義入侵下，東亞各國國族主義之興起，以及兩者之間複雜的模仿與競爭關係密切相關：日本與中國爲了抵抗西方船艦砲利的入侵，分別展開大規模的富國強兵與西化運動，試圖建構現代民族國家；歷經明治維新西化運動後的日本，先後打敗中俄兩大強國，躋身世界列強，取得台灣與朝鮮兩個殖民地成爲後進帝國，並引進現代物質與制度至殖民地以遂行異民族統治。也就是說，現代性的發生與國族主義、帝國主義、殖民主義的緊密結合並非偶然，而是普遍存在於（西方或非西方國家）現代性形構過程中的歷史現象。

問題是，從早期的鄭成功政權到戰後的國民黨政權，台灣做爲「國家」的定位一直都不明確，造成現代性在東亞的中國、日本，甚或戰前同爲日本殖民地的韓國等民族國家發展的歷史過程，無法完全套用於台灣的狀況。現代性的發生既然與國族主義密切相關，我們該在什麼樣

Calif.: Stanford University Press, 1995).

4 Shu-mei Shih, *The Lure of the Modern: Writing Modernism in Semicolonial China, 1917-1937* (Berkeley: University of California Press, 2001).

5 Naoki Sakai, *Translation and Subjectivity: On "Japan" and Cultural Nationalism* (Minneapolis: University of Minnesota Press, 1997).

6 Gi-Wook Shin and Michael Robinson, "Introduction: Rethinking Colonial Korea," in Gi-Wook Shin and Michael Robinson ed., *Colonial Modernity in Korea* (Cambridge, Mass.: Harvard University Asia Center: Distributed by Harvard University Press, 1999), pp. 1-18.

的脈絡下，理解它在台灣這樣一個「非國家」島嶼上的發展？

事實上，現代性在台灣的發生，同樣也以國族主義及其產物帝國主義、殖民主義在東亞地區的發展與角力關係爲背景。十七世紀初期，西班牙人、荷蘭人以帝國軍事力量爲後盾占領台灣部分地區，西洋物質與資本主義開始在台灣出現。十九世紀後半，以西洋列強爲中心的「資本主義全球體制強制性收編與吞噬」[7]延燒東亞，試圖抵抗的東亞諸國積極展開西洋式富國強兵運動，引發國族主義與現代化工程的發生與競爭，大獲全勝的日本成爲新興的東亞帝國。在這過程當中，清朝於一八八四至一八八五年的中法戰爭中認識到台灣在軍備位置上的重要性，開始透過福建省在台灣建設鐵路、電信並進行教化（包含原住民的漢化）。然而，一八九五年台灣割讓日本，日本運用明治維新經驗在台灣展開的現代化建設，在不同的殖民統治階段，分別成爲殖民地軍事征服（一九二〇年代以前）、建設台灣爲日本國內米糖供應地（一九二〇—一九三七）或南方軍事基地（一九三七年之後）之基礎。就這樣，長久以來受到邊緣化的台灣，先後成爲清朝海軍要地及日本南進跳板，在西方帝國主義、鄰近的東亞各國國族主義及新興日本殖民主義的層層開展與角力關係中，引進、產生了具有複雜樣貌的現代性。這也是爲什麼，一九九〇年代後期積極提倡國族主義的日本右派與台灣本土派，會如本章開頭所示地，援引台灣現代化「成果」來合理化戰前的日本殖民統治。

從戰前到戰後，現代事物在台灣的導入、萌芽、發展與轉折，具體因應著不同歷史階段下，西方及鄰近東亞各國的帝國主義、殖民主義與國族主義之發展。相較於西方各國的影響，台灣現代性的形構，尤其受到中國國族主義與日本帝國主義、殖民主義影響最大，舉凡西方的物質、制度、思想與文化，幾乎全是以中國及日本兩國爲媒介，間接引進台灣。也就是說，台灣的殖民現代性，是在西洋、日本、中國等複數的帝國主義、殖民主義與國族主義角力關係的「間隙」（interstice）中，透過西方現代物質、制度、思想與文化的移植（西洋→台灣）與再移植（西洋→中國或日本→台灣），漢字文化多重的接受、借用與（語言）翻譯所媒介的文化翻譯，以及這些多重的移植與翻譯過程中產生的不同主體位置，所形構出來的。

在千禧年前後的台灣，各個人文與社會科學研究領域，都針對日本殖民統治下台灣的現代性形構過程，提出具有原創性的研究。呂紹理《水螺響起：日治時期台灣社會的生活作息》從日治時期透過午炮等人工音、廣播等來宣導守時、進行時間規律化的過程，來討論現代的身體規訓。[8]夏鑄九〈殖民的現代性營造——重寫日本殖民時期台灣建築與城市的歷史〉從世界史的觀點探討日治時期台灣的建築與都市計畫，將其定義爲沒有主體建構過程的現代性。[9]這兩

7　芝原拓自，《日本近代化の世界史的位置—その方法論的研究》（東京：岩波書店，一九八一），頁一〇。

8　呂紹理，《水螺響起：日治時期台灣社會的生活作息》（台北：遠流，一九九八）。

9　夏鑄九，〈殖民的現代性營造——重寫日本殖民時期台灣建築與城市的歷史〉，《台灣社會研究季刊》四〇期（二〇〇〇年十二月），頁四七—八二。

份專書或論文出版時間較早，可說是台灣殖民現代性的先驅性研究。在歷史研究方面，傅大爲《亞細亞的新身體：性別、醫療與近代台灣》當中有兩個篇章透過日治時期台灣現代婦產科與產婆、女醫的出現，討論現代醫療的引進與傅柯（Michel Foucault）所謂的身體規訓之間的問題。[10]與此相關，許佩賢的專書《殖民地台灣的近代學校》則分別透過國語傳習所、公學校的創設、教科書、戰爭時期的學校動員、體操、唱遊等身體的規律化等，從教育的角度思考台灣的殖民現代性。[11]陳培豐《「同化」的同床異夢：日治時期台灣的語言政策、近代化與認同》討論蔡培火等台灣人知識分子如何試圖接受日本殖民統治帶來的「文明化」，同時又抵抗「日本化」。[12]若林正丈、吳密察主編的《台灣重層近代化論文集》與《跨界的台灣史研究：與東亞史的交錯》兩本論文集當中，有多篇論文針對日治時期台灣在政治、社會、教育、媒體、女性各層面的現代化發展與現代性建構，提出歷史學的資料爬梳或理論建構。[13]

在台灣文學研究的領域，劉紀蕙的論文〈從「不同」到「同一」——台灣皇民主體之「心」的改造〉以皇民化時期的論述與小說爲對象，探討這個時期台灣人的主體認同機制如何在現代性的尺標之上，遵循日常生活的奉公守法、自慚形穢、排除異質物的正義凜然、捨身成仁等道德原則，完成「心」的改造工程。[14]專書方面，陳芳明《殖民地摩登：現代性與台灣史觀》首先透過現代性在台灣的發展，探討殖民地時期台灣作家與作品當中，對於民族精神、左翼運動、女性議題等概念的演繹，並延伸至圖像政治與文學史書寫等問題。[15]黃美娥《重層現代性鏡像：日治時代台灣傳統文人的文化視域與文學想像》討論日治時期台灣的傳統文人，如何在繼承傳統文學與社會價值觀的同時，受到大衆媒體及文明啓蒙論述的影響，面對現代物質文明、思維方式及文學典律，呈現複雜的反應，試圖在新的世界圖像中定位自我及台灣。[16]陳建忠《日據時期台灣作家論：現代性、本土性與殖民性》則分別透過啓蒙主義小說、普羅／本土主義小說、與都市／現代小說、皇民化主題小說等，討論日治時期台灣文學現代性的形式變化，以及思想上對殖民性與本土性的思考。[17]此外，廖炳惠（Ping-hui Liao）與王德威（David

---

10 傅大爲，《亞細亞的新身體：性別、醫療與近代台灣》（台北：群學，二〇〇五）。

11 許佩賢，《殖民地台灣的近代學校》（台北：遠流，二〇〇五）。

12 陳培豐著，王興安、鳳氣至純平譯，《「同化」的同床異夢：日治時期台灣的語言政策、近代化與認同》（台北：麥田，二〇〇六）。

13 若林正丈、吳密察主編，《台灣重層近代化論文集》（台北：播種者文化，二〇〇〇）；若林正丈、吳密察主編，《跨界的台灣史研究：與東亞史的交錯》（台北：播種者文化，二〇〇四）。

14 劉紀蕙，〈第八章／從「不同」到「同一」——台灣皇民主體之「心」的改造〉，《心的變異：現代性的精神形式》（台北：麥田，二〇〇四），頁二三三—六九。這本專書透過歷史的精神分析式探問，討論中國與台灣在現代化的過程中，原本流變萬端的「心」，如何僵化固著於國家等某一特定對象。

15 陳芳明，《殖民地摩登：現代性與台灣史觀》（台北：麥田，二〇〇四）。

16 黃美娥，《重層現代性鏡像：日治時代台灣傳統文人的文化視域與文學想像》（台北：麥田，二〇〇四）。

17 陳建忠，《日據時期台灣作家論：現代性、本土性與殖民性》（台北：五南，二〇〇四）。在後來的單篇論文當中，針對

Der-wei Wang）編著的英文論文集《日本殖民統治下的台灣，一八九五—一九四五》（*Taiwan under Japanese Colonial Rule, 1895-1945: History, Culture, Memory*）爲目前引介日治時期台灣研究成果最周詳的英文文獻，分別從歷史學、文學、媒體與美術等領域的角度，探討台灣殖民現代性的形構與相關問題。[18]

以上先行研究均探討西方的物質、制度、思想與文化，如何路經中國與日本後再度移植到殖民地台灣，以及在這樣的迂迴過程中，同爲漢字文化圈的中國、日本、台灣三者之間，對於西方式的「現代」進行什麼樣的翻譯與演繹。這些先行研究不但提供豐富的史料考察與資料整理，更對於本書各篇文章的問題意識與方法論，提供相當大的啓發與刺激。基於這些先行研究的既有成就，本書希望進一步思考以下問題：從前殖民地時期到殖民統治時期，台灣具有什麼樣獨特的歷史與地政學位置，促使其現代性發展採取不同的路徑、發生不同的演繹過程？具體而言，日本殖民統治下，透過日本與中國演繹的西方物質、語言、制度、思潮、文學形式等文化如何搬運與移植到台灣？如何與外來的漢人男性文化（本身亦爲來自從中國的移墾社會之產物）接觸、衝突、協商與交混，藉此生產出混雜而矛盾的殖民文化與主體？我尤其關心的是，台灣的現代性既是「繞道」前任宗主國中國與殖民地母國日本移植殖民地台灣的物質、制度、思想與文化所建構出來的，它的性質與樣貌如何受到這樣的「邊緣性」與「迂迴性」所決定？

本書透過日本殖民統治時期台灣人與日本人書寫的小說，討論台灣殖民現代性形構過程的多重與矛盾性質。除了文學相關理論與研究之外，並援引殖民地台灣歷史學、社會學、民俗學、人類學、帝國研究等相關領域的資料與既有成果，以捕捉殖民地台灣論述場域的整體面貌，進行跨領域的對話。殖民統治下的台灣社會充斥著種種帝國主義與殖民主義的意識形態，小說的虛構性，使其更能顯示出表面的華麗修辭所試圖掩蓋的種族、性別與階級的不平等權力關係。這些日文與漢文小說做爲殖民地統治下的文化產物，以混雜的內容、形式與主體位置，顯示出台灣多重複雜的現代性形構過程。

在分析小說文本之際，我特別留意殖民地台灣小說生產與消費背後的歷史與地政學位置之特殊性質。清領時期台灣的移墾社會爲少數人具有漢文讀寫能力，占人口大多數的農民則爲文盲的「半識字」（**semi-literate**）社會。反清復明的民族精神與政治意識形態，加上不同人種（漢人與原住民）與族群（閩客、漳泉等）之間的衝突，造成民變與械鬥頻繁發生。在這樣的社會動亂當中，庶民社會與文化展現韌性與活力，也逐漸出現在地富豪與士紳階級的興起。清

殖民現代性有更進一步的討論。請參照陳建忠，〈第一章／差異的文學現代性經驗——日治時期臺灣小說史論（一八九五—一九四五）〉，收入陳建忠、應鳳凰、邱貴芬、張誦聖、劉亮雅，《臺灣小說史論》（台北：麥田，二〇〇七），頁一五—一一〇。

18 Ping-hui Liao and David Der-wei Wang, *Taiwan under Japanese Colonial Rule, 1895-1945: History, Culture, Memory* (New York: Columbia University Press, 2006).

領末期，轉而重視台灣的軍事位置，引進政治與鐵路、電信等現代化工程，卻在未完成之際，台灣割讓給日本。日本殖民統治初期，一方面以日台共通的漢文化進行籠絡，一方面引進日本種族與文化優越論，來合理化異民族殖民統治。一九二〇年代以後日本在台的武力掃蕩完成，開始全力推動種種現代化工程，但拒絕提供台灣人接受高等教育的機會，造成台灣青年到日本或中國追求更高教育的現象。在東京的台灣知識分子創辦雜誌，試圖以文明啓蒙民衆、灌輸民族精神與現代意識，卻也在這樣的過程當中，無意識地接受殖民者的觀點，貶抑啓蒙對象的民衆，造成殖民地菁英與一般民衆之間的距離。到了一九三〇年代，與左翼論述、台灣話文論爭的風行平行的，是日本人與台灣人之間隨著教育、通婚與共同生活，種族、語言、文化的差異逐漸縮小，而有台灣人作家在日本文壇嶄露頭角，日本人將台灣在地文化進行翻譯並挪用來支撐帝國的殖民地統治與意識形態。兩者之間的文化交混，在一九三七年中日戰爭爆發後，進入另一個新的階段。台灣的前宗主國中國成爲日本帝國的敵人，總督府大力推行皇民化運動以掃除台灣的漢文化，以日本文化取代之，以塑造忠誠的帝國主體。然而，卻有熟知台灣語言文化的日本人，以及具有日文寫作能力的留日台灣人與時代逆行，創辦研究漢人習俗與文化的《民俗台灣》雜誌。同時，雖然報章雜誌的漢文欄受到禁止，以台灣在地民俗與文化爲題材的日文文學作品大量出現，直至一九四四年以後，整個台灣社會籠罩在軍國主義與大東亞戰爭思想底下為止。

透過日本殖民統治下台灣人與日本人書寫的小說，本書將探討在上述台灣獨特的歷史與地政學背景下，帝國殖民統治的複雜權力關係、主體位置，以及文化的移植與翻譯，如何形構台灣殖民現代性的內容與形式。序章（本章）首先概觀「殖民現代性」概念的產生與意義，接著討論殖民地台灣歷史與地政學位置的特殊性，如何影響其現代性形構的過程與方式。基於以上，將殖民地台灣的現代性形構，定義爲西洋、日本、中國等複數民族國家「間隙」中，多重矛盾的殖民地主體對於現代物質、制度、思想與文化，進行移植與翻譯的過程。

在進入小說的討論之前，第一章〈現代世界體系下的「台灣」——殖民地台灣的民族與階級論述，一九二〇—一九三七〉首先透過報章雜誌的論述性文章，探討兩次世界大戰間的一九二〇至一九三七年，台灣知識分子面臨日本帶來的殖民現代性，如何移植與翻譯世界性的民族與階級理論，試圖在新的「現代」世界體系下尋求自我定位。主要著眼於台灣知識分子如何因應西方、日本、中國、台灣之間重層的權力關係，進行殖民地民族與階級抗爭，對日本演繹後的西方「現代」，做出曲折繁複的反應。

第二章〈越界書寫——一九二〇年代台灣現代小說的誕生〉以一九二〇年代初期兼具現代語言、形式與內涵，但尚未受到正典化的小說群爲對象，討論現代小說在台灣的起源。首先將焦點放在初期小說文本與在地敘事傳統之動態關聯，分別討論國族主義、印刷資本主義與中產階級讀者這三個因素，在形構台灣現代小說時特有的運作方式。本章以小說文類在台灣的萌芽過程中時間與空間的連續性（而非斷絕性）爲出發點，試圖捕捉一九二〇年代初期台灣小說在傳統與現代、外來與本土之間的游移，藉此釐清台灣在殖民地統治下進行的文藝現代化經驗，呈現何種異於其西洋始祖以及中日先驅之獨特歷程。

第三章〈混淆的帝國、歧義的民族——西川滿〈台灣縱貫鐵道〉與朱點人〈秋信〉〉以西川滿的日文小說〈台灣縱貫鐵道〉（一九四三—一九四四）與朱點人的中文小說〈秋信〉（一九三六）爲對象，討論兩個殖民地文本對於從日本移植到台灣的鐵路及帝國意識形態之互異再現。首先在小說與歷史文獻的互文性討論下，探討第二代日本人殖民者西川滿的小說如何追溯殖民地台灣的現代化源頭，也就是一八九五年日本軍隊登陸台灣後的鐵路建設，藉此呼應中日戰爭下的帝國意識形態。接下來討論朱點人的小說，分析台灣人被殖民者如何抵抗日本的異民族統治及現代化工程，又如何在日本帝國空間連續遭受打擊。除了分析兩部小說裡現代物質與日本帝國的移植之歷史意涵，本章同時留意小說中混雜的語言使用，分別將其置於日本帝國主義與殖民主義、中國國族主義的脈絡中討論。

第四章〈空間置換與故鄉喪失的現代性經驗——殖民地台灣小說中的旅／居書寫〉以殖民地台灣小說中的旅行書寫爲題材，透過曾居住台灣的日本人作家中村地平〈在旅地〉（一九三四）與眞杉靜枝〈烏秋〉（一九四一），以及描寫東京經驗與歸台後心境的張文環〈父親的要求〉（一九三五）與周金波〈鄉愁〉（一九四三），探討帝國下的移動實踐與經驗，如何打破故鄉與他鄉、流動與定居、歸屬與游移、在地與外來、自我與他者等等，旅／居二分法衍生的種種界定人類存在形態之既有概念。更進一步地，透過這些挑戰既有旅／居相對性概念的旅行書寫，討論帝國下的旅／居辯證如何呈現帝國下空間錯置與故鄉喪失的經驗，這樣的經驗與殖民現代性的關係爲何，又如何受到民族、語言、文化、性別、身分等差異的介入。

第五章〈在地口傳的殖民演繹——「書寫」阿罩霧林家傳聞〉討論佐藤春夫〈女誡扇綺譚〉（一九二五）、楊守愚〈壽至公堂〉（一九三六）、賴和〈富戶人的歷史〉（未發表，創作日期不詳）等文本當中，對於阿罩霧（霧峰）林家民間傳聞的書寫。本章問題焦點爲「口傳」與「書寫」這兩種文化形式互相滲透與影響之方式，主要討論以口傳形式流傳於台灣民間社會的故事，在轉化爲日文或漢文的文字文本之際，所產生的語言與文化翻譯現象，以及在這些小說當中，庶民聲音如何與原有社會脈絡切離，轉化爲日本人殖民者或台灣人知識分子的特殊訊息。透過知識分子「書寫」民間傳聞的多重翻譯過程與媒介轉換，本章試圖思考殖民地台灣的帝國論述、在地性、殖民現代性三者之間的關係。

第六章〈「小說化」在地的悲傷——皇民化時期台灣喪葬習俗的文學再現〉以日本人作家庄司總一《陳夫人》（一九四〇—一九四三）、坂口䙥子〈鄭家〉（一九四一）、台灣人作家王昶雄〈奔流〉（一九四三）、辜顏碧霞〈流〉（一九四三）、呂赫若〈財子壽〉（一九四二）等五部皇民化時期的日文小說爲對象，針對其中的台灣喪葬習俗再現進行討論。相較於肉身情感／文化意涵之西方式二元對立，日本殖民者與台灣知識分子分別在個人情感、在地社會與殖民地差異的交錯之間，理解與詮釋台灣的喪葬習俗。本章討論這些作家與他們再現的台灣民俗間的相互關係，如何影響這些文學作品的生產、接受、評價，以及他們以「現代」日本文化取代「落後」台灣文化的帝國實踐方式。本章將五部小說中的民俗書寫視為異文化接觸、殖民地主體位置、帝國政策交錯之場域，探討日本人與台灣人作家對在地哀悼儀式的互異文化翻譯。

終章〈做為「移植」與「翻譯」的現代性〉則將本書各章對於異民族與異文化接觸、殖民地與帝國主體的建構，以及兩者交織下殖民現代性生成過程的討論，放置在後殖民文化翻譯理論與歷史研究當中，以思考台灣殖民現代性形構的特殊性質，進而延伸到台灣在主體性與後殖民論述的可能性等相關問題。最後並提出，不僅止於殖民地台灣，在日本、中國，甚至西方，現代性的形構本身就是一個在帝國政經力學牽動下，多樣民族、人種、語言、文化與歷史交錯、不斷重劃疆界的「交界場域」，需要放置在不同物質、制度、思想與文化，透過多重「移植」與「翻譯」互相抗衡與混合的過程當中審視。

本書以台灣漢人男性以及日本人男性之著作為主要討論對象，僅有部分篇幅討論女性作家的作品，對於台灣原住民相關議題則幾乎沒有處理到。事實上，殖民地台灣的現代性形構雖然掌控在日本人與漢人手中，位處社會邊緣的女性與原住民，不僅做為「現代」的他者與啓蒙對象而存在，更藉由實際的言論、書寫或生活實踐，挑戰著主流文化充斥種族與性別歧視的現代性論述，理應成爲本書的討論脈絡之一。然因篇幅所限，加上筆者力有未逮，對於日本殖民統治時期女性與原住民所處的相關歷史社會狀況尚無深刻掌握，無法同時納入本書處理的範圍內，留待日後的後續研究與討論。

在格式方面，本書之引文皆改爲新式標點與現代漢字。本書當中所有日文的小說文本與相關文獻之引用，均爲筆者自譯，已有中譯本者，則在書目註釋後面附上既有中譯本頁數，以便讀者參照。選擇這樣的做法是因爲，在本書的討論當中，小說文本與文獻的形式（文字）部分與其內容具有相等的重要性，爲求本書論述的精確性與一貫性，均採用筆者自身的翻譯，以傳達筆者對於文本或文獻的理解。更希望這樣的「翻譯」行爲，能成爲本書對殖民地台灣小說進行後殖民思考的實踐之一。

第一章

現代世界體系下的「台灣」

——殖民地台灣的民族與階級論述，一九二〇——一九三七

自十九世紀中葉開始，西方列強挾持強大軍事力量席捲亞洲，東亞各國在政治經濟上受創侵榨，在文化思想上也遭受前所未有的衝擊，先後進行西化取向的現代化工程，建構現代國家與國族主義以救亡圖存。我們在序章當中已經談到，在這樣的歷史脈絡下產生的東亞地區現代性，與西方帝國主義、殖民主義與東方新興國族主義之間複雜的模仿與競爭關係密切相關。不管是日本或中國，既然是透過移植、模仿西方的物質、制度、思想與文化，以抵抗西方的政治經濟入侵，其現代性形構從一開始便充滿著逆說與矛盾。

尤其是日後成爲第一個亞洲黃種人帝國的日本，更對西方所象徵的「現代」展現既愛又恨的複雜情結。根據美國東亞歷史學者哈洛杜尼恩（Harry Harootunian）對於兩次世界大戰期間（一九二〇—一九三七）日本思想史的研究，日本明治維新以來的現代產業原本以輕工業爲主，第一次世界大戰參戰後，才轉化爲因應軍需的重工業，迅速發展爲與西方列強並駕齊驅的世界強國之一。同時，現代資本主義也促成急速的都市化，繼而帶來大眾消費社會的蓬勃發展。面對日本做爲後進資本主義（late capitalism），一味模仿外來的西方文化，傳統價值與文化迅速流失的現象，日本知識分子產生文化危機感，試圖進行「現代的超克」（近代の超克）。[1] 他們努力在瞬息萬變的現代世界中，尋找一個可據的穩定基盤，以保有民族與文化的認同，在西方資本主義帶來的「均質化」都市生活形態中，標示自己的差異性。日本知識分子或如哲學家戶坂潤，以馬克思主義的立場批判充斥西方商品消費文化的都市生活，思考未來的走向；或如哲學家和辻哲郎、民俗學者柳田國男一般，試圖回到未受西方污染的過去，尋找並復興日本人固有的倫理價值觀與美學。[2]這兩種「超克」外來西方資本主義文化的方式，正是基於對「現代」帶來的危機之不同界定，而產生的反資本主義的「階級」立場，以及反西方的「民族」立場。然而，兩者後來卻都走向現代國家的全體主義，隨著一九三〇年代日本的海外擴張行動，逐漸步上法西斯主義之路。

做爲日本的殖民地，台灣的現代知識分子[3]如何在中國／日本、亞洲／歐美、東洋／西洋等全球性二元對立的關係當中，呼應或反對日本人知識分子之論述，以尋求台灣在現代世界

---

1 日文的「超克」爲超越、克服之意。「現代的超克」（近代の超克）爲一九四二年七月日本的《文學界》雜誌主辦的座談會名稱，匯集文學、哲學、歷史學、神學與科學界的菁英學者，反省日本在西化的現代化過程中產生的文明危機，並思考突破困境的可能性以及日本往後的定位。參照林巾力，〈西川滿「糞寫實主義」論述中的西方、日本與台灣〉，《中外文學》三四卷七期（二〇〇五年十二月），頁一五五－五八。此外，日本將 modernization 翻譯爲「近代化」。在日本史的斷代上，「近代」（modern）指的是從明治維新以後至一九四五年日本戰敗爲止的期間，「現代」（contemporary）則是指一九四五年日本戰敗後至今。

2 Harry Harootunian, *Overcome by Modernity: History, Culture, and Community in Interwar Japan* (Princeton, N. J.: Princeton University Press, 2000).

3 接受現代教育的知識分子。本書以此一類型的知識分子爲討論對象，至於殖民地台灣的傳統文人如何因應時代變化，在新的現代世界圖像中定位台灣，參照黃美娥，《重層現代性鏡像》。

體系下的定位？尤其是，日本大量引進殖民地台灣的西方現代事物，已經被注入「日本」的政治與文化意涵，將「文明化」與「日本化」的雙軌合而為一。台灣知識分子如何因應西方、日本、中國、台灣之間重層的權力關係，進行殖民地民族與階級抗爭，對日本演繹後的西方「現代」，做出屈折而繁複的反應？在進入日治時期小說的討論之前，本章首先藉由報章雜誌的論述性文章，探討第一次世界大戰結束後到中日戰爭爆發前的一九二〇至一九三七年之間，台灣知識分子面臨日本帶來的殖民現代性，如何移植與翻譯世界性的民族與階級理論，試圖在新的「現代」世界體系下尋求自我定位。

一、台灣進入「現代世界」的方法：以日本、中國、歐美為媒介

一九二〇年代初期創刊於東京的《台灣青年》與《台灣》雜誌，是出自台灣人之手最早的印刷媒體，也是台灣人知識分子面對新的世界局勢與思潮，針對殖民地台灣的民族、階級與性別[4]等現代性相關議題，以及台灣如何在現代世界的新秩序中尋求自我定位，提出系統性辯證的最初場域。兩雜誌先在東京印製發行，之後才輸入台灣，採取從帝國首都「回流」台灣的獨特途徑。[5]兩雜誌均同時設置「日文之部」與「漢文之部」，「日文之部」的撰稿者除了日本的台灣人留學生，日本人政治家與學者也占很大比例，透過雙方的對話，試圖跨越殖民地的種種

箝制，直接訴諸日本國內有良心的知識分子，以改善日本對台灣的殖民統治政策。

兩雜誌發行的一九二〇年代初期正值第一次世界大戰結束，國際聯盟成立，如何解決不同民族與國家之間的紛爭、尋求民族的平等與和平共存，成爲全球關注的議題。具體而言，第一次世界大戰後，美國取代英、法、德等老牌帝國成爲世界中心，美國總統威爾遜（Thomas Woodrow Wilson）提出的民族自決原則蔚爲風潮，殖民地朝鮮的三一獨立運動卻受到日本無情鎮壓，中國在內憂外患下民族意識高漲，推行五四文化運動。日本則因參戰有功，躋身世界五大強國之一，接收德國在山東省與赤道以北的南洋群島之權益，並持續西伯利亞的出兵，引起中國等其他國家的不滿。同時，在美國加州發生大規模的日本移民排斥運動。在殖民地台灣，一九一五年西來庵事件受鎮壓後漢人武裝抗日停息，一九一九年第一任文官總督田健治郎就任，一九二一年林獻堂等人展開台灣議會設置請願運動，台灣的民族抗日運動轉向溫和的文化社會運動。

4　兩雜誌有多篇文章在全球性女權思潮當中，反省台灣女性所處的封建壓迫處境，《台灣青年》「中國通信」專欄並介紹北京女權運動、湖南女性參政、中國女權同盟會招待國會議員以爭取憲法保障等，台灣以外地區女權的運動現況，但尚未具體將台灣婦女問題與全球性民族、性別與階級運動進行具體結合。

5　包含其後身《台灣民報》（一九二三—一九三〇）直至一九二七年爲止也都先在東京發行。關於這樣的生產與流通途徑如何影響初期台灣現代小說的形式與內容，請參見本書第二章。

此一歷史脈絡顯示出，第一次世界大戰後成爲世界強國的日本，開始對西方資本主義文化與網絡下日益均質化的現代世界進行反撲，做爲新興的亞洲黃種人帝國，大舉進行軍事政治擴張行動，與西方列強競爭，並取代中國成爲東洋新盟主。成功西化後的日本與西方列強、中國之間的勢力消長，直接衝擊日本的殖民地台灣，也具體影響台灣人知識分子推行民族運動時所採取的策略。一九二〇年七月《台灣青年》創刊號裡林呈祿的日文文章〈新時代台灣青年之覺悟〉，[6]可說是台灣知識分子在新的世界秩序與思潮下批判日本殖民政策，並爲台灣進行定位的先驅性文章。林首先感嘆台灣歷經二十五年殖民統治後，雖在物質上有進步，在精神與文化上卻沒有長進。接著，他概觀大戰後世界急遽變化，舊有專制軍國主義與資本主義下強者欺壓弱者的思想與制度，爲人道正義、自由和平的精神所取代。之後進入正題，討論日本與台灣如何因應世界的新局勢與新思潮，爲世界改造與人類解放貢獻心力。日本在巴黎和會上成爲世界強國，從「舊時代孤島的日本」變成「新時代世界的日本」，受到世界新思潮的洗禮，進行種種改造以因應新舊思想的衝突。[7]然而，在殖民地台灣的治理上，卻未能擺脫老舊的思想與制度，沒有考慮到台灣漢人具有優秀文明，一味實行強制的日本同化政策。林呼籲日本順應新的時代潮流，調整殖民統治的方針：

> 唯一殘留下來徒留遺憾的，就是殖民統治根本方針與異民族融合的問題。關於這些問

題，一般國民及當局者做爲東洋唯一的殖民國，爲了更加鞏固國家基礎，必須確立順應新時代思潮的根本方針。同時，完全去除島國性格與種族憎恨的想法，忠誠力行基於人道正義觀念的一視同仁、四海兄弟之根本原則。另一方面，我們本島人做爲國民的一員，也必須在充分理解日本統治的根本方針之下，擔當起奮勉努力開發台灣文化的大任務，完成立於日漢兩民族之間、保持東洋永久和平的大責任。[8]

值得注意的是，林呈祿在論述過程當中，不斷召喚「人道正義、自由和平」等全球性現代思潮，以合理化台灣爭取民族權益的在地行動。然而，對照當時的政治狀況，第一次世界大戰後民族自決思潮興盛下所提出的這些口號，並沒有改善亞洲國家遭受列強瓜分的現實，反而是日本成爲新興勢力後，加入西方列強侵占亞洲各國利權的行列，使得亞洲弱肉強食的問題更加複雜化。做爲一個關心時事的知識分子，林呈祿想必充分意識到當時國際關係中理念與現實之間的差距。然而，從他對於日本「做爲東洋唯一的殖民國」之強調，可推測他意圖藉由西方國

6　林呈祿，〈新時代に処する台湾青年の覚悟〉，《台灣青年》第一卷第一號（一九二〇年七月），頁二九—四〇。
7　同前註，頁三二。
8　同前註，頁三三。

家提出的「人道正義、自由和平」之普世性理念，激發日本與西方列強的競爭意識。也就是說，利用西方普世性理念來刺激日本做爲黃種人後進帝國自負又自卑的矛盾心態，表面上滿足日本取代西方列強成爲世界盟主的欲望，實際上達到改善日本在台灣的殖民統治政策之政治目的。

更進一步地，他將台灣放置在日本帝國之下，呼籲台灣青年應自立自強開發台灣新文化，革除舊有陋習，吸收日本與世界的文明，使「孤島的台灣」成爲「東洋的台灣」、「世界的台灣」，[9]透過殖民母國日本進入現代世界。林呈祿這篇文章開啓許多重要議題，同時代知識分子對於台灣如何進入現代世界的思考，基本上可說爲其延伸與開展，但他們對於台灣該如何與現代世界接軌、建設現代文化，分別進行不同的鋪陳與開展。譬如，留學早稻田大學政治經濟系的黃呈聰在一九二三年發表的漢文論文〈論普及白話文的新使命〉，[10]便主張台灣應該模仿中國的白話文運動，推行文化的現代化，進而與現代的「世界國家」連結。他表示，國家的界線逐漸受到消弭，形成所謂的「世界國家」：

所以從來偏狹的國家觀念，漸々擴大到世界國家的觀念，世界的地圖好像縮少了一樣，人類變成一個大家族的現象，以後的人類總要一面在自己的國家裡生活，而一方面要在世界國家裡生活，這是現代文化人的新感覺最熾烈的，所以我們若是從世界地圖上看了台灣的島，如像一巴掌的大，怎樣能得株守如籠中的小鳥嗎？我們的文化是要受東洋和世界全體的支配，我們應該和世界的人做共同的生活，才能叫做世界的台灣了！[11]

相較於林呈祿在國際「民族」關係中思考台灣問題，黃呈聰的論述則受到一九二〇年代大正民主主義思潮下蔚爲風行的世界主義（cosmopolitanism）思想影響，以超越既有民族與國家界線的「世界國家」爲單位，來突破台灣因爲殖民地地位所受的局限。同時，台灣雖然在政治上歸屬日本，在文化與民族情感上卻與中國持續有所聯繫，在文化現代化的推行方面，深受五四白話文運動的影響。超越國家界線、以「文化中國」的形式加入世界國家的陣營，成爲殖民地台灣知識分子重要的世界想像之一。透過世界國家的概念，非民族國家的台灣島嶼，得以超越國家對國家的關係，與「東洋和世界全體」產生具體連結，找到一條思想與行動的出路。

值得注意的是，這篇文章是黃呈聰從日本學成歸國前到中國旅遊，親眼目睹中國推行白話

9　同前註，頁三八。

10　黃呈聰，〈論普及白話文的新使命〉，《台灣》第四年第一號（一九二三年一月），頁一二一二五。關於黃呈聰的經歷、思想與抗日活動，請參見若林正丈，〈黄呈聡における「待機」の意味―日本統治下台湾知識人の抗日民族思想―〉，《台湾近現代史研究》第二號（一九七九年八月），頁六一－一一八。

11　黃呈聰，〈論普及白話文的新使命〉，頁二三－二四。

文運動的成果，有感而發寫成的。文章中特別例舉他所遊歷的東南各省推行白話文運動的成果，因爲這些地區的居民與閩南籍台灣人使用近似的方言，以北京話爲基準的中國白話文在這些地區能順利推動，可見得在台灣也能夠推動。然而，黃呈聰沒有考慮到，中國能夠展開全國性的文化現代化運動，是以「國家」的力量推動，日本殖民統治下的台灣並不具備那樣的環境。這也是一九三〇年代初期「台灣話文論爭」當中，黃呈聰等中國話文派主張與台灣話文派共同面臨的困境。

黃呈聰回台後，對於台灣進行文化現代化的現況，提出了不同的觀察。他在一九二五年發表的文章〈應該著創設台灣特種的文化〉[12]當中，觀察到來自不同國家的現代物質與文化蜂湧而入，造成台灣人無所適從的現象。在文章當中，他首先提及台灣大部分的人口爲來自中國的漢人，配合台灣在地的環境改造中國的文化，發展出適合台灣的固有文化。然而，日本殖民統治「移入內地的物質和精神的文化」，採用同化的政策，[13]台灣人雖然生活變得方便，卻被迫要去適應與台灣環境不合的日本文化，就如文中舉例的台灣人區長一樣，出席官方儀式時穿著整齊的日本式禮服，裡面卻是台灣衣褲。與日本西化現代化的經驗相較，殖民地台灣面對的文化現代化過程更爲複雜，除了殖民母國日本，還有來自中國、西洋等文化，造成台灣人爲「東西各種的文化所翻弄，或有傾於中國，或有傾於日本、或有傾於西洋，爲二重生活三重生活，這是無利益的」。[14]黃呈聰提議的解決方法是，利用台灣固有的文化與優秀的外來文化加以調和，建設台灣特有的文化。

然而，黃呈聰對於何謂優秀的外來文化，有其判斷標準。他將世界的文化分爲兩種，一種是具有普遍性的文化，例如火車、電信等，是任何地方、任何種族的人都可利用的。另一種是非普遍性的文化，如日本固有的榻榻米與木屐，不適合於其他地方與種族。基於此，他反對日本強制移入不具普遍性的物質與文化到台灣：

> 台灣自割讓帝國以來，移入日本的物質文化很多。過去的台灣當局採用同化的方針要將日本的物質文化移植於台灣，對各地方極力獎勵，如交通的整備、衛生的設施、產業的開發，這是有益於民眾的生活，我也是很贊成的。但是像日本式地名的改正、國語的強制、日本式衣食住的獎勵、漢文的限制、學術研究的束縛等——這是不利於民眾的生活、阻害文化的進展了。[15]（原著強調）

12 黃呈聰，〈應該著創設台灣特種的文化〉，《台灣民報》第三卷第一號（一九二五年一月），頁七—八。論文篇名中的「應該著」爲「應該要」的台語。

13 同前註，頁七。

14 同前註，頁八。

15 同前註，頁七。

也就是說，黃呈聰認爲日本引進的西方物質與制度具有普遍性，但日本自身的物質文化卻不適合其他地方與種族。他據此反對日本以「現代化」之名進行的殖民同化政策，同時賦予西洋物質文化普世性價値，主張台灣的現代化應該接受西洋的現代物質文化，抗拒日本固有的文化。

類似的主張也出現在蔡培火的論述當中。蔡培火的日文文章〈吾人之同化觀〉[16]在反對日本殖民同化政策時，直接訴諸與「歐美文明」的同化。他主張，在各民族追求眞善美的自發性意志下，世界人類的文化生活將達到「自然的」同化，各民族關係日趨密切，思想、感情、習慣、制度逐漸融合，從目前風俗、思想與信仰的全球性同化狀況來看，四海兄弟的理想終將實現。他主張的「眞善美」理念與林呈祿的「人道正義」觀念相當近似，在思想的同化一項也同樣舉證人格尊重、自由平等、女性覺醒與階級鬥爭等世界新思潮。但在風俗的同化方面，不管是纏足、吸煙、髮辮、械鬥等日本人認定爲台灣漢人「陋習」的風俗，或是日本男子的結髮（チョンマゲ）、坐榻榻米、生食、束腰等日本人的風俗，都成爲他所謂的「本質的陋習」。相較下，現在的「文明人」男性均採用衛生簡便的散髮，[17]也就是西洋人的髮式。蔡培火是《台灣青年》的編輯兼發行人，因同化會事件被免除教職後，在林獻堂援助下留學東京高等師範學校。剛到日本時，他充滿「民族憎恨的念頭」，在日本基督教會牧師植村正久的感化下才消去民族怨恨，成爲基督教徒，信奉「四海兄弟主義」。[18]蔡培火透過基督教，將在殖民地遭遇民族事件而產生的憎恨，轉化為「四海兄弟」之世界主義理念，這樣的思考形成背景使得他的「眞善美」普遍性眞理具有歐美中心傾向，以歐美文化做為世界文明、亦即世界各民族同化的基準，據此抗拒日本的同化，並批判台灣漢人的「落後」習俗。[19]

從以上的討論可知，一九二〇年代前期台灣人知識分子在尋求殖民地台灣進入現代世界的途徑，反對日本的殖民同化政策時，雖然分別以日本、中國、西洋為媒介，但都主張台灣應該吸收西方物質、制度與思潮。然而，西方物質、制度與思潮雖然打著放諸四海皆準的普世性「現代文明」之名號，但實際上早已被老牌歐洲殖民帝國用以遂行自我民族中心的國族主義建構，以及海外政治經濟擴張。譬如說，前述引文中黃呈聰列舉的交通整備、衛生設施、產業開發等日本引進的西方物質與制度，雖然宣稱具有普世性，事實上從一開始，便做為現代性的載體，廣泛運用於海外殖民地的取得與經營。同樣地，日本面臨西洋勢力的威脅，首先利用西方物質、制度或思潮，進行明治維新富國強兵運動，繼而將這些西方物質與制度移植到台灣，以

16 蔡培火，〈吾人の同化観〉，《台灣青年》第一卷第二號（一九二〇年八月），頁六七—八二。
17 同前註，頁七一。
18 蔡培火，《日本々国民に与ふ》（東京：岩波書店，一九二八），頁二五。
19 蔡培火等殖民地台灣知識分子選擇性地接受歐美為主的文明，抗拒日本同化的狀況，參照陳培豐，《「同化」的同床異夢》。

遂行異民族殖民統治與同化。也就是說，不管是西洋與日本帝國，均非將西方現代物質、制度與思潮運用於「有益於民衆的生活」之處，而是將其與自我民族中心主義及進化論結合，做爲合理化對外政治經濟侵略行動之工具。在這樣的狀況下，一九二〇年代的台灣知識分子雖試圖在西方、中國與日本等國族主義競爭的間隙中，將台灣與現代世界接軌，以爭取民族權益與地位，但是，對於西方物質、制度或思潮的無條件擁抱，使得他們的殖民地在地訴求，爲日本帝國主義、殖民主義的「文明化」與「現代化」論述所挪用，甚至違反其本意，間接成爲日本殖民同化政策協助者。

二、「有色殖民帝國」的矛盾：加州排斥日本移民運動與殖民地問題之間

台灣人知識分子爭取民族權益、尋求現代世界下自我定位的努力，同時也面臨了日本做爲黃種人後進帝國，與西方列強之間複雜糾葛的「人種」問題。以歐美民族爲文明基準的蔡培火在前述〈吾人之同化觀〉一文中，也發表了他對當時美國加州日本移民排斥運動的看法。[20]他引用某教授的說法，將日本移民受排斥的情形，比喻爲將污水倒到鄰居庭院而受到抗議，進而表示，若送出的移民爲順應天命求生存的良民，入境隨俗並盡力開發當地土地，「那就不須費盡苦心進行領土擴張的人爲的同化，光靠基於天意的自然的同化，人類便能成爲一個家庭的成

員」。[21]對日本移民等特定族群的歧視眼光，使得歐美文明（「基於天意的自然的同化」）成為解決所有民族差異與衝突之普世性眞理。蔡培火論述中另外一點値得我們留意的，在於他將加州的日本移民與日本的台灣殖民統治並列，將兩者視爲日本解決國內人口過剩問題的不同手段，藉以闡明「自然的同化」之重要性。這樣的並列無視於移民與殖民兩者之間，在政治意涵、運作機制以及引發的種族問題性質之差異：前者起因於移民在教育、工作、婚姻、參政等各方面的資源競爭，後者則起因於被殖民者在各方面的權利要求。更重要的是，當時的日本政府一方面反對美國對日本移民的人種歧視，一方面無情鎭壓殖民地朝鮮的三一民族獨立運動，日本知識分子對於日本做爲「有色殖民帝國」在民族問題上的自我矛盾，提出種種自圓其說的解釋。[22]蔡培火既然無條件地擁護歐美文明的同化，也就無法析透日本在世界種族階層的中介

20　美國加州排日運動可回溯到二十世紀初期對日本學童的隔離政策，歷經美日外交協商多番波折，一九一三年與一九一九年美國加州仍分別通過外國人土地所有與租借限制法。日本爲了因應此一問題，一九一九年在巴黎和會上正式提案在國際聯盟的規約中納入廢除人種歧視之條款，但在歐美列強反對之下受到否決。一九二二年美國最高法院裁決第一代日本移民無法獲得公民權，一九二四年美國修正移民法，完全拒絕日本移民進入美國。

21　蔡培火，〈吾人の同化觀〉，頁七八。

22　請參照小熊英二，〈有色の殖民帝国―一九二〇年前後の日系移民排斥と朝鮮統治論―〉，收入酒井直樹、ブレット・ド・バリー、伊豫谷登士翁編，《ナショナリティの脱構築》（東京：柏書房，一九九六），頁八一―一〇三。

位置（介於歐美與亞洲其他國家之間），更無法藉此有效批判日本在台灣的殖民統治政策。

相對地，居住於美國的羅萬俥發表的〈對加州排日運動之觀察〉[23]也藉由加州排日運動來呼籲日本反省其殖民政策，但與蔡培火相較，他清楚認識到該種族衝突的歷史背景與政治因素。羅首先回顧二十年來加州排日運動的歷史推移，分析美日外交的協商如何促成加州、夏威夷、日本三地關於教育、移民、土地等政策法令的變化，終至演變成大規模排日運動。在探究事件原因時，羅首先批判美國排斥日本移民的行動有違其博愛、平等與民主之精神，但他隨即將主要責任歸向日本成爲世界強國之後的外交政策。他指出，日本宣稱以維護東洋和平爲己任，卻對鄰近諸國採取種種強硬的外交政策，包括對中國提出二十一條不合理要求、援助中國與俄羅斯的復辟勢力、拒絕從西伯利亞撤兵等，引起世人批評與疑慮。除了在亞洲的外交政策與行動，日本人還「妄言遂行人種戰爭，黃種人共同聯盟對抗白種人啦、確立亞洲門羅主義以對抗美國的門羅主義啦、甚至開始囈語大亞洲主義或大日本主義之類的，呈現種種誇大狂妄之相」，使得日本不只受美國排斥，事實上已陷入四面皆敵的狀態。[24]羅萬俥洞悉加州排日運動的發生主要是因爲日本成爲世界強國後採取自我民族中心的行動與論述，與其表面宣稱的東洋和平、世界和平之口號嚴重衝突。在這樣的論述程序下，羅萬俥成功地將改善日本在台灣的殖民統治之訴求與加州等全球性排日運動之解決連結，顯示出兩個看似不相干的事件，均與日本做爲「有色殖民帝國」，對外應該採取什麼樣的外交方針有關。

然而，當世界性的人種問題與亞洲、日中關係互相糾結時，人種與區域、民族、國家的交疊與含括，便產生許多不同的劃分方式。譬如，衆議院議員永井柳太郎的〈世界文化與台灣人的使命〉[25]一文，首先針對當時盛行的兩種主張提出辯駁：一個是亞洲門羅主義，另一個則是日本應領導亞洲建立世界帝國的說法。關於前者，他認爲「亞洲爲亞洲人的亞洲」的自閉門戶態度，有礙世界文明的進步，應該「將未開發的豐富資源盡量開放給更多的人類，進行開墾，將開墾所得的產物來豐富全人類生活的材料」，達成「世界爲全人類的世界」之理想。關於後者，他表示亞洲不像歐美各國主要爲信仰基督教的亞利安人種組成，內部有著多樣的人種、宗教與語言文化，要團結起來打造世界帝國是不可能的。相反地，他認爲具有高度文明的日本與中國應共同提攜，爲有色人種的生存、自由與獨立奮起努力，指導白色人種破除人種優越感，以達到「世界爲全人類的世界」之理想。[26]在這樣的論述框架下，永井表示，台灣人在血液上同時屬於中國人與日本人，在思想語言方面更與日中兩國屬於同一系統，日本人與台灣人其實是「有著同一文化使命、屬於同一文化系統的同一人種，不過是因爲歷史與地理上的境遇，暫

23 羅萬俥，〈加州に於ける排日運動を見て〉，《台灣青年》第二卷第一號（一九二一年一月），頁三三—三九。
24 同前註，頁三八—三九。
25 永井柳太郎，〈世界的文化と台湾人の使命〉，《台灣青年》第一卷第三號（一九二〇年九月），頁二—八。
26 同前註，頁四—五。

時在行政組織上有所不同」。了解這一點後，台灣才能善盡其做為日中兩國「重大世界文化使命之基礎」，促使日中兩國提攜，實現「世界爲全人類的世界」之理想。[27]

與同時代知識分子一樣，永井的思考與理念具有開放的國際視野，一方面主張世界性的資源開發與共享，一方面呼籲全球有色人種之生存、自由與獨立。然而，永井首先以「世界爲全人類的世界」之理念，合理化包含日本在內的所有列強在亞洲的殖民開發。接著，他以打破白色人種專制爲名，將歐美列強排除在外。論述發展到此，距離當時以日台間的「同文同種」來合理化日本殖民統治之說辭，就只是一步之差。永井最大的問題在於，他以白色人種與有色人種的二分法，來模糊掉他自己提出的亞洲內部的人種、宗教、語言文化、民族的差異，使得日本、中國與台灣在人種、思想與文化上的類似性，成爲日本殖民統治台灣、侵占中國資源利權的合法基礎。在這樣的過程中，台灣被賦予的角色，正是促使日中兩民族國家超越彼此的差異與對立，聯手對抗西方白人列強。

也就是說，永井柳太郎雖然反對日本建立世界帝國，但在他呼籲日中互相結合，領導有色人種實現「世界爲全人類的世界」時，他忽略了，正如亞洲內部有多樣人種、宗教與語言文化，有色人種當中同樣也具有多樣性與政治經濟的利益衝突，有色人種與白色人種之間的對立，不足以使其構成一個自發性的跨國聯盟。除了實踐上的困難，這種跳脫現實政治情勢、徒具空泛理念的「有色人種」論述，很容易被轉化爲「有色殖民帝國」日本以世界資源共享的名義，合理化在亞洲的殖民統治與侵略。與擁抱歐美文明的蔡培火相較，永井柳太郎主張日中應「指導」白色人種破除人種優越感，兩者對歐美的態度相當不同。然而，他們以「世界」爲單位的思考，在落實到殖民地統治等實際的民族問題之際，都迅速轉換爲「歐美」、「有色人種」等抽象範疇與價值，合理化既有的權力關係。

三、帝國下的「民族」與「階級」

除了「民族」自決之外，一九二〇年代初期另一個世界潮流社會主義革命，也成爲台灣人知識分子試圖將台灣與現代世界連結的手段。第一次世界大戰期間發生的俄國革命掀起的社會主義思想，透過日本與中國滲透到台灣人知識分子之間。尤其是，俄國革命促成帝俄崩解後，一九二二年布爾什維克（俄國共產黨）成立的蘇聯（蘇維埃社會主義共和國聯邦）爲舊帝俄領下的多民族所組成的社會主義聯邦，其階級鬥爭結合民族鬥爭的經驗與發展，自然引起在日本帝國下進行抗爭的日本人與台灣人知識分子的關注。然而，日本人與台灣人知識分子對於「階級」與「民族」兩者的優先順序，卻有著不同的看法。

27 同前註，頁七－八。

陳逢源於一九二三年發表的〈亞洲的復興運動與日本的殖民政策〉[28]一文，是台灣知識分子援引蘇俄社會主義革命的先驅性文章。他以一個章節的篇幅，概觀近五年來布爾什維克如何解放舊帝俄下的回教民族，與英國勢力範圍下的土耳其、波斯、阿富汗締結條約，聲明三國的獨立，並與回教聯盟運動共同提攜，形成復興亞洲的重要外在力量。其中，他引用俄土條約中「東洋諸國民爭取國民自由的運動，與俄國勞農階級建設新社會制度的運動有很大的相接點」之條約內容，據此強調，「布爾什維克與亞洲復興運動在精神上完全不同，但兩者在驅逐亞洲的歐洲資本國這件事情上，是完全一致的，因而進行相互提攜」，[29]將蘇俄的社會主義革命與中東、亞洲的民族、宗教獨立運動加以連結。接下來進入正題，批判日本在殖民地台灣的同化政策，有違「基於民族自覺的國民運動」、「完全的獨立之要求」[30]等亞洲復興運動之原則，主張台灣除了吸收具有普遍性的西洋或日本的外來文化，同時也應建設台灣獨特的地方文化。由此論述過程可看到，陳逢源雖然透過歐洲資本國這樣一個結合人種、階級與宗教的他者，來連結蘇俄社會主義運動與亞洲復興運動，但事實上他最關注的，還是人種與民族的問題，他對布爾什維克的貢獻之強調並不在於社會主義革命，而在於其在世界各地促成、協助的民族革命。

相較之下，刊載於同一期《台灣》雜誌的早稻田大學教授佐野學〈關於將來的殖民政策〉[31]也以日本的殖民政策為批判主題，但明顯將社會革命置於民族革命之上。佐野開章明義地提示，現代殖民史與資本主義彼此相輔相成，歐洲資本主義對弱小民族舊農業社會進行破壞，使弱小民族淪為無產階級。他接著提到，近年來弱小民族的民族運動盛行，可以想見不久的將來，殖民政策將回歸古代民族自由來往與交換生產物的和平狀態，在那之前，殖民政策應該要「允許民族自決的觀念」。[32]佐野學文章的理論架構與陳逢源頗為類似，均強調歐洲資本主義對弱小民族的民族與階級雙重壓迫，並呼籲殖民政策應採納民族自決的方針。然而，在論及實際的日本殖民政策時，佐野學將日本在台灣、朝鮮、滿洲甚至西伯利亞的勢力擴張，定義為「日本資本主義膨脹的表現」。日本的殖民政策為初期殖民國以本國為本位的重商主義，還沒有進展到容許殖民地自治的自由貿易主義，這種本著「資本主義侵略」精神的殖民政策雖為

28 陳逢源，〈亜細亜の復興運動と日本の植民政策〉，《台灣》第四年第一號（一九二三年一月），頁一八—三三。

29 同前註，頁二二。

30 同前註，頁二八。

31 佐野學，〈将来の植民政策について〉，《台灣》第四年第一號（一九二三年一月），頁一二—一八。佐野學在一九二七年出任日本共產黨委員長，一九二九年在左翼大肅清中於上海被捕，一九三三年以違反治安維持法的罪名判處無期徒刑。一九三三年與鍋山貞親在獄中發表「轉向」聲明，公開宣誓放棄共產主義理念、轉而效忠天皇國家，造成一陣獄中「轉向」風潮，也隨之產生不少以「轉向」為主題的文學。關於「轉向」風潮與「轉向」文學對於台灣人左翼知識分子的影響，請參見本書第四章。

32 同前註，頁一六。

日本資本家所致，但從被支配的弱小民族眼中看來，一般日本人也有責任。[33]在佐野學的定義當中，日本殖民政策的問題起因於日本資本家在殖民地與勢力圈進行的資本主義侵略，「階級」因素大於「民族」因素。因此，他提出的殖民政策改善方法著重於「社會改革」，主張日本社會的改造固然應參酌台灣、朝鮮等殖民地民族的意見，「台灣人、朝鮮人也不應只是著眼於政治的獨立，應該站在更高之處，從社會改革的立場來思考日本與自民族之間的關係，採取適當的方法才是」。[34]也就是說，佐野學認爲，以民族爲出發點的政治獨立不應是抗爭的重點，被殖民者應致力與日本資本主義進行對抗，才能從根源改善殖民政策。

從內容來看，〈關於將來的殖民政策〉應爲佐野學受《台灣》雜誌的台灣人留學生編輯之邀而寫的文章，重點在於殖民政策等民族問題的討論，但在論述過程中，已帶入經濟鬥爭與社會改革的面向。同年六月，《台灣》翻譯佐野學在日本左翼雜誌《改造》上發表的〈弱小民族解放論——社會主義和民族運動〉，[35]雜誌的左翼性質，加上讀者對象爲日本人，使得文章當中將階級運動與民族運動具體結合，並賦予前者優先地位。佐野學不像前文當中使用「社會改革」的廣泛名稱，而是具體提出「社會主義的民族運動」之口號，認爲資本國家內社會主義的實現，不能只局限於解決國內階級問題，必須與其他弱小民族中的無產階級共同行動。他將最近的民族運動分爲兩種，認爲「小資產階級的改良民族運動」雖「可喚醒該民族的政治自覺和反逆精神的組織化」，但終只停留在改良主義的階段，無法形成革命，唯有透過「無產階級的革命主義的民族運動」，才能眞正達成弱小民族的解放。[36]他表示，「弱小民族雖在所謂列強間構成國家，其所受的利益不過弱小民族間有產階級的分子纔能享受的，而無產階級被榨取的事實依然存在」，主張有產階級所提出的「國民主義」出自於「人種的反感」及「蒙昧的原始的感情」，社會主義應與其抗爭。眞正的民族解放運動應透過民族同權、自決、自治與聯合等階段，逐漸達成無產階級的國際大團結，最後建立「社會主義的國際社會」：

社會主義的民族運動，最初就是無產階級以「階級的兄弟爲前提」。英、法、德諸國的文化和中國、印度、亞弗利加諸國的文化發達的階梯雖有多大的懸隔，其勞動階級的被資本國家榨取的狀態是一樣的，是同爲資本國家共同的公敵。無產階級的國際團結的意識和運動，蓋因經濟關係的世界化，而各國的榨取者被榨取者的利益，必然有共通具體的事實。社會主義之於民族，雖認定其爲文化的單位，卻不容認其爲政治的單位。民族之於社會主

33 同前註，頁一七。
34 同前註。
35 佐野學著，氷瑤譯，〈弱小民族解放論——社會主義和民族運動〉，《台灣》第四年第六號（一九二三年六月），頁六四—七五。
36 同前註，頁七〇—七二。

義的國際社會，雖構成個文化的單位，其於政治，則以地球爲「世界共和國」做目標。37

在此，佐野學明確提出一個絕對的分類「階級」，打破以「民族」爲中心的區域、宗教、人種與國家的區別，認爲全世界的人類在「經濟關係的世界化」之下，已經成爲一個大的群體，依照經濟上的地位，劃分爲有產階級與無產階級兩大類。因此，在無產階級組成的國際社會當中，「民族」不再是「政治」的單位，只是以地球爲單位的「世界共和國」底下的個別「文化」單位而已。

次號的《台灣》刊載的秀湖生（許乃昌）〈台灣議會與無產階級解放〉38雖然沒有直接提及佐野學的文章，但從內容來看，明顯爲對佐野學論述的回應。秀湖生將日本對台灣的殖民統治，視爲日本資本主義擴張的重要環節，主張「眞正的台灣民族解放運動必須是對於日本資本主義侵略之防禦」，就算設置台灣議會，「也不代表全台灣人的解放，而是特殊階級的解放，是長久以來獨占台灣利益的日本資本主義與新興台灣資本主義互相妥協」，聯手繼續剝削台灣勞動階級的手段。39因此，他駁斥台灣勞資對立尚未激烈到足以實行階級鬥爭、必須先建設台灣人的布爾喬亞民主之說法，強調民族解放運動除了防禦日本資本主義，還要防禦新興的台灣資本主義。

許乃昌與佐野學都提倡無產階級的跨國聯盟，但是對於民族運動該如何實際與階級運動結合，各有不同的看法。佐野學先後的兩篇文章提出，「台灣人、朝鮮人也不應只是著眼於政治的獨立，應該站在更高之處，從社會改革的立場來思考日本與自民族之間的關係」，因爲，民族、國家、亞洲或汎回教等抗爭單位事實上都已受到資本家的利用，社會主義的民族運動應該從一開始便超越這些既有框架，建設社會主義的國際社會。許乃昌則表示，「現在的台灣不是一個獨立國家，而是日本版圖的一部分。台灣的無產階級運動不應該單獨由台灣人之手進行，而應該由具有大日本帝國國籍的所有忠良臣民，在日本領土的所有地方進行」[40]。他雖也主張以無產階級的國際聯盟，來取代台灣議會設置之類由台灣資產階級主導的民族運動，但他的無產階級國際聯盟是由日本帝國內部出發，以包含日本人、朝鮮人與台灣人在內的「具有大日本帝國國籍的所有忠良臣民」爲主體，對日台兩地的資本主義進行抗爭。

兩人訴求的不同，與其民族與殖民地身分的差異有關，另外一個重大的因素在於兩人對於日本資本主義現在處於什麼階段，有著不同定義。如前所述，佐野學認爲日本的殖民政策爲全球資本主義發展的第一期「以本國爲本位的重商主義」，還沒有進展到容許殖民地自治的自由

37 同前註，頁七二。
38 秀湖生，〈台湾議会と無産階級解放〉，《台灣》第四年第七號（一九二三年七月），頁四三—四八。
39 同前註，頁四五—四六。
40 同前註，頁四七。

貿易主義；許乃昌卻主張，日本資本主義從一開始便直接進入第三期「帝國主義軍國主義」式的資本主義，日本做為後進資本主義國家開始向國際發展時，與歐美先進資本主義勢力產生正面衝突，因而跳過和平的自由貿易主義階段，直接進入帝國主義軍國主義式的資本主義。對照第一次世界大戰後日本帝國與資本主義的發展，許乃昌的定義更符合實際歷史狀況。認識到日本資本主義與帝國主義結合，以及台灣不是一個獨立國家的現實，使得許乃昌不是像佐野學一樣直接跳過民族問題訴求「世界共和國」，而是呼籲在日本帝國內部進行無產階級運動。[41]許乃昌的主張顯示出，台灣人知識分子在接受社會主義的世界無產階級聯盟思潮時，仍然以台灣殖民地問題與現實爲考慮重點，以「日本帝國內部」爲「超克」現代資本主義的起點，尋求「民族」與「階級」的同時解放。

四、殖民地台灣無產階級革命的具體方法：一九三〇年代

一九二〇年代初期以來，台灣知識分子透過日本與中國接觸社會主義思想，他們以階級與民族的同時解放做爲鬥爭目標，展現出殖民地知識分子對於社會主義思想的獨特演繹。社會主義思想迅速散播於台灣的知識分子與青年學子之間，並在一九二〇年代中期形成蓬勃的農工社會運動，全島性的農民與工人組織紛紛成立，針對日本殖民政權與資本家，展開頻繁的抗爭行

動。[42]台灣的農工運動從一開始便受到日本社會主義運動的影響，除了思想的引介，在組織與行動方面也有密切的聯繫。台灣農民組合成立後，發起人簡吉與趙港於一九二七年到日本參加日本農民組合第六次大會，開始接觸日本勞農黨；一九二八年在上海成立的台灣共產黨則為日本共產黨台灣民族支部，組織大綱由日本共產黨起草，經中國共產黨承認。然而，一九二八年開始，日本共產黨受到日本政府一連串的鎮壓，[43]左翼分子與農工活動分子紛紛受到逮捕，台

41 但許乃昌畢竟還是認為階級革命重於民族革命，與前述將民族革命置於社會革命之上的台灣人陳逢源有所分歧。這也引發了兩人日後在《台灣民報》第一二〇號（一九二六年八月二十九日）至第一四三號（一九二七年二月六日）的「中國改造論」論爭。陳逢源的「中國改造論」提出，中國的革命首先必須先歷經資本主義的階段，才能擺脫外國列強的侵略，達到未來的理想社會。許乃昌則提出種種具體數據來加以反駁，表示目前的中國在列強瓜分下並沒有發展資本主義的條件，資本主義的發展也只是造就新的利益與壓迫關係，中國的改造還是要藉由無產階級革命才能達成。這場論爭長達半年，並有蔡孝乾等人加入。關於「中國改造論」論爭，感謝楊翠教授的提醒。

42 一九二五年，台灣第一個農民組織二林蔗農組合與林本源製糖會社發生衝突，引發二林事件。高雄鳳山、台南曾文等地區也紛紛成立農民組合，一九二六年彙整為全島性的台灣農民組合，兩年內共發起四百二十件抗爭。當時的中國正值第一次國共合作，馬克思主義的工農理論頗為盛行，由文化協會分裂出來的幹部組成的台灣民眾黨參考中國與日本的勞工運動經驗，於一九二八年二月成立台灣工友總聯盟。

43 日本共產黨於一九二二年非合法組成，政府為了抵制社會主義運動，一九二五年以普選的實施為交換條件制定「治安維持法」，並在第一次普選之後，於一九二八年三一五事件、一九二六年四一六事件當中，大舉逮捕共產主義者與農工運動者。

共與日共失去聯繫，台灣的農民組合與台共也同時受到打壓。一九三一年，台灣總督府解散台灣民衆黨，進行台共大檢舉，左翼農工組織紛紛瓦解。[44]

一九三〇年代初期台灣知識分子喪失政治與社會運動的場域之後，紛紛轉向文學結社與創作，對於階級問題的討論，也就轉化到文藝理論與創作的場域，「鄉土文學論爭」與「台灣話文論爭」即爲例子。兩者分別爲文學題材與文學語言的辯論，但都以台灣無產階級爲想像的對象。引發論爭的先驅者黃石輝在反駁廖毓文批評時即表示，無產階級文化運動的推進並非藉由提倡「普羅文學」即可完成，必須先透過言文一致的鄉土文學，普及無產階級的識字能力。[45]他論述如下：「普羅文學是以勞苦的廣大群衆爲對象呢？還是以前衛鬥士爲對象呢？如果要以前衛鬥士爲對象，勿論是沒有需要到鄉土文學的，而且他們所切要的是戰術上的理論，經濟問題、政治問題、民族問題、世界革命情勢的調查、報告等等……於狹義的文學，卻不是切要的。」[46]從黃石輝這段發言可以看出，一九三〇年代台灣的知識分子提倡用台灣在地的語言，描寫身邊的事物，除了因爲中國白話文不能達到台灣眞正的言文一致，還因爲他們意識到，左翼菁英分子的「前衛鬥士」所提倡的無產階級國際聯盟等「戰術上的理論」，與在地無產階級「識字」的具體文化需求無法契合。

一九三二年《南音》雜誌創刊後，設置「台灣話文討論欄」，原本散見《昭和新報》、《台灣新聞》等報的台灣話文派主張，開始集中出現於此。[47]其中，從台灣話文派的負人（莊垂勝）

在〈台灣話文雜駁（四）〉[48]一文中對賴明弘意見的反駁，可以窺見台灣話文的主張爲何以文盲的無產階級爲考量對象，卻受到反對者以左翼立場加以攻擊。根據莊垂勝的轉引，賴明弘認

---

44 在這段期間，台灣人主要的印刷媒體《台灣民報》（一九二三－一九三〇，《台灣青年》、《台灣》雜誌的後身）雖也持續關心世界局勢，刊載日中兩國政治家與學者的相關論述，但由於發行頻率從創刊時的半月刊迅速發展到旬刊（一九二三年十月）、週刊（一九二五年七月），雜誌的內容逐漸偏向實際的問題與時事之報導，形式也變得多元而簡短。在內容方面，關於日中、世界政治局勢的論述，多爲日中兩國政治家與學者既有文章的翻譯轉載，並非因應編輯的稿約，加上主要執筆者的台灣留學生紛紛學成歸國，《台灣青年》、《台灣》雜誌時期對於日本同化政策、台灣在現代世界定位的抽象問題思考，逐漸轉化爲地方制度、警察制度等台灣內部實際殖民地問題的報導與討論。

45 關於台灣話文運動與「識字」之間的關係，請參照陳培豐，〈識字・書寫・閱讀與認同——重新審視一九三〇年代鄉土文學論戰的意義——〉，收入邱貴芬、柳書琴主編，《台灣文學與跨文化流動》（《東亞現代中文文學國際學報》第三期台灣號（二〇〇七））（台北：行政院文化建設委員會，二〇〇七），頁八三－一一〇。

46 黃石輝，〈鄉土文學的再檢討——再答毓文先生〉，收入中島利郎編，《一九三〇年代台灣鄉土文學論戰資料彙編》（高雄：春暉，二〇〇三），頁一一〇。原出處不明。

47 根據橫路啓子的研究，《南音》創刊時原本標榜超越所有政治立場，對鄉土文學與台灣話文的提倡卻被批判爲資產階級的娛樂，因而被迫在反駁的過程中強調對無產大衆的意義，逐漸加強其言論的左翼色彩。請參照橫路啓子，〈《南音》——民族と階級の対立の間で〉，《第一屆現代台日文學與城鄉意象研討會論文集》（嘉義：南華大學，二〇〇七），頁一四七－一五六。

48 負人，〈台灣話文雜駁（四）〉，《南音》第一卷第四號（一九三二年二月二十二日），頁九－一三。調整引號爲現代用法。

爲鄉土文學有礙世界普羅階級的團結。他表示，「鄉土文學所提倡的意義就是爲著台灣普羅階級，以無產階級做目標而幹的。爲著台灣普羅階級而提倡，這意義就是爲著全世界普羅階級而盡力」，然而，

鄉土文學的適用範圍只在於台灣，除了漳州廈門以外就沒有通用的價值，那末鄉土文學的意義就只爲著台灣的貧苦民眾。然而現在世界的普羅階級是在要求大同團結。欲求大同世界的實現。我們台灣的貧民大眾也是有這同樣的欲求，已是在向著這路上進去的。在這過程中，只有小々的台灣才能通用的鄉土文學，不但沒有提倡的必要，倒會使在走向大同路上去的台灣普羅階級生出「麻煩」「隔離」的不便。阻害牠的聯絡性。49

因此，賴明弘勸告提倡鄉土文學的人「緊々降下鄉土文學的旗幟，從事那更偉大較有連絡性較有意義的世界普羅階級的鄉土文學『世界語』。若是世界語的性質和文字形式上和我們台灣違別太遠，可先提倡那較廣闊，較有連絡性的，還有意義的中國白話文」。自黃石輝的先驅性文章〈怎樣不提倡鄉土文學〉將台灣的鄉土文學定義爲「用台灣話寫文學」之後，鄉土文學與台灣話文就成爲同義詞，互相混用，賴明弘等中國話文派反對的其實不是鄉土文學，而是以台灣話文做爲書寫語言。賴之前已有多位論者以台灣話文只能通行於台灣、漳州泉州、廈門等

地區，使用範圍有限，不像中國話文通行範圍之廣爲理由，反對台灣話文。我們在第一節提到，黃呈聰在一九二〇年代初期就已提出透過中國白話文，使台灣成爲「世界國家」的一員之理念。賴明弘也主張使用中國白話文促使台灣向世界連結，但他只是將其做爲暫時的過渡工具，最終的理想是要普及「世界普羅階級的鄉土文學『世界語』」。由此可見，一九三〇年代台灣知識分子的世界想像，已經從一九二〇年代對於「民族」問題的關注，轉換爲強烈的「階級」意識。

針對賴明弘等人的批判，莊垂勝除了反駁台灣話的通用範圍擴及海南島、南洋群島等地，台灣民衆需先習得台灣話文後才能進而學習中國話文之外，並主張「『世界無產階級的大同團結』是『思想』、『意識』的行動問題，提倡鄉土文學是爲著助長『思想』、『意識』的傳達方法及其表現工具的機能問題」，即使要讓台灣無產大衆學習世界語，也得利用其自身的既有語言和文字（即台灣話文）爲工具。[50]面臨同樣持左翼立場的中國話文派之攻擊，台灣話文派呼籲應從「世界無產階級的大同團結」之抽象理念，回歸到台灣無產階級的現實困境：在日本的異民族殖民統治下，台灣民衆既無法習得統治者的語言文字，在地語言與中國白話的差異又造成

49 同前註，頁一一。
50 同前註，頁一二。

學習中國白話文的阻礙，唯有台灣話文，才能實現他們眞正的言文一致。

前述一九二〇年代《台灣青年》、《台灣》雜誌論者對於「階級」與「民族」鬥爭的討論，尙停留在抽象層次的理念提倡，但從莊垂勝與賴明弘等人在《南音》雜誌上的對話可以觀察到，到了一九三〇年代，問題已經進展到民族與階級解放的具體方法。台灣知識分子開始意識到，殖民地台灣無產階級解放的「特殊性」（無法以統一的「國語」來推動識字與啓蒙），與無產階級國際聯盟的「普世性」抽象理念之間的差異，爲殖民地左翼思考無法解決的先天性難題。稍後，《南音》同人葉榮鐘提倡「貴族與普羅以外的第三文學」，強調「台灣人在做階級的分子以前應先具有一種做台灣人應有的特性」，基於此種「超越階級」的「全集團的特性」之文學，可進一步寄於由各民族文學形成的「光彩陸離」之世界文學。[51]葉對於文學與台灣「民族性」的關聯之強調，顯示出台灣人知識分子試圖在世界左翼的思考當中，回歸台灣獨特的殖民地現實。

一九三二年吳坤煌發表於東京留學生團體「台灣藝術研究會」刊物《福爾摩沙》上的日文論文〈論台灣的鄉土文學〉，[52]同樣也針對日本帝國下台灣左翼文化運動中的「民族文化」問題，提出辯證性思考。吳坤煌首先批判台灣現有的「鄉土文學」沉醉於美好的童年回憶，是有閒資產階級不切實際的抽象概念，無視於現實生活中台灣農民與勞動者在世界經濟恐慌下的苦痛。鄉土文學在舊封建傳統下，早已被中產階級利用其「民族的形式特色作爲支配無產階級文化的古柯鹼」，維護舊有的封建倫理觀與習俗。在帝國主義統治下，殖民者持續利用「已成爲過去遺物的民族文化」之資產階級鄉土文學，來侵蝕被殖民者的文化精神。[53]吳進而主張，台灣的資產階級在殖民地統治下，早晚也將邁向沒落一途，台灣的階級鬥爭應該與民族鬥爭互相結合。雖然馬克思（Karl Marx）、列寧（V. I. Lenin）的思想指示應針對「過去的文化遺產」進行批判性的攝取，進而建立無產階級文化，台灣的左翼文學文化因爲擔負民族鬥爭的特殊任務，因而有其特殊的發展過程，「必須觀察這些作爲事實存在的民族文化，透過什麼樣的歷程，才能與無產階級文化以及社會主義文化逐漸趨向合流」。[54]

吳坤煌最後大幅引用日本左翼文學理論家藏原惟人以及列寧的發言，提到廢止民族不平等之後的蘇聯，並非以大俄羅斯民族的文化來統一其他民族的文化，而是允許各個組成民族發展其特有的民族文化，以此爲例，主張「一個具有共通語言的統一的」社會主義國際文化的實

51 奇（葉榮鐘），卷頭言〈第三文學提唱〉，《南音》一卷八號（一九三二年六月）。
52 吳坤煌，〈台湾の郷土文学を論ず〉，《フォルモサ》第一卷第二號（一九三三年十二月），頁八－一九。吳先後就讀於日本大學藝術專門科、明治大學文科，因爲所屬的左翼組織「東京台灣人文化同好會」受到取締而被退學。
53 同前註，頁一三－一五。
54 同前註，頁一七。

現，必須先從民族文化的發展出發。[55]吳坤煌的論述將一九二〇年代諸前輩提出的階級鬥爭結合民族鬥爭的政治理念，擴大到文學等文化鬥爭的層次。他具體尋求台灣階級鬥爭與世界無產階級運動合流的方法，但堅持從台灣的殖民地現實出發，主張在建設台灣無產階級文化之際，必須先與「民族文化」做批判性的結合，再進一步與社會主義國際文化接軌，以求解決台灣在殖民地統治下民族與階級多重壓迫的問題。

一九三四年楊逵的日文小說〈送報伕〉入選日本左翼雜誌《文學評論》的文學獎，成為第一個打入日本文壇的台灣人作家。之後，台灣人知識分子與日本左翼文壇開始密切往來，除了楊逵之外，賴明弘、呂赫若等人多次投稿左翼雜誌《讀者投書欄》，表達殖民地知識分子對於左翼文學的期待。另外，一九三五年楊逵主導的《台灣新文學》雜誌創刊後，也數次以問卷的形式，邀請日本左翼作家對台灣文學的發展提出建言。小說〈送報伕〉當中的楊君，遭遇東京派報社嚴酷的工作環境與壓迫，產生階級意識的覺醒，進而超越民族、殖民地位的差異，與日本人勞動者一同聯合起來打敗日本人資本家。透過跨民族的階級鬥爭經驗，楊君也認識到，故鄉的困境來自於日本人與台灣人資本家的聯手壓迫，所有民族與國籍的無產階級都必須聯合起來才能打敗跨國資本主義。與吳坤煌的台灣左翼文學理論一樣，楊逵的小說也在與日本左翼聯手邁向世界無產階級運動之際，念念不忘台灣的殖民地「民族」問題。

然而，在台灣人知識分子與日本左翼文人的交往過程當中，兩者之間的地位顯然是不平等的。譬如選出〈送報伕〉的日本人評審，都指出這篇小說有著「不成熟」、「不流暢」的缺點，不過因為「眞情」洋溢感動人心，所以還是被選上。[56]就連台灣人自身，也都抱持同樣主張，譬如前述認為台灣話文有礙世界無產階級團結的賴明弘，投稿以〈請指導殖民地文學！〉為篇名的投書到《文學評論》雜誌，投書當中首先慶賀台灣人終於以〈送報伕〉打入日本文壇，接著如日本人評論者一樣表示這篇小說「不成熟」、「創作筆法幼稚」，比不上朝鮮的張赫宙。不過在具體描寫殖民地的歷史現實這一方面，比張赫宙略勝一籌，因而具有獨特的價值。在投書的最後，賴明弘表示，「我們熱切地希望日本的普羅作家今後也能以同志溫暖的手，給予殖民地文學培育及指導」。[57]由此可知，一九三〇年代的台灣人知識分子不僅在思想上師事藏原惟人等日本人左翼分子的理論，在文學創作上，也認為日本的普羅作家「同志」在思想、語言與藝術成就上高於殖民地作家，懇請日本左翼作家給予後進的殖民地左翼文學「培育」及「指導」。

賴明弘的投書同時也顯示出，台灣人知識分子與同為殖民地的朝鮮人知識分子之間，具有強烈的競爭意識。由朝鮮作家張赫宙在日本發表的一篇文章，可以得知這樣的競爭意識受到日

55 同前註，頁一七一一九。

56 請參照德永直等人的評審意見。〈〈新聞配達夫〉について〉，《文学評論》一卷八號（一九三四年十月），頁一九八。

57 賴明弘，〈植民地文学を指導せよ！〉，《文学評論》一卷八號（一九三四年十月），頁三七。

本左翼作家很大的影響。張赫宙在文中明確反對德永直等日本左翼作家要求殖民地文學的「民族色彩」，刻意製造朝鮮與台灣作家之間爲了獲得日本文壇認同而互相競爭的狀況。[58]他在回覆楊逵《台灣新文學》創刊號的問卷時，也明確表示，朝鮮與台灣的文學沒有必要局限在「殖民地文學」的「狹小世界」當中。[59]與朝鮮作家與日本文壇之間的糾葛相對照，台灣人知識分子在一九三〇年代中期與日本左翼文壇交流後，沉浸於左翼文學中透過「階級」的連帶超越「民族」與「國家」界線的理想當中。他們忽略了，即使在世界無產階級聯盟的口號下，日本與殖民地左翼文壇的交往過程中，還是無法擺脫殖民地歧視與不平等的權力關係。

從一九二〇年代初期至一九三〇年代中期，台灣知識分子接觸到社會主義思想之後，並沒有如日本人左翼分子一般，馬上跳越到超越民族國家的無產階級國際聯盟之烏托邦世界，而是著重於殖民地台灣階級鬥爭的獨特「民族」意涵。他們對於如何啓蒙無產階級的具體方法之辯論，也往返於世界無產階級運動的「普世性」，與台灣先後做爲中國移墾社會與日本殖民地的「特殊性」之間。他們因而呼籲日本帝國下的無產階級運動仿效蘇聯統合多民族社會主義國家的做法，以各民族特有的文化爲基礎，進而建立統一的社會主義國際文化，而非直接摒棄民族文化。然而，民族與殖民地地位的階層與不平等，使得殖民地左翼文學當中的「民族文化」，終究淪爲日本人民族優越感下的「他者」想像。這也是爲什麼一九三七年中日戰爭爆發後，「轉向」的日本左翼分子很快地呼應日本「大東亞共榮圈」等戰時口號，以殖民地民衆取代國內無產階級，做爲他們確立自我認同的「他者」。[60]而夾在中日兩國之間的台灣，也隨之進入另一個「現代的超克」之新階段。

結語：無法「超克」的「現代」

從一九二〇年代初期的《台灣青年》、《台灣》雜誌到一九三〇年代中期的日台左翼文壇，台灣人知識分子試圖在一個橫跨日台兩地的論述場域，與同情台灣民族與社會運動的日本人知識分子進行對話，呼籲日本內部對於日本殖民地統治政策及資本主義進行反思。同時，他們的論述都試圖在中日關係、亞洲、東洋、有色人種甚或世界人類的範疇當中，理解與探討台灣的

58 張赫宙，〈私に待望する人々へ—徳永直氏に送る手紙—〉，《行動》第三年第二號（一九三五年二月），頁一八八—九一。關於楊逵、張赫宙與日本左翼文壇之間的錯綜關係，請參照山口守，〈想像／創造される植民地—楊逵と張赫宙〉，收入呉密察、黃英哲、垂水千惠編，《記憶する台湾—帝国との相剋》（東京：東京大學出版會，二〇〇五），頁七七—一〇〇。

59 〈台湾の新文学に所望する事〉，《台湾新文学》創刊號（一九三五年十二月），頁三四。

60 權錫永，〈帝国主義と《ヒューマニズム》—プロレタリア作家を中心に〉，《思想》八八二號（一九九七年十二月），頁一三八—五八。

殖民地「民族」與「階級」問題，框架與視野超越台灣與日本帝國內部。這顯示出，他們已深刻體會到，唯有訴諸於全球性的「民族」與「階級」議題，同時透過殖民地母國日本或前宗主國中國，與全球性民族階級論述進行接軌，才能有效喚起世人對台灣內部殖民地問題之關注。畢竟台灣現爲日本殖民地，之前受到中國統治，從以前到現在，從來沒有成爲獨立的政治單位，無法如世界其他弱勢國家或新獨立的國家一般，以國家爲單位進行民族抗爭，只能跳過民族國家的範疇，尋求直接進入、參與「現代世界」的方法。[61]具體而言，台灣人知識分子試圖透過「民族」與「階級」等世界性的新思潮，讓台灣獨特的殖民地問題得以在全球性的抗爭與論述當中浮現。

因此，在一九二〇年代初期至一九三〇年代中期，台灣人知識分子在戰略上訴諸來自西方的「人道正義、自由平等」普世性理念，分別試圖透過「民族自決」與「世界無產階級聯盟」這兩個世界性的現代思潮與實踐，抵抗日本帝國以「現代化」之名，加諸台灣的殖民同化政策與資本主義，以改善台灣的殖民地問題與現況。他們同時也留意到，殖民母國日本藉由西化成爲黃種人後進帝國後，與西方現代物質、制度或思潮之間，從接受模仿到試圖競爭「超克」的關係轉變，進而嘗試在此多重的現代性演繹關係中，找到台灣進行自我定位與殖民抗爭的位置。

然而，台灣人知識分子進行「現代的超克」之努力，首先面臨了殖民國日本做爲黃種人的後進帝國，複製並挪用西方列強以「人道正義、自由平等」的普世性理念所掩飾的自我種族中心主義，並據以合理化殖民地的民族與階級壓迫。這使得台灣的殖民現代性纏繞著歐美—日本—亞洲其他國家的重層權力關係，以及該權力關係下，跨國聯盟理念策略（民族自決與無產階級國際聯盟）與自我民族中心主義之內在衝突。就在這樣的外在與思想環境下，台灣人知識分子爲了超越非國家位置局限而採取的跨國「民族」與「階級」戰略，終究被回收到爲日本挪用的西方種族、進化論、啓蒙等現代性論述當中，無法有效「超克」殖民地台灣的現代困境。

本章回到台灣進入現代世界體系的初期階段，探討台灣做爲一個非民族國家，在日本殖民統治下因應日本對於西方「現代」的演繹，反抗殖民同化政策與資本主義的成果與局限，藉以爬梳台灣現代性形構的獨特脈絡。以下各章所討論的殖民地台灣小說與現代性再現，均衍生於此一歷史與社會文化脈絡。在第二章，我將進入本書所討論的對象「現代小說」，將時間再次拉回一九二〇年代初期小說在台灣的萌芽階段，探討初期台灣小說游移於傳統與現代、外來與本土之間的流動樣態，以及它們如何做爲一種殖民現代性的形構與表現，在中日國族主義、印刷資本主義與中產階級讀者之影響下誕生。

61 這也是爲什麼在同時代的世界局勢當中，台灣知識分子對於類似立場的朝鮮、滿洲、愛爾蘭等地的發展與現況，寄予特別的關注。

第二章

越界書寫

——一九二〇年代台灣現代小說的誕生

一般爲某個新的敘事形式或風格做歷史定位時，大多討論其如何打破「之前」既有的傳統，如何被「下一個」更新的敘事所取代，相較之下顯現出什麼樣獨特的性質。這樣的分析方式預設一種單一而直線的演變進程，將不同的敘事以時間先後排列順序，強調它們彼此之間的斷絕。然而，實際上我們可以很輕易地在同一時期當中，觀察到不同敘事形式或風格並存且互相影響的情形。以十八世紀初期小說在英國的誕生爲例，小說史研究家麥基恩（Michael McKeon）曾經提出，狄福（Daniel Defoe）等人所著一般公認爲小說源流的作品，在顛覆傳奇（romance）這舊敘事傳統的形式與精神之同時，也繼承了不少傳奇的情節與成規。[1]小說這個新興的文類與既有敘事傳統混雜的情形，在歐洲以外的區域更是顯而易見。因爲，打從一開始，小說就是在外來形式與在地傳統的交會、衝突與融合當中所衍生出來的。近年來，在中國、日本與台灣，都有學者以這樣的觀點出發，重新審視西方產物的小說在東亞各個地區的起源。王德威認爲，向來以感時憂國的五四新文學爲現代文學之濫觴，視晚清小說爲傳統敘事殘延的觀點，忽略了晚清「更爲混沌喧嘩的求新聲音」形塑中國文藝現代性的重要意義。[2]龜井秀雄也曾就江戶時期馬琴文學的現代意義，以及明治初期被視爲「懷古派」的樋口一葉文學如何銜接傳統與現代進行討論。[3]黃美娥則分析世紀初期出現於台灣的漢文通俗小說，在繼承傳統文學與社會價值觀的同時，也受到大衆媒體及文明啓蒙論述之影響，呈現台灣傳統文人面對現代物質文明、思維方式及文學典律時的複雜反應。[4]這些先驅研究質疑將現代小說與既有敘事傳統做二分切割的思考，轉而討論小說在東亞各地區萌芽之際，如何銜接西方現代與在地傳統，在該過程中所產生的混雜與矛盾，又如何呈現東亞地區不同於西方的另類現代性。

在台灣，外來的小說文類與在地既有敘事傳統的交會與折衝，呈現複雜的面貌。台灣的散文敘事傳統來自中國，善書和明清章回小說廣爲流傳，這些敘事進入識字階級僅占少數的台灣移墾社會之後，呈現濃厚的口傳性質。清末宦遊文人江日昇曾以台灣鄭氏政權爲題材創作《台灣外記》，然而，最早出於台灣人之手的小說，必須等待日本殖民統治將活字印刷媒體引進台灣。在世紀轉換期，具漢學素養的台灣傳統文人以文言文進行小說的翻譯與創作，因不諳西

---

1 Michael McKeon, "Introduction," *The Origins of the English Novel, 1600-1740* (Baltimore: The Johns Hopkins University Press, 1987), pp. 2-3. 此外，作者還提出在十八世紀初期英國小說的生產與消費過程中，中產階級並非最具主導性的社會階層，沒落貴族與士紳階級之觀點更具有決定性。藉由傳奇與貴族這兩個揮之不去的舊傳統，作者論述小說的現代性與其辯證性的否定密不可分，修正艾恩．瓦特（Ian Watt）研究小說起源的古典之作《小說的興起》（*The Rise of the Novel*）對於文藝與社會階層的斷裂之強調。

2 王德威，〈沒有晚清，何來五四？——被壓抑的現代性〉，《如何現代，怎樣文學？：十九、二十世紀中文小說新論》（台北：麥田，一九九八），頁二三—四二。

3 分別參照龜井以下兩本專書，《小説論》（東京：岩波書店，一九九九）；《感性の変革》（東京：講談社，一九八三）。

4 黃美娥，〈舊文學新女人——《漢文台灣日日新報》中李逸濤通俗小說的女性形象〉，《重層現代性鏡像》，頁二三七—八三。

文，對於西洋小說理論與實踐的吸收，必須透過前宗主國中國與殖民母國日本的中介。[5]到了一九二〇年代，新舊文學論爭、中國話文與台灣話文論爭雖仍方興未艾，但（北京）白話文已躍居於文言文之上，成為《台灣民報》等報章雜誌主要推廣及使用的書寫語言，小說的創作也不例外。此一時期，從中國與日本進口台灣的，除了西方小說理論與實踐，還有中日兩地現代小說的實驗創作，兩者均使用以言文一致為目標的現代語。

由此可窺見，在政經文化上處於從屬地位的台灣，其傳統與現代小說敘事均來自於台灣島外，歷經多重的翻譯與移植；具有現代意義的小說的誕生過程，與複數空間共時的文化狀況息息相關。前述小說史研究家麥基恩編著的《小說理論》（*Theory of the Novel: A Historical Approach*）文集依主題選錄近半世紀以來的重要文獻，在最後設有「殖民與後殖民小說」專題，收入的三篇論文分別討論拉丁美洲、非洲與印度的小說。編者在專題前言提到，關於殖民與後殖民小說敘事形式之演變，從傳統／現代的區別所衍生的通時的（diachronic）問題，移轉到物質／文化的區別所衍生的共時的（synchronic）問題，「在這樣的架構下，僻地的『傳統』被視為與中心都會的『現代』同時並存，『現代化』被理解為從『那裡』到『這裡』，而非從『那時』到『此時』」。[6]事實上，台灣傳統文人的小說創作涵蓋偵探小說、寓言小說、傳記小說、諷刺小說等，不同時期流行於西方的各個文類，在同一時期以前衛面貌爭鳴於台灣的報章雜誌上。[7]一九二〇年代台灣人知識分子在引介現代文藝思潮時，浪漫主義、自然主義、象徵主義、神祕主義等等，不同時期的西方現代文藝主流，從西洋「那裡」移植到台灣「這裡」時，是「同時」以排山倒海之勢湧進台灣的。[8]這些西方文藝諸思潮在抵達台灣的途中，歷經了中國與日本的中介，抵達台灣之後又受到殖民地地政學影響。綜而觀之，在台灣的文藝現代

5 詳見黃美娥，〈文學現代性的移植與傳播——台灣傳統文人對世界文學的接受、翻譯與摹寫〉，《重層現代性鏡像》，頁三一九—三三三。

6 Michael McKeon, "The Colonial and Postcolonial Novel," in *Theory of the Novel: A Historical Approach*, ed. Michael McKeon (Baltimore: The Johns Hopkins University Press, 2000), pp. 851-52. 編者表示，本書所輯之小說理論基於通時的或共時的分類方式，以及這兩個面向之間的多重交錯所產生。譬如說，古代／中世／文藝復興等時期區分的方式屬於前者，書簡小說／家庭小說／歷史小說或是英國小說／法國小說的分類法屬於後者，口傳／文字／印刷的區別則同時適用於這兩種分類方式。

7 關於小說分類的「創作知識體系」在台灣的出現，請參見黃美娥，〈文學現代性的移植與傳播〉，頁三一一—一四。

8 參見小野村林藏，〈現代文藝之趨勢〉，《台灣青年》第四卷第一號（一九二二年一月），漢文之部，頁四三—五一。林南陽，〈近代文学の主潮〉，《台灣》第三年第五號（一九二二年八月），和文之部，頁二四—四四。張我軍，〈文藝上的諸主義〉，《台灣民報》第七七號（一九二五年十一月一日），頁一三—一四；第七八號（一九二五年十一月八日），頁一五；第八一號（一九二五年十一月二十九日），頁一四；第八三號（一九二五年十二月十三日），頁一四—一五；第八七號（一九二六年一月十日），頁一四—一五；第八九號（一九二六年一月二十四日），頁一四—一五。以上文章均以十八世紀末期的浪漫主義爲現代思潮源頭，介紹其後一個世紀半以來各時期的思潮主流。其中，小野村林藏還特別提到他在文中所介紹的自然主義、禮加壇（應爲法文décadence音譯）、人道主義等傾向，雖有「因果的關係而成時間之前後者」，然而，「與其謂之連續繼起而來，事實上寧謂之同時混在」（頁五一）。

化過程中，「空間」移植的因素比「時間」演進的脈絡更具有決定性。

本章以出現於一九二〇年代初期兼具現代語言、形式與內涵，但尚未受到正典化的小說群[9]爲對象，討論現代小說在台灣的起源。主要依照陳萬益的分期，將焦點放在從「一九二一年底『會報』[10]刊登和漢小說開端，到一九二六年《台灣民報》發表具有現代小說意味與形式的〈鬥鬧熱〉、〈光臨〉、〈買彩票〉等作品之前的『搖籃期』階段」。選擇早期白話文小說爲討論對象，並不意味著我不認同傳統文人文言文小說創作之現代意涵，而是因爲我認爲一九二〇年代初期台灣的白話文小說在語言、形式與內涵同時展現的求新欲望，以及其誕生過程中殖民地時空的影響，有助我們具體思考台灣殖民現代性的混雜與流動樣態。

在分析實踐方面，本章首先將焦點放在這些小說文本與在地敘事傳統之動態關聯，分別討論國族主義、印刷資本主義與中產階級讀者這三個因素在形構台灣現代小說時特有的運作方式。在此要特別說明的是，本章雖然將這三個要素分節討論，並分別列舉小說文本做實際分析，但其實這三個要素彼此之間互相關聯，對於每一篇小說作品都有相當的影響。本章以時間與空間的連續性（而非斷絕性）爲出發點，試圖捕捉一九二〇年代初期台灣小說在傳統與現代、外來與本土之間的游移，藉此釐清台灣的現代小說做爲殖民現代性的形構與表現，呈現何種異於其西洋始祖以及中日先驅的獨特歷程。

一、互異空間與敘事重層疊寫的國族寓言

一九二四年九月十一日，張梗〈討論舊小說的改革問題〉開始在《台灣民報》連載，總共連載七次。全文針對在台灣廣爲流傳的中國明清白話「舊小說」進行批判，藉此提出現代小說形式與美學的新規範。在這篇文章出現之前，已經有不少提倡新文學的文章提及中國白話小說，但都僅將白話小說視爲傳播白話文的工具，[11]張梗這篇理論性文章則賦予白話小說做爲新文藝形式之自律性。整篇文章除了呈現台灣小說從「舊」過渡到「新」的過程，更顯示出這樣的過程如何捲入複數的空間。首先，作者在文章開頭處便不客氣地指出：「平心而論，台灣那

---

9 參見陳論文所列之二十篇小說。陳萬益，〈於無聲處聽驚雷——析論台灣第一篇小說〈可怕的沉默〉〉，收入中央研究院中國文哲研究所編委會主編，胡曉眞執行編輯，《中國現代文學國際研討會論文集：民族國家論述——從晚清、五四到日據時代台灣新文學》（台北：中央研究院中國文哲研究所籌備處，一九九五），頁三二八—二九。

10 即台灣文化協會會報。

11 顯著的例子如下：張我軍引述胡適《五十年來中國之文學》一書中，將「水滸三國西遊紅樓」視爲「中國國語的寫定與傳播兩方面的大功臣」之論述。張我軍，〈文學革命運動以來〉，《台灣民報》第四六號（第三卷第六號〔一九二五年二月二十一日〕），頁一二。黃呈聰則提到，在台灣有許多人喜歡閱讀《紅樓夢》、《水滸傳》等白話小說，因此中國白話文已有相當的普及。黃呈聰，〈論普及白話文的新使命〉，頁二一。

裡有小說之可言。不過是那些中國流來的施公案彭公案罷了」。[12]在批判這些中國傳來的小說缺乏獨創性、無深刻內涵、過度彰顯懲惡勸善功能等缺點之際，作者對於當時衆多中日小說習作模擬對象的俄國、法國等西洋小說只是簡短數語帶過，倒是不惜篇幅地以日文抄錄國木田獨步的短篇小說〈疲勞〉，做爲改革「舊小說」時參考的典範。這篇短篇小說最初發表於一九〇七年六月份的《興趣》（《趣味》）雜誌，小說中描繪的疲倦感可能受到國木田獨步病痛之身（隔年因肺結核死去），以及慶祝日俄戰爭（一九〇四—一九〇五）勝利狂歡過後積疲湧出的社會氣氛。張梗的解讀並沒有提到這些構成小說基調的背景因素，只著重於小說當中平鋪直述記錄一介商人一天的奔忙，寫實地「反映人生世相」，並且回頭尋找中國小說《水滸傳》、《儒林外史》當中，展現哪些像〈疲勞〉一樣的可取手法。〈討論舊小說的改革問題〉一文書寫於東京，文中自由往返於中國明清小說與西洋、日本現代小說之間，法文、中文與日文之間，文言文與白話文之間，呈現出台灣現代小說產生於中國、西洋與日本文藝形式與美學交會之處。除了將中國傳統與西方、日本現代並置對比，這篇文章還提到中國舊小說在台灣傳播的獨特方式。文中提到傳統才子佳人故事情節反覆出現，「說的戲檯下的觀衆垂涎嘖々稱羨。坊間風行的小說、臺南的『布地戲』、『彥仔朝』、『小飛虎』排演的，那齣戲不是這個安排」？[13]特別提出明清小說由中國移植到台灣之後，因爲不識字的農民占移墾社會人口的大多數，其傳播方式與戲劇等口傳娛樂密切結合的情形，使台灣這個空間中特有的小說搬演形式，實際介入中國、西洋與日本等互異空間及其小說形式美學的折衝過程中。

張梗論文發表之前，《台灣》、《台灣民報》等印刷媒體已出現不少具現代小說雛形的白話文作品，可見當時現代小說已在部分台灣人知識分子之間流通，並非一個全然陌生的文藝形式；張梗（及其他同時代知識分子）改革舊小說提倡現代小說的呼籲，其實是對開始出現中的現代小說進行理論化及正統化的工作。張梗所提出的小說理論從今日看來了無新意，但我們必須回到它出現的時空背景當中，理解它在當時所呈現的原創性。同樣地，面對一九二〇年代初期小說創作對傳統敘事的援用時，我們也必須留意這些傳統「殘滓」如何顯現小說在複數空間縫隙中的生成「過程」。陳萬益在前述論文當中，肯定現時可知台灣最早的中文小說〈可怕的沉默〉與最早的日文小說〈她要往何處去〉（均發表於一九二二年）做爲先驅性小說的價值，認爲之後發表的各篇小說「或者採用中國舊小說的形式，或者使用文言文寫作，或者思想不深

12 張梗，〈討論舊小說的改革問題（一）〉，《台灣民報》第三一號（第二卷第一七號〔一九二四年九月十一日〕），頁一五。不限於張梗，同時代台灣人知識分子在提及「舊小說」「傳統小說」之時，指的都是明清白話小說，世紀轉換期開始出現於台灣印刷媒體的文言文小說，在時間空間上與這些知識分子更爲接近，卻不見言及。可能原因包括這些文言文報紙小說的傳統書寫語言、通俗性質，以及因爲時空上太爲接近，無法將其正典化。

13 同前註，頁一五。

刻」，呈現「倒退」的現象。[14]在接下來的討論當中，我並不採用直線式進化論的觀點來否認這些小說之現代意涵，而是著眼於傳統痕跡如何具體呈現現代小說生成過程中傳統與現代、本土與外來因素共存的複雜樣貌。

一九二三年八月讀者投稿《台灣民報》的〈河東獅子吼〉[15]不管在語言、形式與內涵上，都呈現出從傳統到現代的過渡性質。整篇小說在結構上分爲三個部分，第一部分回顧傳統中國倫常之中女性的三從四德，第二部分爲作者在台南的親身見聞，某懼內警吏因私自納妾而在衆人面前受到惡妻教訓的經過，第三部分則提倡以家庭教育普及女子智識以達成家齊國治。開頭與結尾論說部分的語言介於文言文與白話文之間，引經據典傳統倫常觀點之際，夾雜淺顯白話文論述。第二部分開頭如下：

> 却說臺灣裡臺南地方有個警吏林某，在職亦有十數年，伊祖先在前清之時候，亦是食銜飯的，家道小康，到也豐衣足食，林某到了三十歲娶個妻，生得虎頭燕含，頭無手（耳）嘴無齒，近視臭鬢邊，又生性乘（乖）張，復習於懶惰……[16]

從論說轉爲故事情節敘述之後，除了延續使用文白夾雜的漢文，還加入一個新的語言——閩南語。除了閩南語詞彙（「伊」「食銜飯」等）及俗諺（「頭無手（耳）嘴無齒，近視臭鬢邊」）的運用之外，句子長度明顯變短，語詞使用趨近口語，整個段落的敘事形態從論述書寫轉化爲閩南語口傳敘事之形式。在內涵方面，這篇小說護衛傳統夫婦倫常秩序，卻在傳達其守舊訊息之際，仿擬現代敘事形式的報紙小說手法，包括實際聽聞之紀實，以及直接向「讀報諸君」呼籲。更重要的是，作者在文中將這篇敘事自稱爲「小說」，除了顯示作者對於這個新文類的認知，更顯示出「小說」不再是遊戲之作，雖是街談巷語、道聽塗說，也可反映當下社會百態，並發揮懲惡揚善的教化功能。也就是說，〈河東獅子吼〉短短的篇幅裡，匯集了文言文、白話文及閩南語三種語言，以及與之相對應的敘事形態；這些互異的語言與敘事形式大致依照論說與說故事來區別，但實際上彼此之間的分界線並不明顯，而是轉換自如、互相夾雜的。

施文杞〈台娘悲史〉[17]則爲賦予傳統敘事新的內涵之具體例子。作者爲上海暨南大學的台灣人留學生，小說描述嬌豔聰慧的女子台娘被迫嫁給父親華大昔日雇員日猛爲妾，從此過著暗

---

14 陳萬益，〈於無聲處聽驚雷〉，頁三三〇。

15 （無署名）〈河東獅子吼〉，《台灣民報》第五號（一九二三年八月一日），頁一五。本章引用的文本當中有不少植字錯誤，引文括號內爲筆者依據上下文進行的校正。

16 同前註，頁一五。

17 施文杞，〈台娘悲史〉，《台灣民報》第一六號（第二卷第二號（一九二四年二月十一日）），頁一五—一六。

無天日的日子。女性成為封建制度犧牲者的故事缺乏新意，然而小說中白話文的使用以及對當時政治狀況的影射，賦予其現代性質。這篇小說明顯寓示一八九五年日本以謀略得到台灣這殖民地之後，處處壓迫、限制台灣的現實政治狀況。除了情節吻合眞實的歷史事件，登場人物的名字台娘、華大、日猛、滿姐等，都以事件當事者的東亞政體之名加上表示其政治地位的一字所組成。小說標題旁界定文類為「寓言小說」，預告讀者在這看來熟悉的故事背後，「寓」藏有另外一個政治故事。小說結尾的前半部顯示出，台娘個人的故事還被賦予另外一個現代的意義。

> 近來各地高倡女權伸張。什麼「男女社交公開」呵、「男女平等」呵、「婦女解放」呵、「女子參政運動」呵、「自由戀愛」呀、種種時髦名詞，衝著台娘的耳鼓，呌（叫）台娘那裡不會感動呢？台娘受著這影響，於是關人格問題，時常向著日猛請願，說那「還我自由」、「尊重公理」的話頭。但日猛本來是只挾著「強權」，那知「公理」是什麼東西？[18]

這篇小說敘述台娘（台灣）在強迫的婚姻（殖民統治）之下爭取人權與尊嚴，結合政治意識與女性主義思潮，引文明顯具有雙重的現代意涵：一方面寓指殖民地壓迫下滋生的政治意識與台灣議會請願運動，另一方面批評傳統封建社會的婚姻問題，兩者均為《台灣民報》文化啓蒙運動的重點。然而，小說裡將台灣「女性化」，並以男性強奪女性來寓示殖民統治，正是殖民者在合理化征服與統治過程中的壓迫與不平等時慣用的論述。

這篇小說直接影射殖民地現實政治狀況，引文中甚至直接使用「請願」一詞。〈台娘悲史〉對於日本殖民統治的露骨批判，以及另一篇評論文章〈對於教育界的不滿意〉，使得當期的《台灣民報》在台灣被禁。針對此，作者施文杞在事後以筆名「涙子」發表一篇文章，「懺悔」造成《台灣民報》數百元的損失。這篇文章表面上懺悔，並自貶〈台娘悲史〉創作「不過也是一篇普通遊戲的文章，實沒有什麼價值」，實質上卻是對殖民者當局的言論箝制表示抗議，並呼籲台灣同胞不要因此而「緘口無言」。[19]不過，〈台娘悲史〉雖顯示強烈的政治意識及女權主張，在書寫形式上仍可見中國傳統敘事形式的痕跡。前述引文之後，作者感嘆台娘悲慘的命運道：「唉！台娘之不幸，作者的涙痕」，採用感嘆語法來增添臨場感，爭取看官道德支持及同情，沿襲了明清小說慣用的手法。〈台娘悲史〉將現代政治與女權意識鑲嵌到傳統敘事情節與形式中，呈現從中國傳統敘事移行到現代小說的過程。

18 同前註，頁一六。

19 涙子，〈是我的罪〉，《台灣民報》第二〇號（第二卷第六號（一九二四年四月十一日）），頁一三—一四。

無知〈神秘的自制島〉[20]發表的時間爲較〈台娘悲史〉早一年的一九二三年，正是日本殖民政府準備大舉慶祝統治台灣三十週年之前夕。小說情節諧擬陶淵明〈桃花源記〉，只不過敘事者在開頭與結尾處表示，這只是一場酒醉之後的夢，不像漁夫闖入桃花源異界被塑造成眞有其事。但是，小說結尾處說「夢雖然是夢，我的靈魂從此以後不免夜々要受那力士的威脅了」，強調殖民地無形的壓迫所產生的實際禍害。與〈桃花源記〉更關鍵性的不同是，這是一篇反烏托邦小說，標題已點出台灣人民無法得到想要的「自治」，反被愚民政策的「自制」所限，敘事者所進入的「靈境」並非不受現實政治變遷影響的人間樂土，而充斥著深深爲殖民統治箝制卻不自覺的怪現象。此外，作者在批判日本殖民政府口頭上講平等，實際上卻採取歧視性的高壓政策時，提到「向來的祖師，雖也曾賜過法物，但還是木製的，不甚堅牢」，將日本的殖民統治置於中國統治的延續當中。〈神秘的自制島〉藉由傳統敘事來進行現代政治批判，並帶有點醒蒙昧大衆的啓蒙目的，不過最彰顯其現代意義的應爲附註於小說之前的編者記。

有一天是東海上自制島的一個大紀念日，全島的人民以及飛潛動植等物，都很熱誠的來歡迎這個紀念。這個機會，恰好有個無知國裡的頑民，也來觀光。他便把觀光所感，作了一篇短々的隨筆。承他不棄，把這篇隨筆寄與本雜誌。讀者諸君，當知這個自制島，並不是遠在天上，偏這位無知先生，詫爲創見，這便可見他的眼光很短視了。適本誌乏稿，勉應其請。請讀者諸君，也勉強來看他一過，何如。本誌記者識。[21]

這段附記文字尤其凸顯小說的政治寓意，使得這篇小說成爲雜誌編者與小說作者的聯手創作。編者不只呼應小說的虛擬情節，甚至還站在小說文本的後設位置，指稱小說作者的「無知」（正是小說作者的筆名），並將雜誌與讀者帶入小說的鑑賞空間，刻意造成眞實與虛構亂不可分的效果，以呼應小說的寓言性質。

〈台娘悲史〉與〈神秘的自制島〉藉由寓言的方式呈現殖民地台灣的政治社會現實，兩者均具有詹明信（Fredric Jameson）所謂「國族寓言」之性質。[22]兩位作者批判殖民地現況的意圖顯而易見，使得東方孝義以日本殖民者的角度觀察台灣在地文化時，提到一九二〇年代初期台

---

20 無知，〈神秘的自制島〉，《台灣》第四年第三號（一九二三年三月），頁一八—二二。

21 同前註，頁一八。

22 「即使表面上看起來是私人的、受個人欲望力動所驅使的，第三世界的文本必然以國家寓言（national allegory）形式反映出社會上某個政治層次，**也就是私人命運的故事映照出第三世界文化與社會對立情況之寓言**」（Fredric Jameson, "Third-World Literature in the Era of Multinational Corporations," *Social Text* 15 [Fall 1986]: 69，原著著重）。本論文援引之日文英文資料中譯均爲筆者自譯。詹明信的理論受到阿加茲・阿曼德（Aijaz Ahmad）的批評，認爲他因爲急於藉由「國族寓言」將被統稱爲「第三世界」的國家之文本「正典化」，而忽視各國族主義發展的不同歷史歷程（Aijaz Ahmad, "Jameson's Rhetoric of Otherness and the 'National Allegory'," *Social Text* 17 [Fall 1987]: 3-25）。

灣的文學活動實質上是藉由文學的形式來進行思想運動。[23]另外一篇發表時間相近的小說〈誰誤汝〉[24]也以實際歷史政治事件爲背景，但並沒有採用政治寓言的手法。居住廈門、福州等地的台灣籍民（具日本國籍而居住台灣以外的海外地區之台灣人）向來憑恃領事裁判權的特權保障，從事強盜、賭博、販賣鴉片等惡行，在中國五四運動排日風潮中，成爲首先遭受攻擊的對象。[25]一九二二、一九二三年左右的《台灣》雜誌上出現了數篇相關文章，[26]顯示出台灣人知識分子對這個問題的關切，發表於一九二三年八月十五日《台灣民報》上的〈誰誤汝〉則是第一篇採取小說形式之再現。小說中描述廈門台灣籍民仗日本國籍身分欺凌中國人「舊同胞」，討債時甚至比「前清官」更爲凶狠，短短幾行敘述已充分顯示台灣籍民問題的複雜性：日本國籍使台灣人淪爲被殖民者從屬地位，卻也使其得以依附帝國勢力，在中國以新興權威者的姿態出現，欺凌昔日同胞，成爲排「日」運動攻擊的對象。整篇小說以旅居廈門的台灣人「台魂」的自白懺悔爲主軸，夾雜過往在廈門爲非作歹之回憶。三年前「台魂」從台灣到廈門，立志聯合中國舊同胞「打破無公裡（理）的強權，復我們的自由，建造我們的光明新世界」，卻與台灣同鄉進行各種「擾亂中國治安的行爲」。小說結尾描述主角悲慘的下場如下：

他說例〔到〕這裡，忽然從他喉中，一道紅血水龍似的噴出來，他的身子忽然顛在船倉邊，想了他毒害中國的治安，強奪錢莊的錢銀他的心臟更覺痛悔，更加苦楚（中略）台魂凝視那高尚的月兒，慢々向東方行了最後的敬禮，一道黑光，混入海中……月光兒照的，海波聲依然響的一陣一陣的涼風刮々的吹，似哀吊這位可憐的青年，四圍都寂寞了，但聽見水裡的哀音！領事裁判權悮〔誤〕我！領事裁判權悮我……月光照舊照的明亮，海波更

23 東方孝義，《台湾習俗》（台北：高等法院檢察局通譯室研究會，一九四二），頁二四二。此外，常在《台灣民報》記事中成爲批評對象的辜顯榮，也成了這時期政治寓言小說影射的對象。根據筆者推測，海外逸氏的〈西遊記補遺〉藉由家喻戶曉的西遊記人物，寓示一九一一年梁啓超（豬八戒之角色）受林獻堂（土地公之角色）邀約遊台的歷史事件。故事中以「有官利階級」「十字無上光榮牌」等諷刺辜顯榮協助日軍而獲頒紳章、獲選爲總督府評議員，雖爲台灣人（「同種」）卻主張台灣議會的設置「時機尚早」。另外，謝星樓以鷺江柳裳君的筆名發表的〈犬羊禍〉似乎也影射辜顯榮等御用士紳與林獻堂的對立，然而寓示的對象與事件並不清楚。

24 翁澤生，〈誰誤汝〉，《台灣民報》第六號（一九二三年八月十五日），頁一三—一四。作者當時就讀廈門一帶最多台灣人留學生聚集的集美中學。參見戴國煇，〈日本の植民地支配と台湾籍民〉，《台湾近現代史研究》第三號（一九八一年一月），頁一三六，井上庚二郎領事提出的統計人數。

25 關於廈門台灣籍民相關問題及其在中國排日運動中遭受攻擊的背景與經過，參見戴國煇，〈日本の植民地支配と台湾籍民〉，頁一〇五—四六。這篇論文介紹新出土的資料：一九二六年九月脫稿、日本駐廈門領事井上庚二郎所著，《廈門的台灣籍民問題》（《廈門ニ於ケル台湾籍民問題》），前面附有詳盡解說。

26 譬如林東崗，〈中国旅行の所感〉，《台灣》第三年第七號（一九二二年十月），和文之部，頁三九—四二；張我軍，〈南支那に於ける排日政策〉，《台灣》第四年第七號（一九二三年七月），頁四九—五三；王金海，〈旅華第一信——福州を見る—〉，《台灣》第四年第七號（一九二三年七月），頁八六—八九。

覺響的悽涼，澎湖島邊的海波至今還來息他悲的韻調，台灣海峽的流水千古向留著台魂最應〔千古向東流著台魂最後〕的領事裁判權悞（誤）我的哀音！27

閱讀至此，我們才知道主角名爲台「魂」，是因爲他向東方（台灣的方向）行最後的敬禮之後，從他當初來廈門時搭乘的船隻投海自盡。小說自始至終反覆出現的月光與浪濤，跨越過去與現在、中國與台灣的時空距離而將其銜接；內心世界的懺悔與回憶、主角投海的行動、夢境與現實、廈門台灣籍民的相關歷史、充滿詩意的寫景與悲嘆彼此互相交織，沒有明確的分界線。相對於〈台娘悲史〉與〈神秘的自制島〉援用中國既有敘事文本直接影射現實歷史事件，〈誰誤汝〉敘事結構與語言趨近現代風格，敘事者內心意識世界的詩意語言，使其政治寓意蒙上薄紗，若隱若現。

從以上分析可以看到台灣初期現代小說的敘事語言、形式與內涵當中，傳統與現代、本土與外來、文藝與政治、眞實與虛構等原本被視爲涇渭分明的範疇，同時並存、互爲滲透，呈現舊有痕跡隱約可辨識的重層疊寫（palimpsest）之貌。這樣的多重越界會在一九二〇年代的台灣發生，背後究竟有著什麼樣的物質與社會基礎？換句話說，什麼樣的物質與社會層次的現代化經驗，提供了銜接不同範疇、化解其間分界線的媒介？以下將分別就印刷媒體與讀者這兩個現代產物在台灣的出現，探討其如何決定初期台灣現代小說之形態。

二、從帝國首都回流故鄉殖民地的獨特生產路徑

現代小說的誕生與普及，與報章雜誌等印刷資本主義的興起密不可分，在台灣也不例外。本文討論現知台灣最早的白話文小說之理論與實踐，這些書寫主要出現在一九二〇年代發行的會報及雜誌上，包括在台灣發行的台灣文化協會會報（一九二一—一九二三），以及在日本發行的《台灣青年》（一九二〇—一九二二）、《台灣》（一九二二—一九二四）、《台灣民報》（一九二三—一九三〇）等一系列雜誌當中。根據《台灣總督府警察沿革誌》第二篇的記載，一九二一年文化協會在台北成立不久之後，即開始發行會報。第一回會報刊行之後，因刊載批評殖民政權的文字，受到禁售處分，從第二期開始，就必須在出版前先接受檢查。第三號改以單行本形式刊行，但之後仍屢次被禁，發行了八期便停刊。一九二三年十月十七日文化協會在台南召開第三次總會，決定改以《台灣民報》爲發表協會會報的媒介。[28]《台灣民報》在一九二七年得到許可在台灣發行爲止，都是在東京發行後再輸入台灣，也就是說，文化協會因爲在台灣

---

27 翁澤生，〈誰誤汝〉，頁一四。〔〕內爲引者更正。

28《台湾総督府警察沿革誌第二編　領台以後の治安状況（中巻）台湾社会運動史》（台北：台灣總督府警務局，一九三九），頁一四七—四八。又，一九二四年三月會報第一次刊載於《台灣民報》，主要內容爲該次總會的大會報告，其中即記載「會報付托台灣雜誌社刊行」（《台灣民報》一八號〔第二卷第四號（一九二四年三月十一日）〕，頁一五）。

發行會報屢屢受到阻礙，而改以在東京發行的《台灣民報》為其發表言論的媒介。比文化協會會報更早一年創刊的《台灣青年》及其後續雜誌《台灣》、《台灣民報》在東京發行，雖然也常受到禁止發行的處分，但是台灣總督府的檢查制度比日本本國更為嚴格，[29]以至於有好幾期的《台灣民報》都是順利在東京發行，輸入台灣時卻無法通過台灣總督府的檢查，在台灣禁止販賣。也就是說，初期現代小說的理論與實踐移植到台灣之際多繞道東京，在傳送的過程中也有很大的部分中途遺落，無法順利抵達其目的地殖民地台灣。

《台灣民報》的前身《台灣青年》為一九二〇年東京的台灣留學生[30]團體「新民會」所創，其創刊資本來自在日台灣留學生與台灣島內資本家的捐款，具有財力的後者提供大部分資金。為了永續經營，成立株式會社（股份有限公司）來發行刊物的計畫書在一九二二年底已刊登於《台灣》雜誌上，計畫資本額為二五〇〇〇日圓，成立目的為「發行月刊雜誌及附屬各種之出版業」，[31]並於隔年一九二三年在東京辦理登記手續，正式成為股份有限公司。與西洋或晚清中國、明治日本一樣，[32]初期現代小說理論與實踐在台灣的誕生，與印刷資本主義的出現密不可分。台灣做為一個移墾社會，其識字人口無法形成印刷資本主義所需的市場，只能成為上海等都市印刷資本的腹地。[33]日本殖民統治開始之後，文化生產者以留日學生為主體，台灣總督府的檢查制度又相當嚴格，造成了台灣現代小說的理論與實踐，有很大的部分是在島嶼「以外」的地方生產（包含書寫與印刷），之後才回流台灣的獨特路徑。此外，根據陳萬益的介紹，文化協會會報也同時刊載中日文創作作品。如果考慮到當時台灣人在島內並沒有接受高等教育的機會，可以說一九二〇年代前期的小說書寫有極大部分，出自於正在日本留學或曾經有留學日本經驗的台灣人之手。從帝國首都發出訊息的台灣現代小說，如何跨越不同地理空間？這樣的

---

29 殖民統治初期台灣總督府制定出一套比日本本國更爲嚴格的媒體政策之過程，參照李承機，〈植民地統治初期における台湾総督府メディア政策の確立—植民地政権と母国民間人の葛藤〉，《台湾近代メディア史研究序説—植民地とメディアー》（東京：東京大學大學院總合文化研究科博士論文，二〇〇四），頁二九—三九。該章曾發表於《日本台灣學會會報》四號（二〇〇二年七月），頁八一—九九。

30 嚴格來說，當時的台灣人到殖民地母國日本求學不能算是「留學」。然而，帝國與殖民地之間在教育與法令制度上的不平等，是造成台灣現代小說形成獨特過程的重要因素，故本書當中均有意識地使用「留學」一詞，來強調帝國與殖民地在地政學上的距離與位階，與到政體上爲外國但卻同文同種的中國之「留學」相對照，凸顯當時台灣人知識分子獨特的歷史經驗。

31〈本社を会社組織に改むるの計画〉，《台灣》第三年第九號（一九二二年十二月），和文之部，頁六七—六九。

32 關於晚清小說的興起與印刷資本主義之關係，參照曹淑英，〈新小說的興起〉，收入米列娜（Milená Dolezelová-Velingerová）編，伍曉明譯，《從傳統到現代：十九到二十世紀轉折時期的中國小說》（*The Chinese Novel at the Turn of the Century*）（北京：北京大學，一九九一），頁一八—二三；時萌，《晚清小說》（上海：上海古籍，一九八九），頁三〇—三一。日本文學的部分則可參照前田愛，《近代讀者の成立》（東京：岩波文庫，二〇〇一）。

33 關於清朝統治時期台灣的印刷文化，參照李承機，〈植民地台湾の近代とメディア〉，《台湾近代メディア史研究序説》，頁一〇—一四。

經驗如何滲透到文本當中，提供一個超越台灣框架，觀看台灣殖民地問題的視野？

針對這些問題，小說〈可怕的沉默〉[34]提供我們一些思考。這篇小說發表於一九二二年四月台灣文化協會會報（爲了刊載時事而以名爲《台灣文化叢書》的單行本形式刊行），爲現時我們所知最早的台灣現代小說。故事由三個部分所構成，第一個部分敘述兩個年輕男子在神保町鬧區街上目睹一個小事件，第二部分以對話形式記錄該事件在兩人之間引發的討論，最後一部分則以另外一個小插曲唐突結束兩人的爭論。以下我將分別討論不同空間在小說文本各個部分所發揮的功用，以及它們之間的力學關係如何決定初期台灣現代小說的形式與內涵。

小說開頭，兩個漢子將牛腿從馬車卸下抬往巷內時，其中一人沒站穩，連人帶肉跌倒在拖車的老馬面前。骨瘦如柴的老馬趁機想咬牛腿一口未成，反倒挨了車夫好幾鞭，不敢多吭一聲。一個過路的青年季生看到這樣的情景，感傷地想起故鄉台灣的情形。小說一開始就點出其場景爲東京，並藉著老馬偷吃牛腿未成的小故事，將遠在千里之外的台灣帶到小說現場，使得帝國首都與殖民地台灣超越物理上的距離，並列於小說文本當中。

季生向同行的友人老蔡表示，老馬拖著牛肉的樣子讓他聯想起在台灣，巡查補牽著犯人的光景，引發他無限感觸。故事當中並沒有交代季生爲什麼產生這樣的聯想，初看這個故事可能會自然而然地將老馬拖著牛肉，解釋爲寓示日本人殖民者（巡查補）與台灣人被殖民者（犯人）之間的壓迫關係。然而，這樣的解讀產生兩個疑點。第一，照理來說車夫鞭打處於飢餓狀態的老馬，老馬只能逆來順受，兩者之間的關係似乎遠比老馬拖著牛肉的樣子，更能引發殖民地壓迫關係的聯想。第二，季生在之後與老蔡的討論當中特別舉曹植七步詩「煮豆燃豆萁，豆在釜中泣，本是同根生，相煎何太急」爲例，說明殖民地台灣的困境無法化約爲人類普遍的壓迫問題。如果是異民族的日本人殖民者與台灣人被殖民者之間的壓迫關係，爲什麼會出現「本是同根生，相煎何太急」這樣的比喻？回頭詳讀小說本文，才發現季生所言爲巡查「補」（日文，輔佐之意）而非巡查，兩者雖然只有一字之差，職級上也只差一級，在殖民地台灣的歷史上卻有極大的不同：巡查補的職位爲台灣人所擔任，利用其語言能力與在地的人脈，在日本人巡查的督責下，直接管理轄區內的台灣人民。[35]也就是說，季生的感傷其實是來自於台灣人對於台灣人的壓迫榨取關係（老馬象徵台灣人巡查補，牛腿象徵被殖民統治的台灣人民），這樣的上下權力關係則出自於日本人殖民者（車夫所象徵）之手。唯有在殖民地台灣特殊的重層殖民

34 鷗，〈可怕的沉默〉，收入陳萬益，〈於無聲處聽驚雷〉附錄，頁三三三—三三六。原文刊載於一九二二年四月台灣文化協會會報。

35 巡查補爲輔佐巡查工作的下級警察，一開始台灣人只能擔任巡查補，做爲日本人警察與台灣人百姓之間溝通中介的橋梁。明治四十四年（一九一一）更改巡查看守採用規則，表現優異的台灣人巡查補可晉升爲巡查。不過，因爲台灣人巡查畢竟「智識上較爲低劣，仍然必須受到日本人巡查的指導」，規定後者必須在前者的上位。見台灣總督府警務局，《台湾総督府警察沿革誌》上卷（台北：台灣總督府警務局，一九三三，頁五九三—九四；復刻版：台北：南天，一九九五）。

治理機制的歷史脈絡當中，才得以理解季生為什麼使用「本是同根生，相煎何太急」的比喻。

第二部分以對話的方式，呈現季生與老蔡對於台灣殖民地民族壓迫問題的不同定義與思考。老蔡認為民族間的壓迫諸如「歐洲大戰，黃禍白禍」本是「自古以來歷史的大部分」，並非台灣特有的問題；季生則堅持，對於台灣人來說，台灣的問題是關係最為密切的問題，當然要優先考量，兩人因而展開激烈辯論。首先，老蔡主張民族壓迫不只存在於日本人對台灣人、西洋人對東洋人，也存在於台灣人對台灣人（譬如巡查補與犯人同為台灣人），台灣的殖民地壓迫不過是「人類全體的問題」的一部分，「僅僅一部分對一部分的解決，是決不得有甚麼效果的」。季生則重新詮釋曹植的七步詩，說明煮豆並非豆箕的希望，而是為了食豆者，台灣人之間（豆與豆箕）的壓迫，追根究柢還是來自上層的日本人殖民者（食豆者），此一多層壓迫機制的主因還是民族問題。老蔡反駁道，食豆者與豆之間有人與生物的差別，但台灣人與日本人、東洋人與西洋人都是「同類」，不同民族間的差別其實沒有那麼大。

因應老蔡的擴張解釋，季生索性提出佛家以動物界為同類，宇宙之內「萬物各有獨立存在的意義與價值」，理應互相尊重，然而現實的狀況卻非如此。季生故意提出「宇宙」這樣一個無所不包的分類範圍，提醒老蔡，所謂「人類全體」的分類不過是抽象的一般論，在現實世界當中無法發揮實際作用。老蔡則冷靜反駁道，只有在靜的世界、死的世界，才可能出現萬物獨立存在、互不相犯的情形，在「動的世界，進化流轉」，「必有新陳代謝的作用，必有生滅競爭的現象」，不過爲了避免過度競爭阻礙進化，必須在「絕對的平等」與「絕對的差別」之間取得調和。譬如，基督教與佛教就分別以人類、動物爲界。在老蔡的邏輯當中，宇宙萬物原本爲同類，只是因爲自然的「進化流轉」，才會產生彼此的「生滅競爭」。基督教與佛教將人類界或動物界視爲獨立範疇，不過是爲了調和宇宙萬物內部的「生滅競爭」。

季生聽了便詢問老蔡，基督教與佛教的調和點孰近中庸，老蔡支吾一陣後選擇基督教的人類界。季生聽了之後，便高興地說：「在動物界中，人類自然是以人類爲團體，但是在人類界中，就未免有個白皙人種有色人種的分別，有色人中又未免有漢民族、大和民族的分歧，這竝不是我們擅自派分的，這是個地理上、歷史上，自然必到的結果罷」，[36]歸結到他拘泥的民族間的差別與壓迫。就這樣，兩人的辯論從台灣的殖民地壓迫爲普遍的或特殊的問題，延伸到民族間的差別與對立如何產生。老蔡將人類視爲一個整體，認爲台灣的殖民地壓迫爲人類全體的「普世性」問題，民族的差別不過是萬物進化過程中「新陳代謝」「生滅競爭」之必然結果。季生則認爲台灣的殖民地壓迫是台灣人與日本人之間「特殊的」民族問題，拒絕將其化約爲現代世界人類進化過程不可避免的結果，因而主張必須在人種與國家細分化的歷史與地政學背景下，來理解台灣的殖民地民族壓迫，尤其是其中的多層壓迫關係。

36 鷗，〈可怕的沉默〉，頁三三五。

老蔡將台灣的殖民地問題視爲「人類全體的問題」，有助於在全球性民族壓迫關係中尋求共同的抗爭與解放，然而，卻模糊掉台灣在地問題的獨特性質，甚至因爲全球性民族壓迫的問題太過龐大且根深柢固，而傾向於接受既有現狀的消極態度，正如同老蔡認爲，尋求台灣殖民地問題的解決不過是「部分的解決」，無法產生徹底的效果。另一個危險性在於，將民族壓迫提升至人類全體「普世性」現象的層次之後，與老蔡之後提出的進化論觀點便只是一步之差：民族之間的差別與壓迫爲「人類全體」進化過程中「新陳代謝」、「生滅競爭」之「必然」結果，反過頭來合理化民族之間的競爭與侵犯。

相對地，季生強調台灣殖民地問題之「特殊性」，以及民族差別與侵犯的地理、歷史性質，針對進化論等「普世性」理念如何模糊掉日益嚴重的國族競爭與民族問題，提出有效的質疑與批判。這也是爲什麼小說作者雖然始終沒有介入兩人的論爭，卻在最後安排一個突兀的結尾：

那朋友話說未完，忽見一臺自働車從橫角疾走，衝過兩個人的面前，四輦的車輪潑起昨天雪後的濘泥，爆發也似的飛騰起來，那朋友緩一些兒走避不及，一領新調的洋服褲子，污得不成模樣，但他略不關心，作不知一般，一步一步，緩緩地過去，青年垂著頭，兩眼祇是注在朋友的褲子，兩手緊緊的按住在心窩上，默默隨著朋友過電車路去。[37]

短短數行的結尾當中，台灣人老蔡一身「洋服褲子」，現代產物的「自動車」、「電車路」（日文，汽車、鐵路）直接以日文漢字書寫，顯示台灣知識分子以日本爲媒介，接受了日本化之後的西洋物質文化與思想。在急速的現代化之下，被殖民者的生活改善了，但是，即使被濺得一身污泥也只能「作不知一般」繼續前進，默默承受殖民現代化過程所帶來的傷害。

我們在第一章已經看到，台灣知識分子對於台灣進入「現代」世界的媒介與方式之思考，背後有著第一次世界大戰後西洋、日本、中國等現代民族國家對於人道正義、自由和平等普世性價值的「爭奪」。我們也談到，《台灣青年》、《台灣》雜誌中的台日論者因著政治抗爭與啓蒙之目的，無條件擁抱西洋中心的文明與現代化論述，使得西方—日本—亞洲其他國家這樣的多重權力關係，以及日本做爲「有色殖民帝國」生產出的曲折認同，都爲人道正義、自由和平等普世性理念所遮蔽。在這過程當中，台灣人知識分子不斷地搖擺於「普世性」（universality）與「特殊性」（particularity）之間，尋求民族權益與自我定位。

〈可怕的沉默〉雖然是虛構的小說，透過季生與老蔡的辯論，具體凸顯出在現代體系下思考台灣的殖民地問題時，必然產生的「普世性」與「特殊性」之辯證關係，同時凸顯出一九二〇年代風行的世界主義論述，如何被挪用來模糊掉日益嚴重的國族競爭與人種問題。最後並透

37 同前註，頁三三六。

過結尾的安排，諷刺台灣知識分子不願面對殖民地台灣的現實，逃遁到日式演繹後的西洋文明與現代化論述當中，將現實的殖民地問題化約為人類全體進化過程的一部分，卻難逃殖民現代性之傷害。[38]我們對這篇小說的作者「鷗」一無所知，只能從小說文本的蛛絲馬跡，推測他應為具中國傳統文史哲學素養的台灣留日學生，對才剛出現不久的中國白話文也運用自如，才有辦法在一九二二年的時點，就寫出這樣具先驅性的小說作品。〈可怕的沉默〉只是其中一例，但其跨越空間疆界的小說舞台、論述框架與生產背景，充分顯示出一九二〇年代台灣的現代小說從帝國首都回流故鄉殖民地的獨特生產路徑。

三、留學生的小說想像社群

做為印刷資本主義繞道日本進入台灣的產物，現代小說的誕生與留日學生這個新興社群有很大的關係。在日本發行的《台灣青年》等雜誌歷經日本與台灣雙重檢查制度之後，順利抵達台灣讀者手上的期數有限，但做為當時唯一公開批評台灣時政的媒體，[39]在日本及台灣的年輕學子之間引起不小的反響。一九二九年在台日本人記者宮川次郎就已經提到：「《台灣青年》的創刊，在各方面引起不小的迴響，尤其是給予中等學校以上的學生帶來刺激……為台灣進入具體政治運動的發端。」[40]我們之後會討論到的謝春木（現知台灣第一篇日文小說作者）也提到，《台灣青年》雜誌發行後，在台灣中等以上學校的學生當中引起一陣熱潮，「以台北師範學校爲例，每期都有數十部的雜誌傳入，避過舍監嚴厲的監視，分配於各室，由各室傳閱」。[41]曾參與雜誌事務的楊肇嘉在戰後也具體指出：「《台灣青年雜誌》的出現，無論在日本或台灣，都風行一時，發生了很大的作用，特別是頗受台北醫專（台大醫學院的前身）、師範學校、中等學校年青學子們的閱讀與支持。」[42]由此可以窺見《台灣青年》等雜誌在台灣年輕學子之間流傳並發揮一定影響力的情形。

然而，一九二〇年代前期的雜誌發行數量有限。台灣文化協會會報第一號印行一千兩百

---

38 陳芳明以《台灣民報》裡的論述爲例，討論一九二〇年代台灣知識分子開始意識到現代化的世界潮流與種族問題兩者之間的關聯與矛盾之軌跡，〈現代性與日據台灣第一世代作家〉，《殖民地摩登：現代性與台灣史觀》（台北：麥田，二〇〇四），頁三〇—三四。

39 當時台灣既有的報紙媒體《台灣日日新報》、《台南新報》、《台灣新聞》等報章雜誌以在台日本人爲對象，連台灣資本的《昭和新報》也淪爲迎合殖民政權的「御用報紙」。

40 宮川次郎，《台湾の社会運動》（台北：台灣實業界社營業所，一九二九），頁七七。引自李承機，〈単なる受け手から輿論の主体へ—「台湾人唯一言論機関」の展開と「植民地輿論」—〉，《台湾近代メディア史研究序説》，頁一二〇。

41 謝春木，《台湾人の要求》（台北：台灣新民報社，一九三一），頁一四。

42 楊肇嘉，〈附錄——台灣新民報小史〉，《楊肇嘉回憶錄》（台北：三民，一九七〇），頁四一〇。

份。[43]《台灣青年》創刊後發行數量大約是二千份，但第四號被禁、加上警察因為台灣議會請願而對雜誌讀者加以壓迫，使得銷售量降為一千五、六百份左右。[44]《台灣民報》在一九二四年（當時為旬刊）的發行量還只有三千五百份，[45]直至一九二四年針對「台灣治警事件」發行號外報導銷售量激增，一九二五年終於突破一萬份，從「一群知識青年的思想表達的機關」進展為具有「普遍報導的機能」。[46]在銷售一萬號紀念特輯當中，大多數與事者都對屬於台灣人自己的「言論機關」之發展感到欣慰，但也有人對於三六〇萬人漢民族才讀一萬份週刊這樣的比例感到不滿意。[47]

一九二〇年代前期印刷媒體在台灣創造出現代「作者群」及「讀者群」，[48]為現代小說產生過程中關鍵性的一刻。然而，讀者群數量有限，加上傳播範圍因政治因素受到大幅限制，間接決定了以其為媒介的台灣現代小說之性質。這些雜誌的主要訂閱者來自台灣島內，[49]如前所示以年輕學子為主。如果我們將楊肇嘉所列舉的台北醫專、師範學校、中等學校年輕學子等台灣讀者視為未來留學生的潛在成員，那麼，一九二〇年代前期的台灣現代小說的主要作者與讀者均為留學生，可說是台灣人留學生圈內特有的文化現象。透過刊載媒體的傳播途徑，將萌芽期台灣現代小說的生產與消費範圍縮小至留學生圈，並非是想據此推測小說作者之實際經驗，也不是想要同質化這些不同風格的作品，而是為了思考以下問題：做為新興的知識社群，留學日本或中國的台灣學生之身分與經驗，如何影響到初期台灣現代小說的形式與內容？他們在銜接不同空間的不同敘事語言與形式之際，又面臨什麼樣的獨特課題？

台灣提倡白話文小說的論述，雖然常與留學東京的張梗一樣援引日本明治言文一致運動與小說爲例，但當時主要的創作語言爲中文，中國五四白話文運動的影響還是比較大。[50]《台灣

43《台湾総督府警察沿革誌第二編　領台以後の治安状況（中巻）台湾社会運動史》，頁一四七。

44 林灌園，〈民報發刊一萬號感言〉，《台灣民報》第六七號（一九二五年八月二十六日），頁三—四。

45 蔣渭水，〈五個年中的我〉，《台灣民報》第六七號（一九二五年八月二十六日），頁四五。蔣彤容其接手時的《台灣民報》還像個「發育不良的小孩似的」。

46 楊肇嘉，〈附錄〉，頁四二二。

47 林慈舟，〈懷舊譚〉，《台灣民報》第六七號（一九二五年八月二十六日），頁四九—五〇。

48 黃美娥曾就日治初期台灣傳統文人在殖民統治之下重新建構「漢文想像共同體」的過程進行討論。因應異民族殖民統治，傳統以文會友的文藝性質，爲重新確認與鞏固「漢族文化記憶」之意義取代。這些文人也透過印刷媒體形成意見交流的公共領域，不過仍以文藝問題爲關心重點，不像《台灣民報》具有強烈政治批判性。參見黃美娥，〈實踐與轉化——日治時代台灣傳統詩社的現代性體驗〉，《重層現代性鏡像》，頁一四三—五七。

49 李承機曾利用目前所見唯一呈現台灣雜誌社內部經營狀況之第一手資料，推論在一九二四年當時台灣島內的訂閱者爲《台灣》雜誌的主要讀者群。見李承機，〈単なる受け手から輿論の主体へ〉，《台湾近代メディア史研究序説》，頁一四九—五〇。不過這份資料不包含所有的訂閱者，只能用以推論。

50 當時除了台灣留學生的中介，從中國輸入台灣的報章雜誌與書籍，也引介了最新的小說理論與創作。譬如文化協會首先在台南本部設置的讀報社，除了台灣與日本的報紙雜誌之外，還訂閱中國報紙雜誌，其中《申報》、《東方雜誌》、《小說世界》等均刊登小說。參見〈台灣文化協會々報〉，《台灣民報》第三三號（第二卷第一九號（一九二四年十月一

青年》自創刊以來編輯與撰稿皆以東京的台灣人留學生為主力，但刊登於一九二〇年代初期雜誌上的小說均以中文創作，少數的例外為一九二二年謝春木以筆名追風發表於《台灣》雜誌的〈她要往何處去——給苦惱的姊妹們〉（彼女は何処へ？悩める若き姉妹へ）。[51]謝春木畢業於台北師範學校，發表這篇小說時正就讀東京高等師範學校，他的這篇創作不但是目前我們所知第一篇出自於台灣人之手的日文小說，更充分顯示出初期台灣現代小說在留日學生圈內部的生產與消費帶來的某些獨特性質。小說主要敘述清風、桂花與阿蓮之間的三角關係。正在東京留學的清風與阿蓮相戀私訂終身，清風的家人卻未經其許可，在台灣安排他與桂花的婚事。清風利用暑假回台灣的機會，透過桂花的表哥及信件向桂花說明並致歉。傷心欲絕的桂花只能放棄對清風的感情，並決定赴日留學。如果說〈可怕的沉默〉的地名神保町及「雪後濘泥」將日本的場景帶入中文文本，〈她要往何處去〉從小說一開始，就藉由「炎熱如焚」的天氣來使台灣現身於日文文本當中，以便敘事者近距離窺探炎暑當中台灣女學生桂花在房間內私密的動作與思緒。小說內容主要以對話場景所組成，所有的對話都與敘述文一樣被翻譯為日文，沒有辦法判斷這些對話原本是以台灣什麼族群的語言進行。對話的用語遵照日文中依性別與上下關係差異而有所不同，男性角色多使用普通形，女性角色則多採用表示尊敬對方的ですます形，並在句尾加上顯示女性性差的語氣詞「わ」，桂花在提到未婚夫清風的時候，即使是在自言自語而無交談對象，也多採用自我謙讓的語法。然而，雖然作者有意識地模仿真實世界日本女性的講話方式，來將台灣女性的台詞翻譯爲日文，但〈她要往何處去〉裡的女性角色看起來仍不大自然。因爲，她們雖以日本女性的語法說話，所說的內容卻只是替男性作者代言。譬如說，第四章的最後，桂花從傷心中重新站起來，決定留學日本，她的表兄高興地表示將替她找學校。桂花對表兄做如下表示：

> 眞是太感謝你了。我不會再怨恨任何人了，這不是母親的罪過，也不是清風的罪過，完全是社會制度的罪過，也就是媒妁制度、家庭專制的罪過。我不過是這些制度下的犧牲品罷了。正如表兄您所說的，在台灣跟我一樣遭遇而暗中飲泣的人一定不在少數，我現在可以清楚地看到他們的身影。爲了他們，我必須要戰勝這個敵人。我將堅強而勇敢地開始戰鬥。[52]

日〕），頁一二。

51 追風，〈彼女は何処へ？悩める若き姉妹へ〉，《台灣》第三年第四號（一九二二年七月），頁四一－四七；第三年第五號（一九二二年八月），頁六六－七三；第三年第六號（一九二二年九月），頁六四－六六；第三年第七號（一九二二年十月），頁五六－六一；中譯本：追風著，鍾肇政譯，〈她要往何處去——給苦惱的姊妹們〉，收入鍾肇政、葉石濤主編，《光復前台灣文學全集一　一桿秤仔》（台北：遠景，一九八一），頁三一－三六。

52 同前註，頁六六；中譯本，頁二八。

這段宣誓看起來面熟，是因為它只是再一次複述第二章清風在划船時跟阿蓮所說的話。之前桂花一直都沒有考慮接受身旁之人建議留學日本，小說情節設定她在一連串事件後做出這樣的決定，並且以整個第五章描述她搭船赴日以及抵達日本之後的情形，顯示出男性知識分子藉由東京的文明來改良台灣落後封建婚姻制度的欲望。桂花在船上與一位台灣女學生相識，該名女學生也同樣受到家人安排婚事，但她不願意屈服，選擇到東京與她的情人一同求學。桂花與女學生成為好朋友，抵達東京之後仍持續交往互相支持鼓勵。這樣的情節安排宣傳著受壓迫的台灣女性團結起來抵抗封建社會之理想，然而女性的共同奮鬥，仍然受到她們在東京留學的男性朋友或兄長之指導。跟〈台娘悲史〉裡將殖民地女性化一樣，〈她要往何處去〉試圖透過帝國首都文明來解救女性同胞，顯示台灣男性知識分子不自覺地接受殖民者同時矮化台灣與女性的他者化論述。

另外一個重要的女性角色為桂花的母親，打從小說一開始，她就展示開明的態度，甚至鼓勵桂花與清風等人出遊，在得知清風想要解除婚約時，也相當理性地區辨出這是媒人以及清風家人的錯，「很奇怪地她並沒有想要憎恨清風的念頭」。因為小說裡藉由眾人之口對於台灣傳統媒妁制度進行類似的批判，甚至到給我們以下感覺之地步：小說中沒有情竇初開的台灣女學生，也沒有護女心切的台灣慈母，女性角色只是供男性知識分子展示啓蒙論述的工具。[53]細心的讀者可能會注意到，自始至終桂花的父親都沒有出現，甚至沒有被提及。我們可以將其解釋為，作者藉由自由戀愛與女性自覺來推翻傳統家父長與封建專制之欲望，促使他不自然地排除掉桂花父親的角色；家父長的不在所造成的空白，為在日本受過現代教育的男性知識分子們趁隙填補，進而鼓吹現代的女性自覺與婚姻觀。

與〈可怕的沉默〉一樣，〈她要往何處去〉整個小說情節的推移發生於遭受壓迫的台灣與現代化的日本之間的往返運動。不過，這兩個空間被賦予不同的意涵：台灣的壓迫關係不再來自於外來殖民統治，而來自於在地傳統婚姻與封建制度；日本的現代性不再顯示於物質方面，而在於改造台灣不可或缺的高等教育以及自由的風氣。除了小說內容（留日學生的故事）與形式（以日文書寫）之外，〈她要往何處去〉刊載的媒介與時機也呼應著它做為「留日學生小說」之性質。這篇小說完成於五月二十一至二十三日，連載於七月至十月的《台灣》雜誌。《台灣》雜誌同仁以留日學生為主體，加上小說連載期間正值暑假，[54]正是台灣留日學生回台灣探親，時被安排婚事的旺季，我們可以想像，小說主角與讀者身分的類似，再加上小說情節與發表時機和現實情境的吻合，有助於讀者在閱讀的過程中融入小說當中，建構出一種「留日學生書寫

53 參照楊翠，〈進步男性在婦解意識萌芽中所扮演的角色及其論點〉，《日據時期台灣婦女解放運動：以台灣民報為分析場域（一九二〇—一九三二）》（台北：時報文化，一九九三），頁四〇一—五四。

54 小說第三章後面為當期雜誌的編後語，剛好提到回家放暑假的學生以及避暑文士政客都已陸續返回東京。〈編後數語〉，《台灣》第三年第六號（一九二二年九月），頁六七。

留日學生的故事給留日學生（包含潛在成員的台灣學子與學成歸國的校友）閱讀」的作者、讀者與小說人物三者共同組成的想像社群。

事實上，小說文本當中也提到促成與維繫這想像社群的兩個媒介。第一個就是小說本身。在第一次提到阿蓮的名字時，敘事者表示「讀者」應該還記得在日本歸來的船上站在清風及桂花表哥後面的女子，對小說本身有自我指涉。其次，小說最後以桂花母親寄到日本給她的一份剪報做結，內容爲清風爲了桂花的名譽，投書報社說明兩人解除婚約的經過，並呼籲好事之徒停止誹謗。〈她要往何處去〉以報紙投書做爲文本的一部分，小說的形式本身，呼應著一九二〇年代當時台灣人知識分子透過小說、雜誌與報紙這些印刷資本主義的產物，散播其啓蒙論述的文化狀況。如果考慮到一九二〇年代留學日本與中國的台灣學生之間的交流，在台灣文化現代化的過程中有不小的影響，[55]我們可以說，留學中國的台灣學生也包含在初期台灣現代小說的生產與消費範圍內。台灣人男性知識分子藉由啓蒙大眾來改造台灣封建社會的無形欲望，透過跨越日本、台灣與中國三地的留學生社群，具體呈現在現代小說文本的有形實體當中。

四、做為殖民現代性形構與表現的台灣「現代小說」

台灣現代小說在前宗主國中國之敘事傳統與文藝現代化運動之雙重影響下，繞道生產於歷經西化之後的帝國首都東京，歷經些許時間上的延遲回流台灣。這樣的傳播路徑，促使台灣小說敘事形式從傳統跨越到現代的過程中，其空間意義大於時間意義，來回往返於帝國首都、前宗主國與殖民地這三個地理空間與文化思潮之間。本章的討論從跨越傳統與現代、本土與外來、文藝與政治、眞實與虛構等分界線的小說敘事（第一節），轉變為跨越空間疆界的小說生產（第二節）與消費（第三節），兩者互為交織，呈現台灣小說從傳統敘事的內部產生之過程。我們同時也觀察到，構成這流動過程的三個階段——現代小說理論的引進，小說文本的實際生產，以及印成鉛字的小說之消費與傳播——都牽涉到西洋、中國、日本與台灣本地等複數空間之間的翻譯與移植，國族主義、印刷資本主義、留學生小說社群這三個要素在其中發揮作用的方式，也都具有深刻的空間意涵。由本章的討論可知，與一九二〇年代初期台灣人知識分子發表在《台灣青年》與《台灣》雜誌上的論述一樣，台灣現代小說也是台灣人知識分子藉由印刷資本主義而跨越空間與國家的界線，透過書寫的實踐，試圖在這些西洋、日本、中國等民族國家的「間隙」當中，尋找一個可資理解台灣殖民地情況的位置。

本章前半部討論的〈河東獅子吼〉等小說跨越不同空間與敘事傳統，其中〈台娘悲史〉及

55 楊肇嘉提到，「在文化上五四運動對台灣東京留學生的影響至大，因為那時候，日本官憲對祖國留學生與台灣留學生的往來交流，干涉的還不太露骨」，〈附錄〉，頁四一四。

〈誰誤汝〉確定出自留學中國的台灣人之手，後半部討論的兩篇留日學生的小說作品〈可怕的沉默〉及〈她要往何處去〉，在語言與形式更趨近現代，反映印刷資本主義與留學生讀者等現代傳播形態，在台灣現代小說誕生過程中運作的痕跡。與我們在第一章討論的論述性文章相較，這些台灣初期的現代小說在訴諸「人道正義、自由平等」的普世性理念，呼籲日本改善台灣的殖民統治政策之際，多採取政治寓言的形式。這樣的手法躲避了日本殖民者的檢查制度，也賦予讀者更多的想像空間，更具體結合當時的台灣人知識分子所關心的「政治」與「文化」兩個領域。同時，這些政治寓言表面的故事與其指涉的現實狀況之間的距離，呼應著留學中的台灣人知識分子與故鄉台灣的物理距離，成爲其越洋思考台灣殖民地現況時便於援用的敘事形式。

出自留學中國或日本的台灣青年之手的這些小說，不但寓示的過程缺乏複雜的文學技巧，所要宣傳的政治訊息與理念也顯得單純，同時，還帶有爲日本挪用的西方進化論、啓蒙等現代性論述回收之危險。這些現今看起來不成熟的形式與內容，與留學青年的理想主義以及他們的政治改革理念與實踐之局限性有關，但也顯現初期台灣現代小說做爲文化形式的過渡性質。56 也就是說，這些小說在寓示過程中，藉由傳統敘事來託寓殖民地現實，賦予其現代政治意涵，具體呈現出傳統題材「成爲」(becoming)現代小說的生成過程，而非其結果。

透過本章往返於文本與文本生產背景之間的討論，我們可以看到，台灣現代小說的誕生，不僅僅是本章開頭所提及的，從帝國首都「那裡」到殖民社會「這裡」的單一方向之空間性移植，而是殖民現代性透過新的敘事形式，輾轉兩個以上的空間之多重方向移植而漸次成形的過程。不管是語言、形式與內涵，台灣初期現代小說可說是一種殖民現代性的形構與表現。在下一章，我將承繼本章談到的殖民現代性形構過程中的物質、思想與語言之「空間性」移植，討論兩篇以殖民地台灣鐵路爲主題的小說。在方法論上，小說中的「鐵路」與「書寫語言」不只是搬運「現代」到殖民地的媒介或工具，而是在日本帝國主義與殖民主義、中國國族主義的「間隙」中，建構台灣殖民現代性的要素。

56 王德威曾論及清末的留學生小說彰顯到海外留學的有識青年「渴望藉著先進國家的知識技術乃至政教模式，重爲一己及家國找尋定位」的欲望，成爲宣傳、辯證政治訊息的有利媒介，但是這些小說「多數對維新立憲等論點都不能有深刻見解」，「把政治理念問題導向道德實踐的層次，因此難以更上層樓」。見王德威，〈賈寶玉也是留學生——晚清的留學生小說〉，《小說中國：晚清到當代的中文小說》（台北：麥田，一九九三），頁二三〇—三四。這樣的特質顯示出東亞早期的留學知識分子創造的現代小說之過渡性質：以傳統敘事的道德教化理念，來解讀新的國際情勢及在地政治現代化過程。

第三章 混淆的帝國、歧義的民族

——西川滿〈台灣縱貫鐵道〉與朱點人〈秋信〉

本章討論西川滿的日文小說〈台灣縱貫鐵道〉（一九四三—一九四四）與朱點人的漢文小說〈秋信〉（一九三六），鎖定兩個殖民地文本針對從日本移植到台灣的鐵路及帝國意識形識之互異再現。西川滿的小說發表時間晚於朱點人的小說，但它追溯殖民地台灣現代化源頭——一八九五年日軍登陸台灣後的鐵路建設，故先進行討論，著眼於第二代日本人殖民者賦予這部小說的帝國主義意涵。接下來我將討論朱點人的小說，分析台灣被殖民者如何抵抗現代化以及日本，如何在日本帝國空間連續遭受打擊。除了分析兩部小說裡現代物質與日本帝國的移植之歷史意涵，我同時留意小說的文學語言，分別將其置於日本帝國主義與殖民主義、中國國族主義的文脈討論。本書的序章已經提到，爲了殖民統治與經濟榨取之目的，現代物質、制度、思想與文化被移植到殖民地，與在地文化產生接受、挪用、抗衡與混合而「在地化」的過程，建構出殖民現代性產出。在這過程當中，跨越複數空間的現代物質、制度、思想與文化不只是搬運「現代」到殖民地的媒介或工具，它們本身就是建構殖民現代性的要素。因此，本論文將殖民地文本視爲現代物質、文學語言、前殖民與殖民文化互相交涉的場域，試圖探討在不同空間、人種、語言及認同的衝擊混合下產生的台灣殖民現代性，具有什麼樣的多重性與多義性。

一、西川滿〈台灣縱貫鐵道〉：日軍征台之役

西川滿〈台灣縱貫鐵道〉[1]是部由五十六個章節構成的壯大歷史小說，鉅細靡遺地描繪了台灣割讓日本之後，接收台灣的日軍與台灣反抗軍爲期半年的戰爭，從一八九五年五月日軍登陸基隆澳底及進入台北城舉辦台灣總督府始政儀式開始，到十月攻陷古都台南舉行戰歿者招魂儀式爲止。〈台灣縱貫鐵道〉主要情節大致與日人所著《台灣鐵道史》、《南進台灣史攷》以及英國人記者所著《台灣之過去與現在》（*The Island of Formosa, Past and Present: History, People, Resources, and Commercial Prospects: Tea, Camphor, Sugar, Gold, Coal, Sulphur, Economical Plants, and Other Productions*）之史實紀錄相符，清朝與日本歷史人物也多以眞名登場。然而，小說當中仍有許多地方出自作者的虛構及刻意改寫，這些與史實有所出入的敘述不只是小說的修飾手法，而是帶有濃厚的帝國意涵。雖然名爲〈台灣縱貫鐵道〉，但小說的敘述僅止於一八九五年日軍勘查及建設鐵路的草創階段，再現的其實是日本在台灣的現代化建設（以鐵路建設爲起

1　西川滿，〈台湾縱貫鉄道〉，收入中島利郎、河原功編，《日本統治期台湾文学　日本人作家作品集　第二卷》（東京：綠蔭書房，一九九八），頁一一九—三八四。初出爲〈台湾縱貫鉄道〉，《文芸台湾》第六卷第三號至第六號、第七卷第二號連載五回、《台湾文芸》創刊號至第一卷第四號、第一卷第六號至第七號連載六回，共計十一回（一九四三年七月—一九四四年十二月）；中譯本：西川滿著，黃玉燕譯，《台灣縱貫鐵道》（台北：柏室科技藝術，二〇〇五）。

點）開始之前的台灣。[2]小說裡忠實複製領台初期日本國內廣為流傳的殖民地台灣之負面形象——土匪出沒的瘴癘之地，但也提及日軍登陸時台灣既有的兩個「現代」表徵：一個是以北台灣為據點進行海上貿易的西洋勢力，另一個則是從基隆到新竹的鐵路。

（一）「發現」前殖民台灣的現代

小說開始不久，即進入清朝設置於大稻埕、充斥與「之前所見台灣式街道截然不同的歐洲氣氛」[3]之外國人居住區，描述多年來在台灣從事資本累積的德國、美國、英國、法國、葡萄牙等國商人、軍人及海關稅關官吏，在與日軍建立良好關係的同時，也出面協助台灣民主國等反抗軍領袖逃離台灣。小說前半部對西洋勢力介入的描寫，具體呈現西洋「先進」帝國的資本主義侵略，以及日本「後進」帝國的領土征服這兩個不同形態的帝國主義，在台灣蕞爾小島交會與協商的歷史。小說同時暗示著，西洋人雖然最先引進現代武器、建築與資本主義到台灣，他們只貪圖控制海上航路所得的眼前利益；相對於唯利是圖、短視近利的西洋人，日本人登陸台灣後馬上進行鐵路的勘查建設，展現他們長久經營台灣的宏遠抱負。清朝統治末期為劉銘傳建設鐵路的德國工程師嗶唏囒，也出現在小說當中。西川滿在創作〈台灣縱貫鐵道〉這部長篇小說之前，發表〈台灣的火車〉、〈兩位德國工程師〉、〈龍脈記〉等短篇小說做為準備，描述德國工程師與台灣險惡自然環境及居民風水迷信搏鬥的過程，這些短篇小說均以嗶唏囒為主角之一。但是，〈台灣縱貫鐵道〉的嗶唏囒與鐵路完全沾不上邊，這回他只是一個普通的外國人。唯一暗示他不凡經歷的，是他在日本記者前批判將被遣送中國的清朝士兵之貪心與自私時，提到自己曾與這些清朝士兵共事許久，熟知他們的惡劣習性。一直到臨別之際，他遞給日本記者的漢文名片上寫的名字「嗶唏囒」（漢文音譯加上口字旁使其看似人名）才讓讀者明白他的身分。當年催生台灣第一條鐵路的德國工程師，如今只是個機械貿易商雇員；相反地，作者以將近四分之一的篇幅描述日本工程師小山保政的鐵路建設。昔日德國工程師與今日日本工程師的對比，凸顯出台灣的現代化建設已由清朝官僚與西洋工程師手中，轉移到日本人手中。

另一個台灣既有的「現代」表徵——鐵路，出現於小說第三章日本戰地記者爬到山坡上拍攝日軍戰鬥場面，意外發現綿延基隆山坡間的鐵路。一八七六年，西洋商人在上海與吳淞之間建造中國第一條鐵路，隨即受到深信風水之說的居民破壞，部分鐵軌運送到台灣成爲鐵路建設之起點。首任台灣巡撫劉銘傳計畫建設從基隆到高雄的西部縱貫線，面臨朝廷內反對與經費問題，鐵路只建設到新竹就遭到後任巡撫邵友濂腰斬。見證現代化在晚清受挫歷史的台灣鐵路於

2 小說在雜誌連載時標有副標題「白露之章」，戰後西川滿表示，他當初原本打算寫另一部續集「連霧之章」，但後來沒有實現。請參照中島利郎，〈西川滿　作品解說〉，《日本統治期台湾文学　日本人作家作品集　第二卷》，頁四一一。

3 西川滿，〈台湾縱貫鉄道〉，頁一五〇；中譯本：西川滿，《台灣縱貫鐵道》，頁七一。

一八九三年開通，卻在兩年之後，意外協助了日軍征服台灣的過程。〈台灣縱貫鐵道〉描述日軍一登陸基隆就著手修繕舊有鐵路及火車，利用它們運送武器彈藥；日軍從台北南進新竹時，「除了鐵路之外沒有其他的道路，砲兵在鐵軌上拖曳著沉重的大砲前進」。[4]日軍打到新竹以南之後，因為沒有鐵路可供使用，戰鬥物資的運送變得異常困難。作者透過作品中人物之口，多次重申台灣縱貫鐵路的建設對日本殖民統治的重要性，同時強調台灣既有的鐵路不但僅止於新竹，在抗日勢力蓄意破壞下殘缺不全，讓讀者明白日人在台灣的鐵路建設幾乎是從零開始的。

在小說當中，恢復運轉的火車必須借助人力在後面推動，有氣無力的火車被謔稱為「人力火車」（後押し汽車）、「肺病鐵路」（肺病鉄道），日本工程師小山不予理會，致力維持鐵路的正常運作。第三章的後半描述小山的努力開花結果的一刻：兒玉總督、水野民政局長官等人搭乘火車從基隆出發到台北，出席台灣總督府始政儀式。小山命令在現場待命的一群鐵路工（原為日本相撲選手）除非火車整個停下來，不然不准出手去推動它，一心想去除「人力火車」污名。學務部長伊澤修二不願搭乘火車，獨自乘坐台灣苦力所抬的轎子上路。一開始，火車在不借助人力推動的情況下「邊喘息邊爬上坡」，為伊澤乘坐的轎子超越；到了下坡處，火車「順勢」往前衝，「伊澤乘坐的轎子慌張向路邊閃躲」。[5]正當小山高興著一切進行順利，火車突然出軌。火車歷經連續兩次出軌及小山不眠不休的搶修，最後終於順利將總督等人送抵台北，完成殖民地政府賦予的首次重大任務。

〈台灣縱貫鐵道〉裡這段情節取材於一八九七年的報紙資料。[6]資料裡記載「人力火車」誰稱的由來：日本統治初期火車重新運行基隆台北之間，卻因堆載過多彈藥武器而無法動彈，日本工程師小山想出解決的辦法，借調六十個鐵路工在後面推動，使火車起步。然而，小說裡有些情節爲作者所添加，其中兩個重要的虛構情節爲日本人鐵路工的相撲選手身分，以及伊澤學務部長乘轎北上的部分。日本人相撲選手於小說一開始就登場。作者在介紹前往台灣的日本軍艦內部情景時所鎖定的，既非日本軍或總督府長官，而是戰地記者、攝影記者及受徵召從軍的相撲選手。這些相撲選手在小說裡不只是日本人的典型，筑波山、武藏野、能代潟等取自日本歷史名勝的相撲藝名，使他們象徵了即將延伸到台灣的日本之歷史與地理的傳統。在後面推動火車的日本相撲選手之形象，不但呈現日本統治台灣初期的艱辛，更對應著小說裡另外一個虛構情節：台灣苦力挑抬的伊澤學務部長之乘轎。兩種運輸形式的對比暗示著，當中國還沉溺在她古老的原初文化（純粹利用人力的轎子）時，日本早已進入機械文明的世紀；日本人在統治初期也許很辛苦，但憑著他們的現代科技與決心，他們終會達成在台灣進行現代化的目標。也

4　同前註，頁二三八；中譯本，頁一八七。
5　同前註，頁一九五；中譯本，頁一三〇。
6　台灣總督府鐵道部，《台湾鉄道史》（未定稿）（上）（中）（下）（台北：台灣總督府鐵道部，一九一一），頁一〇八—一一七。

就是說，經過作者西川滿改編之後的這段歷史史實，成爲一則表現日本新殖民政權蹣跚前進、試圖超越中國在台灣的文化傳統之寓言。

綜合以上分析，〈台灣縱貫鐵道〉提及西洋列強及鐵路等前殖民台灣已有的「現代」，是爲了導出日本在台灣的現代化之出發，它們看似暗示日本殖民統治與前殖民時期的「連續」，但其實是用來凸顯出兩個政權之間的「斷絕」。小說裡對台灣總督府建設之描述，也例示著日本於中國殘缺遺物當中的「全新」出發。日本領台初期，所有人力財力投注在軍事活動，各項殖民地建設停留在構想階段，連臨時的台灣總督府都是就地使用清朝時代來台高官的官邸「欽使行轅所」（直至一九一九年現在的總統府落成爲止）。在清朝官員撤退、台灣民主國進駐與撤退的混亂當中，官邸遭受居民掠奪，大部分的家具擺設被賣到台北城內外的商店及市場。日軍首先將這些家具擺設一一買回，「漸漸回復欽使行轅所原有的模樣」。

> 最後加上唯一的新增物品——一塊寫著「總督府」三個字、墨水未乾的福州杉木木板，將其懸掛在有著巨大飛簷與聖賢肖像門扉的正門圓柱上。從十四日開始，俗稱「行台」的欽使行轅所，就此搖身變成台灣總督府。[7]

這段臨時總督府誕生過程的描述，顯示日本統治台灣初期政權的過渡性質。象徵清朝台灣統治遺產的「欽使行轅所」之「復原」工作，以及該建築物的延續使用，似乎暗示日本殖民政權與清朝政權的連續性，然而，在總督府舊的中國建築上高高懸掛起的「新招牌」（即便使用福州的木板且墨書漢字）主張日本政權的正當性，正式宣告新日本紀元來臨。

（二）移植到殖民地的「帝國」

日本人戰地記者與攝影記者從小說的開頭就登場，與日軍共同行動，報導日軍攻台戰況。日本印刷媒體的發展與日本的海外戰爭密切相關。明治初期的一八七〇年日本最初的日報誕生，四年後日本以牡丹社事件爲藉口出兵攻打台灣時，[8]日本第一個戰地記者岸田吟香遠赴台灣報導日軍戰況，促使其所屬的《東京日日新聞》銷售量大幅提升。[9]一八九五年日軍接收台灣期間，日本的報章媒體將日軍在台灣英勇戰鬥的情形，「同步」傳播到國內各個角落，滿足

7 西川滿，〈台湾縦貫鉄道〉，頁二一三；中譯本：西川滿，《台灣縱貫鐵道》，頁一五三。

8 一八七一年，沖繩宮古島船隻遇到颱風漂流到台灣南部的八瑤灣（現在的屏東縣滿洲鄉牡丹社），船員當中五十四人遭排灣族原住民殺害。一八七四年，日本以此爲藉口出兵台灣，迫使與琉球王國有朝貢冊封關係的清朝承認琉球王國爲受日本保護的領土。

9 茶本繁正，《戦争とジャーナリズム》（東京：三一書房，一九八四），頁五一—五三。

國民對日本第一個海外殖民地的興趣與好奇。[10]

〈台灣縱貫鐵道〉將觀察主體設定爲從軍記者與攝影記者，並在小說當中夾雜戰地記者村上的通訊報導與手記，模擬當年日本印刷傳播媒體報導日軍的海外遠征、製造國民想像的過程。村上記者以第一人稱敘述的手記占小說不少篇幅，由個人感官體驗與觀察出發的手記內容，遠比客觀無味的小說敘事更傳達戰場的「臨場感」。小說當中比「文字」敘述更讓讀者「身歷其境」的，可說是攝影記者在戰場上拍攝的照片。小說裡提及的照片多有其史實依據，然而有趣的是，照片出處的文字說明只有寥寥數字，小說裡卻詳細交代攝影記者在戰地拍攝這些照片的前後經過。[11]也就是說，作者西川滿以歷史書裡當年的老照片爲根據，發揮其想像力「復原」照片拍攝的經過與現場。西川滿在台灣「御用」報社《台灣日日新報》工作多年，他透過報社記者的手記及照片，讓成爲印刷媒體的鉛字或照片「之前」的現場在小說當中「重現」；小說的「虛構」手法以及印刷媒體的「寫實」照片這看似矛盾的組合，讓日軍攻台之歷史事件活現於小說紙幅上。

明治初期印刷傳媒透過日本海外戰爭的同步虛擬體驗，製造與流通超越「空間」隔閡（海外戰場與日本國內）的「遠距」國族主義；〈台灣縱貫鐵道〉則藉由報章雜誌報導的手記與照片，讓台灣的讀者重回半世紀前發生於此地的戰役，呈現另一種超越「時間」隔閡的「遠距」。在這國族主義式虛擬體驗當中扮演重要角色的，不外乎是領導日軍征台、死於征伐途中的皇族北白川宮能久親王。[12]能久親王一登陸基隆，屬下隨即在其宿營之海邊樹立紀念木牌（翌年改建爲石碑）。小說當中描寫這個場景之後，添加另一個虛構的場景：攝影記者清一郎仰望滿天星空喃喃自語：「這是登陸以來第一次看到星星」，「閃爍著的星座看起來比在日本內地看到的還要遠。」[13]即使皇族沒有實際現身（能久親王實際在小說出現是在下一章），藉由木牌將台灣「登錄」爲日本帝國新領土的「帝國銘刻」（inscription of the Empire），台灣與日本之間就產生了有機連結（在同一個星空下）。[14]作者西川滿多年後回想當初創作〈台灣縱貫鐵道〉的動機如下：

---

10 明治時期不少文學創作者在小說創作中提及與台灣相關的話題。台灣割讓日本後，甚至有人因爲形狀類似而把燙傷疤痕稱爲「台灣地圖」。島田謹二，〈明治の內地文学に現はれたる台湾〉，《台大文学》第四卷第一號（一九三九年四月），頁六三—六四。

11 譬如說，登陸基隆後日軍領袖北白川宮能久親王在海邊營地休息的照片（西川滿，〈台湾縦貫鉄道〉，頁一二七；中譯本：西川滿，《台灣縱貫鐵道》，頁四二—四三），劉銘傳題字「曠宇天開」的獅球嶺隧道入口的照片（西川滿，〈台湾縦貫鉄道〉，頁一四一；中譯本：西川滿，《台灣縱貫鐵道》，頁五九—六〇），分別收入《北白川宮能久親王》以及《台灣鐵道史》裡。這兩張照片可參照鄭天凱，《攻台圖錄：臺灣史上最大的一場戰爭》（台北：遠流，一九九五），頁五〇，六二。

12 根據日本官方說法，能久親王是在嘉義附近染上熱病，最後併發肺炎而死，台灣民間卻流傳各種不同版本，指稱親王爲台灣反抗軍所殺。參照鄭天凱，《攻台圖錄》，頁一三四—一三五。

13 西川滿，〈台湾縦貫鉄道〉，頁一二七；中譯本：西川滿，《台灣縱貫鐵道》，頁四一。

14 另一個「帝國銘刻」的例子爲小說裡台灣地名的表記。大稻埕（だいたうてい）、鹿港（ろくかう）等日本延續使用的台灣舊地名，在小說裡以假名標

（台北第四尋常小學的）雨天操場兼禮堂的正面右側，懸掛一幅北白川宮能久親王殿下登陸澳底的大型油畫。整整六年的時間，我朝夕凝視那幅油畫深深受到感動。事後我得知北白川宮也就是以會津爲盟主的東北聯合軍所推舉的輪王寺宮，更加深我終其一生對殿下熱烈的敬意與愛慕。／我成人之後執筆寫作〈台灣縱貫鐵道〉，特別以北白川宮的澳底登陸爲故事開端，以其病逝台南爲結尾，正是基於這樣的敬慕之意。[15]

西川滿兩歲隨父母到台灣，除了就讀早稻田第二高等學院法文系的五年之外，在台灣度過他人生的前半段。身爲在台灣長大的日本人第二代，〈台灣縱貫鐵道〉的小說創作顯露西川滿將台灣歷史（自己人生的歷史）與日本帝國歷史接軌之欲望。能久親王率領近衛師團接收帝國新領土台灣之前，在幕府時代末期對現代日本天皇制國家的成立也大有貢獻，爲多重召喚日本帝國「起源」的圖像人物。

小說最後兩個章節描述能久親王臨死前掛心日軍的征伐，以及其靈柩在軍艦護衛下由台南送返東京的情景，緊接著是兩個日軍征服台灣全島後在台南舉行的祭典儀式：慶祝日本天皇誕辰紀念日的天長節，以及戰歿日本軍的招魂儀式。天長節慶典的描寫取材自《南進台灣史攷》[16]的記述，慶典的高潮爲近衛師團的日軍隨著軍樂隊演奏，齊聲合唱樺山總督所作的紀念歌曲，歌曲以「高砂島千千年　能久親王萬萬歲」做結。[17]象徵「國家共同體與帝國組織從過去到未來，在時間上互相重疊」[18]的天長節，爲一八七三年制定的日本最早兩個國定假日之一。在殖民統治開始的那一刻隨即移植到台灣的天長節，是爲了確認象徵日本皇室系譜的能久親王，已將帝國的「時間」接枝到殖民地台灣。天長節慶典之後爲戰歿日軍的招魂儀式。對於在台灣戰歿的日軍而言，帝國時間移植後的台灣不再是「他鄉」，而是其魂魄回歸的「帝國空間」。正是北白川宮能久親王的神聖形象，將天長節這「創造出來的傳統」[19]以及「瀰漫鬼影幢幢的國家想像」[20]的戰歿日軍招魂儀式這兩個政治祭典融合在一起，製造出日本帝國在台灣的

示日文發音。即使是同時列舉日本式地名與台灣舊地名，舊地名也多以日文發音，譬如滬尾（淡水）、桃仔園（桃園）。

15 中島利郎，〈西川滿　作品解說〉，頁三八七—四一四。譯自一九七八年版本的中譯本後記中（頁三八四）也有類似的記述。

16 井出季和太，《南進台湾史攷》（東京：誠美書閣，一九四三）。

17 西川滿，〈台湾縱貫鉄道〉，頁三八〇—八一；中譯本：西川滿，《台灣縱貫鐵道》，頁三七九。

18 Takashi Fujitani, "Inventing, Forgetting, Remembering: Toward a Historical Ethnography of the Nation-State," in *Cultural Nationalism in East Asia: Representation and Identity*, ed. Harumi Befu (Berkeley, Calif.: Institute of East Asian Studies, University of California, 1993), p. 91.

19 Eric Hobsbawm and Terence Ranger, *The Invention of Tradition* (Cambridge, N. Y.: Cambridge University Press, 1983).

20 Benedict Anderson, *Imagined Communities: Reflections on the Origin and Spread of Nationalism* (London; New York: Verso, 1991).

起源神話。

（三）在地知識？共通的文化遺產？

〈台灣縱貫鐵道〉為殖民地台灣日人作家所創作的日文「外地」文學（相對於生產於日本本國的「內地」文學），其再現如何受到這樣的條件所影響？西川滿熟知台灣漢人社會習俗，小說裡隨處可見台灣漢人文化的「在地知識」，譬如說易裝台灣居民的日軍不知道啃瓜子的方法而被識破，台灣人在媽祖廟及城隍廟祈神求籤的情節等等。最充分表現出其「外地」性質的，在於小說裡對兩個協助日軍的漢人之描寫。第一個是自告奮勇為日軍帶路的顧振泉。這個角色很明顯地就是當年志願前往基隆、代表台北士紳歡迎日軍進入無政府狀態的台北城，後來被選為日本貴族院議員的台北雜貨商辜顯榮。然而，小說裡的顧振泉這個角色與實際的歷史人物辜顯榮有些出入。顧振泉在小說裡首次登場時，是個仰躺基隆媽祖廟前空地的「跑路人」「食客」；他主動協助日軍，是因為當地土地公指示日軍將會打贏。西川滿將辜顯榮迎接日軍進台北城的歷史加以小說化時，辜顯榮台北雜貨商的身分被改寫為無財產、居無定所的「跑路人」「食客」，與小說後半部顧振泉在老家鹿港宴請日軍的「全新豪宅」形成強烈對比。[21]另一個協助日軍的漢人為同名歷史人物清朝總兵（地方鎮軍最高指揮官）余清勝。小說花費不少篇幅詳述余清勝遭到抗日的部下囚禁，牢獄看守的簡秀興設法營救余清勝一家的經過。忠誠的部下營救清朝總兵的故事與日軍攻台的小說主線脫節，卻讓這部以日軍角度出發的小說達成其他日文「內地」文學無法辦到的：深入「敵軍」台灣抗日軍內部，同時呈現敵我兩陣營之觀點。

接下來的問題是，〈台灣縱貫鐵道〉的文學語言本身，如何顯露其在地知識？小說當中日軍與顧振泉及余清勝的溝通需透過翻譯。顧振泉的台詞透過口譯譯爲日文，余清勝與田中中將的面談，因日軍翻譯通曉北京話而不懂台灣閩南語（小說裡稱「福建話」），則以筆談兼口譯的方式進行：余清勝以毛筆「一筆一劃都不馬虎的秀麗細字」[22]寫下漢文，再由日本人翻譯將漢文內容譯爲日文告知田中中將。在小說當中，這兩個漢人協助者與日軍對話的台詞被翻譯成日文，另一方面，爲了營救余清勝而造訪總督府的簡秀興與總督府警衛以筆談方式進行的對話，卻沒有被直接翻譯爲日文。

> 蓄著大鬍子的警衛不出所料地將簡擋了下來。簡戰戰兢兢地遞上一張寫著「**吉野通訳有**（よしのつうや）**在会也無啊**（くはるますか）」（吉野翻譯在嗎）的紙片。

21〈台灣縱貫鐵道〉多處使用的史料《南進台灣史攷》一書，列舉一九三〇年代中期台灣報章雜誌有關辜顯榮前往基隆迎接日軍的史實，包括水野民政局長的巡視日記、木下新三郎的談話、辜顯榮自身的回顧等可信度頗高的見證，其中並沒有出現與小說情節相關的敘述。請參照井出季和太，《南進台湾史攷》，頁二五八—六五。

22 西川滿，〈台湾縦貫鉄道〉，頁二〇九；中譯本：西川滿，《台灣縱貫鐵道》，頁一四八。

警衛充滿威嚴地將紙片舉到眼前一看，隨即露出驚訝的表情，回答簡的問題。發現語言不通之後，警衛從口袋裡取出一隻短鉛筆，舔了一下筆尖之後，在紙上寫「無在」（不在）。

「**何時能来否**」[いつかへってきますか]（什麼時候回來）

「**去在台南所以不知影**」[たいなんへいったのだからわからん]（他去台南，所以不知道（什麼時候回來））

「噢」

簡驚訝地看著警衛。一臉大鬍子但看起來很和善的警衛對著簡點點頭表示確認。[23]

語言不通的台灣人部下與日本警衛的筆談以漢文進行，小說裡卻以漢文與日文平假名併用的方式來表現筆談的內容，所使用的漢文與日文平假名也與一般用法不同。漢文的部分並非中國文言文或日本式漢文，而是以漢文表記的台灣閩南語；台灣人簡秀興有可能使用台灣閩南語式漢文，但日本警衛使用的應該是日本式漢文，而不是「無在」「去在台南所以不知影」這樣的台灣閩南語式漢文。同時，用小號字體寫在漢文上方的日文平假名，也不是一般用來表現漢字發音的表音符號，而自成一個完整的日文句子。也就是說，小說裡筆談部分並非「重現」兩人用來筆談的漢文，而是將台灣人部下與日本警衛兩人透過筆談所理解的內容，分別以台灣閩南語式漢文及日文句子進行再現。〈台灣縱貫鐵道〉的作者獨創併用日本台灣口語的再現語言，兩種語言在紙幅上的「同步」出現，暗示了「看起來很和善的」日本殖民者與台灣被殖民者基於共通的中國文化遺產（漢字），超越民族與語言的差異、互相理解的可能性。

（四）帝國主體的誕生

除了對話表記的操縱，作者還虛構另一段有關簡秀興的故事，來傳達其帝國意識形態。來自日本的鐵路工因水土不服及意外多人死傷，日本當局只好僱用台灣當地人進行鐵路建設，簡秀興由日本鐵路工程師小山僱用爲火夫實習工。上工的第一天，簡秀興滿懷希望地告訴自己：

> 出發！火車要出發！向新的生活出發！
>
> 我該早日熟悉這個工作，然後再學日文。不對不對，爲了工作需要，應該先學語言才對。昨日之我，已經和豬尾巴辮子一起從這個世界消失。[24]

學會日文並參與日本在台灣的現代化建設，就可以從「豬尾巴辮子」所象徵的「前現代」

23 同前註，頁三〇六—三〇七，粗體字爲筆談內容原文；中譯本，頁二七七。

24 同前註，頁三四六；中譯本，頁三二九。

中國文化，「晉級」到鐵路所象徵的日本的「現代」與「文明」。小說裡的水野民政部長在之前陳述「教化」被殖民者的使命：「化育人民，將這塊土地改造爲名符其實的皇土」，「逐漸將島上所有居民改造爲忠誠的帝國臣民」；[25]曾爲清朝工作的台灣人被殖民者對日本帝國誓誠、主動進行自我改造的情節，與殖民者皇民教化的使命相呼應。由此可見，作者在小說當中提及台灣人跟日本人一樣擁有中國文化遺產，不是爲了肯定台灣漢人的文明程度（小說裡將台灣抗日軍蔑稱爲「土匪」「匪徒」，強調其怪力亂神及內部的權力鬥爭），而是爲了強調台灣漢人具有「基本的」文明與理解力，有資格成爲日本臣民之「可能成員」。

小說裡桃園之役的描寫更明顯顯示作者這樣的意圖。無血登陸基隆、九日內攻陷台北城的日軍在桃園首次遭遇抗日軍頑強抵抗，死傷多人。小說裡櫻井糧食運送隊遭受襲擊的場景[26]取材自戴維生（James W. Davidson）著書的敘述，[27]作者西川滿的創作集中在事後日軍報復行動的場景。小說裡，戰地記者將在市街屠殺居民的日軍比喻爲「正義之怒火熊熊燃燒的肉彈」，以史詩般的文體歌頌日軍的英勇軍事行動。[28]攻陷桃園之後，日軍朗誦文士獻給能久親王的詩「天皇的軍隊」慶祝戰勝，深受感動的日本戰地記者表示：

> 這場戰役眞是爲了一場解救台灣老百姓之戰。有昭一日，這次征伐產生的日本新臣民當中將會產生帝國軍人，在天皇至高無上的威嚴之下，爲了天皇陛下勇往直前，奪下敵人的

軍旗。[29]

一九四一年六月，台灣總督府公布從隔年開始在台灣實施志願兵制度，並在一九四三年十二月開始實施徵兵制。發表於中日戰爭激烈進行的一九四三、四四年的〈台灣縱貫鐵道〉，試圖透過半個世紀前的日軍征台之役，對日本在殖民地台灣的異族軍事動員進行正當化（我剛才引用的段落所在章節發表於一九四四年六月）。在小說結束前，「蓄髮辮的市民」主動出席戰歿日軍的招魂儀式，台灣總督府始政式表演節目之一的「支那戲劇」再次出現於天長節慶典當中，展示台灣人透過祭典儀式成爲帝國成員的象徵性時刻。台灣人在當下「這場戰爭」以帝國軍人的身分「爲了天皇陛下」而戰，是早在半世紀前收編台灣人爲帝國臣民的「那場戰爭」當

25　同前註，頁一九〇—九一；中譯本，頁一二四。

26　同前註，頁二七八—八二；中譯本，頁二三八—四一。

27　James W. Davidson, *The Island of Formosa, Past and Present: History, People, Resources, and Commercial Prospects: Tea, Camphor, Sugar, Gold, Coal, Sulphur, Economical Plants, and other Productions* (London; New York: Macmillan/Yokohama, Shanghai, Hong Kong and Singapore: Kelly and Walsh, 1903), pp. 325-27.

28　西川滿，〈台湾縱貫鉄道〉，頁二九三；中譯本：西川滿，《台灣縱貫鐵道》，頁二五九。

29　同前註，頁二九七；中譯本，頁二六四—六五。

中，就已預示的帝國理想之實現（「有昭一日」）。做爲戰爭時期的文化產物之一，〈台灣縱貫鐵道〉透過打造台灣人被殖民者爲帝國主體的共同事業，將相隔半個世紀的兩場日本帝國戰爭銜接在一起。[30]

小說的最後一章，戰地攝影記者告訴我們戰歿日軍招魂儀式的會場展示著子彈、火車與石燈籠。這樣的組合呼應之前小說裡的兩個場景。一個是停在車站的火車遭受台灣反抗軍襲擊，試圖突破重圍駛出月台，「陽光耀眼地灑在鋼鐵上，士兵的刺槍閃閃發光」，[31]火車的「鋼鐵」與日軍的「刺槍」，在征服新領土的戰役中合而爲一。另一個場景則是能久親王在日軍猛力攻擊反抗軍的隆隆「砲聲」中，搭乘火車從桃園到新竹就醫的「鐵路的光榮」時刻。[32]〈台灣縱貫鐵道〉動員創造日本天皇制國家想像的「傳統」國家祭典與「現代」大傳媒體，召喚以日本軍事征伐（子彈）、現代化建設（火車）、帝國移植（神社的石燈籠）三個平行的事業揭開序幕[33]的台灣殖民統治之起源，重新確認日本殖民政權在台灣的正統性，以正當化當下帝國在台灣的異族軍事動員。

二、朱點人〈秋信〉：「紀念始政四十週年台灣博覽會」

台灣人作家朱點人的漢文小說〈秋信〉[34]以日本殖民統治四十年後，在台灣舉辦博覽會的一九三五年為背景。這篇小說原本預計刊登於一九三六年三月號的《台灣新文學》雜誌上，但雜誌出刊時遭受刪除。在接下來的討論當中，我將著眼於〈秋信〉裡台灣人被殖民者對於現代化之後的台灣及其帝國意涵之抗拒，並與西川滿〈台灣縱貫鐵道〉的觀點及再現進行比較。

（一）抗拒「現代」的老秀才

〈秋信〉敘述十九歲時中秀才的斗文先生原本在清朝駐台行政機關「撫台衙」（福建巡撫台

---

30 西川滿在《赤嵌記》中也運用類似手法，以鄭成功在台灣建國的故事投射明治日本國家的誕生（鄭成功的母親為日本人）。請參照藤井省三，〈台湾エキゾチシズム文学における敗戦の予感—西川満『赤嵌記』〉，《台湾文学この百年》（東京：東方書店，一九九八），頁一〇四—一二六。

31 西川滿，〈台湾縱貫鉄道〉，頁二七一；中譯本：西川滿，《台灣縱貫鐵道》，頁二三一。

32 同前註，頁三〇五—三〇六；中譯本，頁二七六。

33 軍事征伐進行中的一八九五年八月，樺山總督建議日本政府在台灣建設的三大要務為南北縱貫鐵路、基隆港以及開闢道路，日本政府撥下十萬日幣的「軍事費」供其進行勘查。日本在台灣的鐵路建設正式開始於一八九九年，一九〇八年四月開通到打狗（高雄）。同年十月二十四日在台中公園舉行通車儀式，皇族閑院宮載仁親王出席典禮，在祝賀詞當中提到「吾深信亡兄能久親王在天之靈與（樺山）總督相視露出安慰笑容」（台灣總督府鐵道部，《台湾鉄道史》（下），頁五三二）。

34 朱點人，〈秋信〉，收入王詩琅、朱點人著，張恆豪編，《王詩琅、朱點人合集》（台北：前衛，一九九一），頁二二五—二三七。

灣衙門）工作，二十七歲那一年當他正準備上福建省應試，不料台灣割讓給日本，他的青雲之路因而中斷。日本殖民統治開始後，他隱居鄉村K莊務農，從此不參與任何政治活動。小說的開頭描繪專心於讀書日課的斗文先生。他首先臨摹抵抗匈奴入侵的南宋宰相文天祥在獄中所寫的〈正氣歌〉，之後朗誦陶淵明的〈桃花源記〉，沉醉於秦朝末期逃難到山裡、連改朝換代都不知道的人們所安居的烏托邦世界。斗文先生每天早晨反覆演練、「數十年來也未曾間斷過」的中國古典文藝，是個將「蠻族」日本（而非匈奴）由時光暫停的「清朝」（而非桃花源）烏托邦世界驅除出去的淨清儀式；斗文先生在這完全不受異族污染的純淨中國世界裡，安住了四十載。

有一天，在台北舉辦的「博覽會」擾亂他平靜的隱居生活。透過報紙宣傳及鐵路局人員遊說，K莊也掀起了博覽會熱潮，平日很少離開村落的農民紛紛搭乘火車前往台北參觀博覽會。斗文先生一開始對村人的興奮及日本警察的遊說無動於衷，直到他在中國「留學」的孫子託人帶信要斗文先生去看博覽會，他才決定上台北一趟。斗文先生踏上火車車廂內的場景如下：

> 這天恰值星期日，車裡早就混雜著。斗文先生剛踏入車裡，不知怎的，一齊的視線都不約而同的集中到他的身上來了。在車裡的**時裝**——和服、台灣衫、洋服的雰圍裡，突然闖進斗文先生的**古裝**——黑的碗帽仔、黑長衫、黑的包仔鞋〔形似包子的棉布鞋〕，嘴裡咬著竹煙吹，尤其是倒垂在腦後的辮子……儼然鶴入雞群，覺得特別刺目。[35]

身著「古裝」的斗文先生與車廂裡的「時裝」格格不入，舊式服裝與髮辮從頭「黑」到腳的單一色彩，象徵闖入色彩鮮豔現代空間之「古代」「清朝」「中國」已褪色的「過去」。「和」服、「台灣」衫、「洋」服—殖民地台灣的「現代」雖然雜亂不統一，但「清朝」的出現未免也太過於「時空錯亂」。斗文先生無視於乘客「侮辱」的眼光坐了下來，在火車汽笛聲響的那一瞬間，他「急急的把兩耳掩住」，「引得車裡一陣鬨笑」。十五年前斗文先生第一次搭乘火車時，被汽笛聲嚇昏，當年的經驗仍心有餘悸；為了到台北參觀博覽會，他不得不再次接受火車的挑戰。在私人領域，斗文先生得以安住於一個由書道、中國古典文藝、清朝裝扮所堆砌而成的傳統空間；然而，一進入公共空間，他馬上被迫面對讓他感到威脅且極度不快的現代物質與異族文化。打從出發前，斗文先生就在納悶著從博覽會回來的村人口中的台北街道名稱，大多已經不是以前的地名。坐在火車裡，「他似乎忘記了臺北已經如何的變遷，什麼府前街、府中街、府後街……一些昔日的市街，都一一浮上他眼裡來，火車走得愈快，他愈耽於幻想」。[36]與火車快速「前」進的運動逆向，斗文先生回溯到前殖民地的時代，耽溺於以台灣「府」為中心配置的街道空間。

35 同前註，頁二三〇—二三一。引者強調。

36 同前註，頁二三一。

前一個朝代「清朝」的遺物與日本殖民統治下的現代「火車」。這樣的組合看起來眼熟，是因爲它曾出現於我們之前討論的〈台灣縱貫鐵道〉當中。火車超越轎子的虛構情節顯示，西川滿相信現代物質將協助日本超越台灣根深柢固的落「後」中國文化。相反地，朱點人則讓小說主角即使身在火車上，還是固執地開「倒」車回到前殖民時期的街道空間，抗拒不斷向前突進的「現代」。兩部小說都將「中國」相對於火車所象徵的「現代」，但它們對於這樣的對比有著截然不同的認知與詮釋：西川滿的〈台灣縱貫鐵道〉強調清朝在台灣的現代化沒有完成，日本是唯一能成就現代化事業的東亞國家，朱點人〈秋信〉則透過台灣老秀才對未受外來文化污染的本眞「中國」之執著，將古老中國文化視爲其抗拒現代性時倚仗的根基。

（二）喪失方向感的被殖民者

彷彿配合著斗文先生的想像，號稱「一府二鹿三艋舺」的商業中心「艋舺」的地名在耳邊響起。不一會兒車窗外出現博覽會的會場，昔日的台北城址成了博覽會會場，斗文先生無力地落到座位上。

> 火車三點鐘到了臺北驛，久在車裡坐倦了的人們，蜂擁般的爭著下車去。他亦隨著人波出了改札門〔剪票口〕。在混雜的人叢裡，每一移步，腳尖都要觸著人們的足跟，他一踧

一跌，好容易被人波推到左邊的一角。他抬起頭，望一望街上，許多自動車在街心交織著，十字路上高聳著一座城門，他猛然看見城門上寫著「始政四十週年紀念」，驚心駭魄的他即刻清醒過來。立在前面的雄壯的建築物，像在對他獰笑，他搖搖頭想起「王侯茅宅皆新立，文武衣冠異昔時」的字句，胸裡有無限滄桑的感慨。[37]

車水馬龍的台北街道與斗文先生隱居的鄉村截然不同，展現日本殖民政權現代化的成果。更大的不同在於，高築於十字路口的城門斗大書寫著「始政四十週年紀念」，毫不留情地揭發以下事實：斗文先生在鄉村自宅營造的中國空間，以及他在火車上沉溺其中的「台灣府」街道風景，早在四十年前，就已經成爲「日本」空間。正如安史之亂時避難南方的杜甫遙想首都長安所詠的〈秋興〉詩句的描寫，清朝時代的台北街道消失不留痕跡，不只是因爲現代的汽車與建築，更是因爲輸入這些現代物質的日本殖民政權座落在正中央。

〈秋信〉對台灣老秀才戲謔描寫的背後，隱含作者身爲被殖民者，對於日本殖民統治下台灣整個地理文化受到重置之苦悶。施淑精闢的論文〈首與體〉以殖民地台灣的文學作品爲材料，討論殖民地文化時間與空間的變化如何造成被殖民者知識分子的精神分裂，〈秋信〉的斗

37 同前註，頁二三二—二三三。

文先生亦爲一例。她援用陳連武《風水—空間意識型態實踐：台北個案》的研究，提到日本殖民統治前台灣人的空間意識透過「崑崙祖山—福州鼓山—台北府雞籠山」這不符合實際地理的山川敘述，與清帝國的地理脈絡遙接；日本殖民統治後，「日本九州—琉球群島—台灣大屯山」的新的山川路線將台灣連結到日本母國，切斷與清帝國的脈絡關係。台北的都市計畫也配合新的空間想像整個大幅修改。[38]在台灣島內，日本殖民統治下台北主要街道，與台灣唯一能夠供奉皇室、象徵天皇權力的官幣大社台灣神社遙望，按照以台灣神社爲中心的放射線延伸排列。台灣神社主要供奉的日本皇室，就是催生〈台灣縱貫鐵道〉的北白川宮能久親王。透過紀念木牌在基隆海邊的「帝國銘刻」，成爲日本「皇國」在台灣的「開山祖」之後，能久親王在整個日本殖民統治台灣的過程中，一直象徵日本的帝國權力。[39]在北白川宮能久親王鎮守的台灣神社君臨之下，台北的每條街道、每棟建築物，都必須臣服於絕對的帝國權力下。

在〈秋信〉當中，台灣總督府「始政四十週年紀念」的城門高聳，「撫台衙」變成紀念昭和天皇即位的「台北公會堂」（戰後的中山堂），象徵「清朝」統治的建築與街道一一成爲確認台灣與殖民母國日本的連續性與隸屬關係之工具。正是這重置爲「日本帝國」空間的台北地理配置，讓斗文先生從多年的「清朝」之夢赫然驚醒。爲眼前的現實嚇得「清醒過來」的斗文先生，在「奪去了他昔日的記憶」的台北街道上，「像失了舵的孤舟，正不知道划到那裡去好」，[40]在人群推擠中來到博覽會第二會館的入口。置身於與記憶完全對不上的台北街道，斗文先生陷入一種失憶症的狀態——不是因爲記憶的喪失，反而是因爲他對於過往記憶的偏執；在一個臣屬於日本帝國的空間，他無法找到一個不管是物理的或心理的中心座標，來辨識自己所在的位置。

（三）展示「帝國」的博覽會

在展示台灣殖民地教育發源地「芝山巖」模型的文化設施館，斗文先生參觀教育展示，但是他不懂日文，所以無法理解展示的內容。他無奈地詢問身旁的人，得知三個學生站在校園的

38 施淑，〈首與體——日據時代台灣小說中頹廢意識的起源〉，收入陳映眞等著，《呂赫若作品研究：台灣第一才子》（台北：聯合文學，一九九七），頁二〇七—二〇八。

39 能久親王與日本的開拓三神（大國魂命、大己貴命、少彥名命，亦被供奉於札幌神社與樺太神社）一同被供奉於台灣神社（一九〇一年完工），以及台灣各地的神社。橫山森美，〈台湾における神社—皇民化政策との関連において〉，《台湾近現代史研究》第四號（一九八二年十月），頁一九三—九七。一九二〇年，專門供奉能久親王的台南神社完工。另外，台灣的公學校（台灣人就讀的小學）國語讀本第二種卷七也介紹能久親王的事蹟（橫山森美，〈台湾における神社〉，頁一九六）。中日戰爭爆發後的一九三七、三八年，《公學校國史》進行修訂，修訂後的版本明顯擴充能久親王事蹟的部分。磯田一雄，〈台湾に歴史はあるか—台湾の歴史教科書—〉，《「皇国の姿」を追って—教科書に見る植民地教育文化史》（東京：皓星社，一九九九），頁二六二—六三。

40 朱點人，〈秋信〉，頁二三四。

圖畫上方寫的是「產業台灣的躍進，是始自我們」。[41]這時，後方傳來兩個日本人學生的笑聲。在這誇示日本在台灣現代化事業成果，主張殖民政權正當性的博覽會空間，清朝時代備受尊崇的秀才，既不懂日文又身著古代服裝，成爲遭受日本人甚至台灣人同胞嘲笑的落伍對象。

〈秋信〉裡的博覽會會場配置、文化設施館展覽室展示內容，分別與《台灣博覽會協贊會誌》的會場配置圖以及《台灣博覽會》[42]攝影集裡的照片一致；小說裡的「博覽會」直接取材於一九三五年的「紀念始政四十週年台灣博覽會」。台灣博覽會是紀念日本殖民統治台灣四十週年，爲期五十天，除了殖民地台灣產業、林業、糖業、交通、文化等主題館，還設有日本本國各道府縣、朝鮮、樺太、南洋等海外領土、滿洲、中國南方、南洋各國等主題館，展覽品超過三十萬種，規模浩大。[43]吉見俊哉在討論博覽會的專書當中，論述十九世紀中至二十世紀初風靡全球的新娛樂博覽會，從一開始就與帝國主義密不可分，爲「帝國主義的巨大展示裝置」。[44]十九世紀後半日本參展西洋舉辦的萬國博覽會，刻意迎合西洋人對日本的刻板印象，到了二十世紀初的參展，已自我定位爲與西洋列強並駕齊驅的東亞新興帝國。在日本後來自己舉辦的博覽會當中，明顯地承繼西洋列強博覽會的「帝國之眼」。一九〇三年的大阪勸業博覽會首先設置「台灣館」，打贏甲午、日俄戰爭之後的日本國內博覽會，大多不忘設置海外殖民地或占領地的展示館，確認日本帝國與其「未開」殖民地之間的距離。[45]一九三五年在殖民地舉辦的台灣博覽會，在發揮以上政治性功能時，比日本國內博覽會更充分運用「觀看的政治學」。一方面，來自日本本國的日本人參觀者一抵達殖民地台灣，其實就已置身於「帝國主義的巨大展示裝置」之中，以身歷其境的方式，確認自己的殖民者身分與帝國想像。[46]另一方面，吸引台灣全島民眾參觀的台灣博覽會，除了以帝國的「壯觀」讓被殖民者懾服，更重要的是，它規律了「被殖民者」的觀看視線，使其與帝國的意志一致：將歷經現代化的台灣，定位於日本本國與日本在中國及南方勢力圈之間。殖民地教育的目的，正是為了透過產業化建造帝國的「南進基地」——正如〈秋信〉當中斗文先生無法理解的三個肩負台灣產業化任務的學生之圖畫所視覺化的政治宣傳。

〈秋信〉描述斗文先生村裡博覽會熱潮時，形容村裡「本來祇弄鋤頭過日，連小可〈細微〉

41 同前註，頁二三五。

42《台湾博覧会》，一九三六年（写眞帖）。

43《台湾博覧会協賛会誌》，一九三九年，頁三—九。

44 吉見俊哉，《博覧会の政治学—まなざしの近代》（東京：中央公論社，一九九二），頁一八〇。

45 同前註，頁二—一五。

46 然而，殖民地現代化「成果」的誇示與帝國論述之間往往出現相互矛盾。陳衍秀透過殖民地台灣鐵路之旅遊導覽手冊，分析日本人到台灣旅遊時，其殖民者主體分裂於將殖民地風景人物「他者化」的「帝國之眼」，以及歷經現代化與同化教育洗禮後的「現代」台灣之間。請參照陳衍秀，〈帝國之眼中的國境之南——台灣鐵道名所案內中的本島風景〉，《文化研究月報》二一期（二〇〇二年十一月），http://hermes.hrc.ntu.edu.tw/csa/journal/21/journal_21.htm。

的雞母相踏都要引爲話柄的田庄人」，從台北的博覽會回來之後，「好比遊月宮回來還要歡喜」讚不絕口。[47]生活在鄉村單調狹小世界的田莊人得以參觀月宮般遙不可及的博覽會、大開眼界，都是拜鐵路及火車之賜。一九二〇年代中期，以鐵路爲中心的台灣全島交通網大工告成，聯繫台灣各個區域。博覽會開幕後，台灣鐵路局創下成立以來最大的載客量紀錄，博覽會期間台北、萬華兩站上下車的乘客將近兩百萬人次。[48]然而，台灣博覽會所展示的其實不是「月宮」，而是日本帝國空間。透過物產的並列展示，將不同的空間與人種統合於「同一」帝國之下，同時依照其文明程度的「差異」進行層序排列的「博覽會」。行駛於現代化基礎的鐵路系統上的「火車」，運送台灣全島各地以及來自日本本國的參觀者到博覽會會場，高速前往物理上或想像上的「帝國空間」。〈秋信〉裡的「火車」與「博覽會」等現代產物展示台灣現代化成果，聯手製造超越地理與人種差異、互相「統合」的帝國空間想像。[49]即使被火車搬運到日本帝國的空間，斗文先生依然不放棄他的中國認同。他大聲痛罵嘲笑他的兩個日本人學生。

「倭寇！東洋鬼子！」他終於不管得他們聽得懂與不懂，不禁的衝口而出了：「國運的興衰雖說有定數，清朝雖然滅亡了，但中國的民族未必……說什麼博覽會，這不過是誇示你們的……罷了……什麼『產業台灣的躍進』，這也不過是你們東洋鬼才能躍進，若是台灣人的子弟，恐怕能寸進都不能呢，還說什麼教育來！」[50]

斗文先生咒罵日本人爲「倭寇」、比「（西）洋鬼子」更可惡的「東洋鬼子」，呈現中國對於現代化後的日本既優越又自卑的複雜情節。「不管得他們聽得懂與不懂」，他揭露以造福台灣人爲名目的台灣現代化，其實全是爲了日本帝國自身的利益，現代化所帶來的好處全爲日本人獨占，台灣人被殖民者的子弟從一開始就遭受排除。如果說中國古典文化是斗文先生據以抵抗現代的工具，在清朝滅亡後仍綿延不絕的中國「民族」，則是他據以抵抗小說裡「火車」「博覽會」的組合製造出來的日本帝國想像。透過冥頑的台灣老秀才，〈秋信〉的作者呈現台灣人被殖民者對於日本殖民政權充滿帝國意識形態的現代化事業之抵抗。西川滿的〈台灣縱貫鐵道〉試圖藉由一個參與日本鐵路建設的台灣人部下的故事，合理化日本帝國透過現代化打造帝國主體的行動；〈秋信〉則祭出強固的中國民族意識，揭發日本帝國壯觀外表及冠冕堂皇說辭背後

47 朱點人，〈秋信〉，頁二二九。（）內爲前衛出版社註釋文字。

48 《台湾博覧会協賛会誌》，一九三九年，頁一六二。

49 然而，誠如簡炯仁所言，日本在台灣的「現代化」事業「促進全島經濟體系的形成，建構成臺灣社會的『社會溝通網路』（Social Communication Network），催化臺灣社會的質變」，交通網的完成消弭「自然」的藩籬，語言的統一消弭支配漢人社會的族群隔閡，「更加速『臺灣意識』的形構」，一個日本殖民政權沒有意料到也不願見到的產物。請參照簡炯仁，〈日本帝國的殖民統治與台灣意識的崛起〉，《台灣開發與族群》（台北：前衛，一九九五），頁一四五。

50 朱點人，〈秋信〉，頁二三五。

不平等的民族權力關係。這篇小說從預定刊載的《台灣新文學》雜誌上遭到刪除，可以想見是因爲這樣的中國「民族意識」無法通過日本殖民政權嚴格的檢查制度。

（四）主張中國認同的「中國話文」

〈秋信〉裡描述，每天讀書日課結束後，斗文先生瀏覽孫子從上海寄來的國事週聞。他的中國認同不只建立在已經不存在的清朝，還建立在同時代的現代中國。這個情節呼應著一個影響〈秋信〉文本生產的要素：殖民地台灣現代語言文藝之誕生，受到同時代中國五四文化運動極大的影響。即使受到日本殖民統治，台灣與中國之間的文化交流並沒有完全中斷，透過《台灣民報》等報章雜誌轉載胡適等人的新文學主張及創作，帶動台灣新文學運動的展開。早期台灣提倡口語文（口語與書寫語言的統一）的文章，常提及世紀轉換期明治日本的「言文一致」[51]運動，不過，要到一九三〇年代，以日文進行小說創作的台灣人知識分子才大量出現，一九二〇年代的新文學運動還是以漢文爲主。

如同日本與中國的白話文運動一樣，台灣的白話文運動也以啓蒙民衆爲主要目的，然而，它卻面臨一個日本或中國沒有遭遇的難題：究竟什麼才是台灣的「白話」？是台灣閩南語還是北京話？當時的台灣出現主張使用台灣閩南語創作白話文文學的「台灣話文派」，以及主張使用北京話的「中國話文派」，兩派在《台灣民報》、《南音》等報章雜誌上展開激烈辯論。「台灣話文」的台灣閩南語通用的地區有限，表記方式尚未統一；「中國話文」的北京話在台灣並非日常生活用語，稱不上眞正「言」與「文」的一致。這場辯論從一九二〇年代初期打到三〇年代後期，雙方並沒有達成最後的共識。

〈秋信〉的作者朱點人也參與了這場論爭。他主張，台灣不像日本或中國是個「國家」，無法靠國家推動來創造「台灣話文」之類新的文字表記系統，「若以中國白話文來描寫台灣的事物，對於地方色是毫無阻害的」，[52]被歸類爲「中國話文派」。與「台灣話文派」作家賴和〈一個同志的批信〉等純以台灣話文寫作的小說相較，朱點人的小說所使用的語言顯然以中國口語文爲主，本章討論的小說〈秋信〉亦然。不過，〈秋信〉當中還是夾雜了許多台灣閩南語發音的詞彙，包括「稻埕」「一區田」「切近」「新正」「小可」等台灣閩南語，以及「不器用」「滿員」「人氣」「博覽會」「鐵道」「部員」「改札」等以台灣閩南語發音的日文漢字詞彙。我所使用的前衛出版社「台灣作家全集」系列《王詩琅、朱點人合集》之版本，在這些「台灣閩南語」詞彙後面一一加以中文註釋。小說裡對話的部分，比起敘述文的部分更顯現濃厚的台灣閩

51 明治二〇（一八八七）年代日本國語學者物集高見提倡的口語文運動，小說家二葉亭四迷等人以作品加以實踐，於明治四〇（一九〇七）年代左右已趨落實。

52 朱點人，〈檢一檢「鄉土文學」〉，收入中島利郎編，《一九三〇年代台灣鄉土文學論戰資料彙編》，頁八八—八九。初出《昭和新報》，一九三一年八月二十九日起連載三回。

南語色彩，譬如日本警察佐佐木爲了強制徵收博覽會後援會會費，來到斗文先生家中時的場景如下。

他很不樂的走出來，看見老巡查〔日本警察〕佐佐木笑嘻嘻的坐在廳裡等著。
「你又來了嗎！」
「陳秀才！對不住了，我也知影你忙碌，妳且坐啦，我有話要對你講。」
他做了多年的巡查，老於經驗，說著台灣話簡直和台灣人差不多。
「有話請你快說啦！」
「今天是户口調查，順便帶點公務來的。」
「……」
「你去留學中國的孫仔，何時要**返來**？」
「沒有事情，**回來**做什麼？」
「台灣要開博覽會，伊敢〔難道〕不返來看？」
「我不**知道**。」
「唔，你不**知影**か〔不知道嗎〕？」[53]

「做了多年的巡查，老於經驗，說著台灣話簡直和台灣人差不多」的日本警察佐佐木，以及不懂日文的斗文先生兩人之間的對話，想必是以「台灣閩南語」進行。奇怪的是，「同樣」以台灣閩南語發音的兩人之台詞，卻以「不同」的表記方式來再現：日本警察佐佐木的台詞以台灣閩南語表記，台灣老秀才斗文先生的台詞卻以北京話表記。譬如引用文當中筆者以粗體字強調之處，日本警察發問時使用的「返來」「知影」等台灣閩南語，在斗文先生愛理不理的回答中重複出現時，卻變成「回來」「知道」等北京話。從兩人的民族屬性來看，這樣的表記方式不符合常理。對照小說裡其他地方斗文先生的台詞，他與村裡台灣人的對話夾雜台灣閩南語，在博覽會會場對著日本人學生破口大罵的內容（參照我之前的引用）卻是純然的北京話白話。也就是說，朱點人在〈秋信〉裡的對話部分同時使用兩種語言，當他只是要「原音重現」[54]（無論台灣人或日本人的）台灣閩南語台詞時，使用「台灣話文」；當他想強調主角斗文先生在日本人面前主張中國「民族」認同時，則是使用「中國話文」，有意識地以不同的白話文漢文，分別進行小說對話的表記。

53 朱點人，〈秋信〉，頁二二八—二二九。〔〕內爲前衛出版社註釋文字；引者強調。

54 引用文處佐佐木最後一句台詞的語尾出現日文平假名「か」，重現日本警察在台灣閩南語句子的最後，夾雜日文語氣詞的「原音」。

朱點人的漢文小說〈秋信〉與西川滿的日文小說〈台灣縱貫鐵道〉同樣在對話當中使用「台灣閩南語式漢文」（而且恰巧都使用「知影」一詞），然而，基於完全相反的使用目的，它們分別強調這個書寫語言的前半「台灣閩南語」的部分，及其後半「漢文」的部分。朱點人利用「台灣閩南語」的部分，藉由北京話在現代中國的正統性與台灣閩南語的方言性之「差異」，凸顯出主角試圖在日本人面前以言論表現的中國正統意識。西川滿則著重於後半部「漢文」的部分，藉由其與日本式漢文的「相同」，來強調日本在台灣的殖民統治之文化淵源。兩位作者對於台灣的中國文化遺產不同的流用策略，還呈現在小說當中「漢詩」的再現。西川滿在〈台灣縱貫鐵道〉不同的章節列舉兩首七言絕句的漢詩，一首是顧振泉在媽祖廟求的籤，[55] 另一首則是水野民政長官在軍醫森鷗外（亦為著名的明治文學者）面前朗誦、紀念日軍登陸台灣的漢詩。[56] 它們原本分別為台灣閩南語發音與日文發音，但小說文本並未以日本假名標註兩首漢詩的讀音，讀者「看」不出來它們出自不同的文化背景。朱點人則在〈秋信〉感嘆漢詩「擊鉢吟」的變質，台灣詩人「把它當做應酬的東西，巴結權勢，甚之，連和他們不關痛癢的日本的政客死去，也要作詩去哭他」，[57] 抗議日本政權利用漢詩做為籠絡台灣知識分子、收編台灣在地文化的統治工具。

三、混淆的帝國、歧義的民族

西川滿〈台灣縱貫鐵道〉從日軍登陸台灣，「發現」前殖民期西洋或中國輸入台灣的現代物質寫起，到繼承清朝遺產的日本殖民政府征服台灣全島，順利將日本帝國空間移植台灣爲止。朱點人〈秋信〉則戲謔描寫清朝遺物的台灣老秀才闖入火車、現代台北街道、博覽會等經過重置後的「現代」「日本」空間，產生時空錯亂並喪失方向感的經過。正如鐵路／火車在兩部小說當中「搬運」帝國意識形態到台灣，移植到殖民地的現代物質不可能是客觀與中立的；這些物質的製造與流通在殖民地不平等的權力結構下進行，之後並被運用來支撐這些權力結構，兩者相輔相成。兩部小說裡日本人殖民者與台灣人被殖民者之間交換的各種語言，及其表記與翻譯的政治學，呈現另一種「搬運」現代到殖民地台灣的媒介——日本及中國的現代國家語言——在再現的過程中達成的與無法達成的任務。兩部小說的故事及其用來講故事的文學語言，分別再現日本殖民者與台灣被殖民者對於與「現代」（＝鐵路）一同移植台灣的「日本帝

55 西川滿，〈台湾縱貫鉄道〉，頁一三八；中譯本：西川滿，《台灣縱貫鐵道》，頁五五。
56 同前註，頁一八九；中譯本，頁一二二。
57 朱點人，〈秋信〉，頁二三四。

國」空間之重新詮釋：前者透過北白川宮能久親王領導的日軍征台之役，追溯日本帝國在殖民地台灣之「起源」，後者則以清朝時代老秀才的虛構人物，祭出「民族」認同來抵抗外來的日本空間。然而，無論是移植到台灣的帝國，或是與之抗衡的中國民族認同，它們在小說中所主張的「正統性」，都是曖昧而不斷受到挑戰的。

西川滿向以描寫台灣漢人社會的耽美幻想風小說著稱，〈台灣縱貫鐵道〉是他以寫實手法呈現戰爭期間「不同形式的美」之嘗試。[58]然而，這部小說沉溺於瑰麗的過往幻影之中，與西川滿之前的小說的差別，其實並沒有表面上看來那麼大，只不過「支那風」爲「日本帝國」意識形態所取代罷了。爲了將殖民地台灣的漢人送往父祖之地的中國大陸戰場，攻打同樣是漢人的中國人，書寫台灣漢人成爲帝國主體的「那一刻」是有必要的。然而，大費周章地寫這麼長的一部小說重申帝國統治的正當性，反倒暴露出帝國軍事動員殖民地異族的行動缺乏正當性、需要刻意合理化。就像吉卜林（Rudyard Kipling）或卡繆（Albert Camus）刻意強調他們在殖民地（印度或阿爾及利亞）的生活經驗有多麼像「在自己家裡一樣」，爲帝國文化在利用殖民地「地理」之際自我正當化的強迫[59]觀念。事實上，日本帝國對異族的殖民統治本身就隱含了無法解決的自我矛盾，因爲天皇制國家的正統性以「血統」爲根基，「萬世一系」的日本人皇室爲國民的大本家，這與收編「異種血統」的被殖民者爲臣民的帝國殖民地統合是互相牴觸的。[60]〈台灣縱貫鐵道〉的始政式典禮當中，「支那戲劇」緊接在日本能劇「仕舞」表演之後。日本能劇「仕舞」讓「沒想到來到台灣還能看到仕舞」[61]的北白川宮在表演結束之後，特別透過隨身屬下到後台向負責表演的日軍示意。緊接著的「支那戲劇」表演，畫有臉譜的台灣演員在震耳欲聾的銅鑼鼓吹聲中出場，日本人觀眾看得一頭霧水，有些人還向觀眾裡的台灣人紳士詢問，展現與「仕舞」截然不同的「異」文化。天長節慶典時，從軍攝影記者清一郎晃到後台，「撫摸白色假長髯正準備開口唸台詞的年輕男子看到清一郎，慌張地閉上嘴巴低頭示意」，[62]呈現出帝國的時間一在殖民地啓動，馬上出現殖民者與被殖民者不平等的權力關係。也就是說，日本帝國在殖民地台灣之起源，其實已是受到西洋勢力與被殖民者在地文化「污染」的混淆之物；作者西川滿愈是強調皇族北白川宮能久親王象徵性移植到殖民地的帝國「系譜」，就愈加暴露殖民地「異」族統治與天皇制國家「單一」系譜的相互矛盾。

---

58 中島利郎，〈西川滿　作品解說〉，頁四一二—一四。

59 Edward W. Said, "The Pleasures of Imperialism," *Culture and Imperialism* (New York: Vintage Books, 1993), p. 160.

60 鈴木正幸，〈植民地領有と憲法・国体〉，《国民国家と天皇制》（東京：校倉書房，二〇〇〇），頁一四七—五一。

61 西川滿，〈台湾縦貫鉄道〉，頁二二六；中譯本：西川滿，《台灣縱貫鐵道》，頁一七〇。

62 同前註，頁三八〇；中譯本，頁三七六。這段情節並沒有出現在小說所依據的《南進台灣史攷》裡對天長節的描述，爲西川滿自行添加。

另一方面，〈秋信〉的斗文先生所主張的中國「民族」認同，在台灣並非不證自明的概念。位處中國邊陲的台灣為漢人移墾社會，二十世紀初中國從滿清異族統治轉換成漢人政權中華民國時，台灣已經是日本的殖民地，未能實際參與現代中國的成立。〈秋信〉裡斗文先生用以主張中國民族認同的是廣義的「文化中國」（〈正氣歌〉、〈桃花源記〉等中國古典），以及與日本同樣是「異族」的滿洲族外來文化（髮辮）；作者朱點人用來再現斗文先生民族認同的「中國話文」，卻是推翻清朝政權的現代中國國族主義之產物，兩者之間有所分歧。[63]滿清、現代中國、台灣這三個時空所主張的「中國」民族認同，各有其歷史與地政學背景下的獨特意涵，並沒有一個統一的定義。此外，「中國話文派」的朱點人為了強調斗文先生在日本人面前展現的「民族」認同，必須刻意將其台灣閩南語台詞翻譯為北京話表記，顯現出台灣特有的方言加上日本殖民地的特殊身分，造成現代中國書寫語言無法直接重置到台灣，需要經過翻譯的手續。除了少數「留學」中國的知識分子之外，殖民地台灣的閩南族群讀者在閱讀〈秋信〉這樣以中國話文為主的文章時，不限於以台灣話文書寫的部分或台灣閩南語的詞彙，即使是以「中國話文」書寫的敘述或對話，也都是以「台灣閩南語」的「音」來讀。[64]事實上，就連「中國話文」派的作者朱點人自己，也都考慮到台灣的現實環境，主張將「中國白話文」以「台灣音」來讀，駁斥台灣人無法讀中國話文的說法。[65]在殖民地台灣所創作的白話文，原本就被批評為摻雜台灣閩南語、日文、口語、文言等不同時空言語、缺乏統一性的「變態的白話文」。[66]

然而，那樣的混雜白話「文」，對應著台灣社會在移民與殖民歷史中產生的多語「言」，正是在台灣實踐「白話文」以我手寫我口的結果。就像斗文先生在重置後的台北街道喪失方向感一樣，有著漢字表記的共有／借用關係的「台灣閩南語」「北京話」「日文」等眾「聲」之喧嘩，使得朱點人的〈秋信〉試圖透過重置現代中國書寫語言來強調的「民族」，無法維繫其單一的認同與再現。主張日本帝國在台灣殖民統治正統性的西川滿〈台灣縱貫鐵道〉於一九四三年下旬至一九四四年年底在台灣的雜誌上連載時，日本帝國的戰況一路惡化。主張中國民族認同的朱點人〈秋信〉從預定刊載的雜誌被刪除的隔年，日本殖民政權開始禁止台灣報章雜誌的漢文欄。〈台灣縱貫鐵道〉與〈秋信〉分別成爲日本帝國主義及中國國族主義在殖民地台灣「最後

63 漢人族群認同與國家認同兩者之間的分歧，也出現在中國從日本借用「民族」「國學」「國粹」等西洋語彙漢字譯詞之際。這些譯詞在輸入中國之後，指稱與蒙古或滿洲異族政權抗衡的漢人儒家文化，然而它們當初在日本出現時，卻是指稱儒家佛教傳入日本前日本的古典文化，在十八世紀日本國學者爲了與日本的「中國」「儒家」「漢學」影響抗衡的國家意識當中，受到重新重視與詮釋。Lydia H. Liu, *Translingual Practice*, p. 243。

64 感謝國立成功大學呂興昌教授賜教。筆者是接受北京話教育的世代，沒有意識到北京話在台灣成爲官方語言之前的日本殖民時代，台灣的閩南族群使用台灣閩南語而非北京話來朗讀（或默讀）所有漢文（不分文言文白話文、「中國話文」「台灣話文」）的語言狀況。

65 朱點人，〈檢一檢「鄉土文學」〉，頁八七。

66 施文杞，〈對於台灣人所做的白話文的我見〉，《台灣民報》一八號（第二卷第四號〔一九二四年三月十一日〕），頁八。

的」產物之一，既非出自偶然也非歷史開的玩笑，而是殖民地文本做爲帝國與殖民地歷史與文化產物的結果。

四、間隙與雜種的台灣現代性

西川滿的〈台灣縱貫鐵道〉與朱點人的〈秋信〉都以史實爲素材，各自以不同的「語言」（日文／漢文、日本帝國主義／中國民族意識）詮釋日本在台灣的殖民統治。我在本章的開頭介紹一九九〇年代台灣與日本透過殖民地台灣的現代化對日本的台灣殖民統治進行「翻案」，在討論過兩部殖民地文本之後，我們發現到一九九〇年代對日本的台灣殖民統治正面與負面評價的邏輯與修辭，早已分別出現在一九三〇、四〇年代〈台灣縱貫鐵道〉與〈秋信〉的小說文本當中。歷史學家海登・懷特（Hayden White）提醒我們，歷史書寫並非中立客觀的如實敘述，而是作者對歷史事件的解讀；歷史與文學的文本同爲事件的虛構化，兩者之間的疆界其實並沒有我們想像中的絕對。[67]〈台灣縱貫鐵道〉與〈秋信〉參照的台灣鐵道或博覽會之歷史資料，明顯是從日本殖民者的角度出發，兩部小說將歷史史實編織到小說文本當中時，分別從不同的主體位置與觀點，針對歷史資料對殖民地台灣的現代化及相關事件的詮釋，進行「再詮釋」。如果考慮到，兩部小說從一開始就擺明自己爲「虛構」，基於文類得以無所顧忌地使用虛構手法來暢所欲言，也許兩部小說比它們的歷史「原」典傳達了更多的「眞實」。

本章將西川滿的〈台灣縱貫鐵道〉與朱點人的〈秋信〉做爲台灣殖民現代性的再現及產物，透過日文小說與漢文小說的並置討論，論證跨越清朝與日本殖民統治期的鐵路火車等現代物質，以及共享漢字遺產的台灣閩南語、日文、漢文等現代語言表記所建構的台灣殖民現代性之歷史意涵。我在序章已經提到，台灣的殖民現代性，是在西洋、日本、中國等複數的帝國主義、殖民主義與國族主義角力關係的「間隙」，透過物質制度的移植與再移植，漢字文化多重的接受、借用與翻譯所媒介的文化翻譯，以及移植與翻譯過程當中產生的不同主體位置所形構。透過本章對兩部小說的解讀可知，移植到殖民地的物質、語言與文化，在移植過程當中多次與在地文化混淆，與其「原產地」不具有一對一的對應關係。如果說，單一的系譜或認同在殖民地空間得以成立，那只有在帝國主義或國族主義的想像與論述當中。下一章我將討論帝國底下殖民地主體（殖民者與被殖民者）的空間移動，如何打破「旅行」與「居住」的二分法，以及其中牽涉到的現代性形構與帝國論述、左翼實踐、故鄉喪失之間的關係。

---

67 Hayden White, "Narrative in Contemporary Historical Theory," *The Content of the Form: Narrative Discourse and Historical Representation* (Baltimore: Johns Hopkins University Press, 1987), pp. 44-57.

第四章

空間置換與故鄉喪失的現代性經驗

——殖民地台灣小說中的旅／居書寫

在現代社會的形成過程中，農民在資本主義帶來的都市化與工業化之下，離開自己出身的土地與世代相傳的耕地，離鄉背井進入工業都市體系中，因而產生從故鄉到他鄉、從定居到流動、從歸屬到游移的生活形態變化。社會學古典研究之一的《飄泊的心靈：現代化過程中的意識變遷》（*The Homeless Mind: Modernization and Consciousness*）就提出，現代化過程造成人們喪失歸屬、無家可歸的心靈狀態。雖然作者從中看出社會主體因而具有可塑性與多樣性的正面意義，但不可否認的，失去安身立命處所的現代人必須處於不斷追尋、飄移的失根狀態。[1]然而，現代化造成人們集中於工業化都市，與出身土地切離的同時，也助長了現代國族主義的確立，以及海外殖民地的擴張。大批殖民者漂洋過海到殖民地，推動以殖民地經營爲目的的現代化工程，繼而帶動殖民地產業結構轉換，使得被殖民者也面臨離鄉背井到工業都市謀生的狀況。就像大航海時代使得英國成爲日不落國一樣，人與土地之間的關係，就此進入一種弔詭的現代狀態——人們與自身土地切離，以完遂國族開疆拓土、確保或重劃疆界之強大欲望。

以殖民地台灣爲例，日本帝國對台灣的殖民統治首先意味的就是人的移動。軍隊與行政官僚奠定統治基礎之後，警察、教師等基層公務人員、個人身分的經商貿易者隨之渡海而來，接著則是官營私營的集體農業移民，到異鄉異土展開「殖民」與「現代化」事業。另一方面，在殖民地無法獲得高等教育的被殖民者前往帝國首都求學，體驗多采多姿的現代生活。他們大多順利完成學業並通過公職或專業資格考試，衣錦還鄉，但也有人參與政治社會運動而中輟學業。日本帝國透過版圖擴張與異民族同化政策，試圖無限散播帝國意識形態，達成帝國「八紘一宇」、無遠弗屆的理想。帝國實踐不外乎就是在異地、異民族、異文化當中居住與生活，直到異地成爲故鄉，異民族成爲同胞，異文化成爲母國文化，殖民地成爲新家園爲止。也就是說，殖民者與被殖民者在帝國內部多方向的移動，爲帝國擴張與同化實踐的重要過程之一，同時也製造出跨越民族、國家與文化的現代性經驗。

然而，殖民者做爲帝國代理人，遂行帝國的民族與文化統合之際，不免受到遭母國遺棄流放之感，並爲定居異地的不安與孤獨所擾。相對地，被殖民者即使身處帝國中心，享受帝都的現代化生活與文化，仍有揮之不去的民族自卑感，回到故鄉之後，又對帝都產生無比鄉愁。不管是殖民者的海外雄飛，或是被殖民者的帝都朝聖之旅，帝國殖民統治下人的移動，帶來不同種族、語言與文化的互相接觸，在這過程當中，故鄉與他鄉、定居與流動、歸屬與游移、在地與外來、自我與他者等等，旅／居二分法衍生出的種種界定現代人存在形態之既有概念，產生了倒錯的現象。

本章以殖民地台灣日本人與台灣人作家小說中的旅行書寫爲題材，探討帝國下的移動經驗

1 Peter L. Berger, Brigitte Berger and Hansfried Kellner, *The Homeless Mind: Modernization and Consciousness* (New York: Vintage Books, 1974).

與實踐，如何造成倒錯的現代性經驗。日本人作家方面，我將討論曾經居住過台灣的中村地平與眞杉靜枝的〈在旅地〉（一九三四）、〈烏秋〉（一九四一），因爲與單純來台旅行的佐藤春夫等日本內地文人，或是長久居住台灣的西川滿等相較，他們在台灣的旅居經驗本身即充滿多義性。台灣人作品方面，則從衆多描寫東京經驗與歸台後心境的小說當中，鎖定具有強烈旅居倒錯的張文環〈父親的要求〉（一九三五）與周金波〈鄉愁〉（一九四三）。透過以上小說當中挑戰既有「旅行」與「居住」相對性概念的旅行書寫，本章將討論以下問題：帝國下的旅／居辯證，如何呈現帝國下空間錯置與故鄉喪失的經驗？這樣的經驗與殖民現代性的關係爲何，又如何受到民族、語言、文化、性別、年齡、身分等差異的介入？

一、空間錯置的現代性經驗：中村地平〈在旅地〉

中村地平[2]的小說〈在旅地〉[3]描述在台灣念高中的日本人主角「我」利用暑假回到故鄉，與友人牧計畫縱走九州，旅途的第一站與牧的表姊阿俊相識。縱走途中因爲鞋子摩擦造成的腳痛而放棄原來計畫，搭車回到延岡與阿俊一同出遊。假期結束回到台灣的主角，某日在城內的東門市場看到貌似阿俊的女性，跟故鄉的牧詢問，才知道阿俊嫁給同鄉的牙醫，隨夫婿搬到台灣的嘉義。隔年寒假，「我」沒有回故鄉，而是到台灣東海岸旅行，從阿里山往鵝鑾鼻的途中，利用在嘉義轉車到台南的空檔拜訪阿俊。隔年夏天「我」接到阿俊的訃聞，才知道阿俊因爲瘧疾而死，埋葬在嘉義。

小說當中主角「我」與阿俊的相識、重逢都是在旅途中：一次是與友人牧中途折返的九州縱走，另一次則是個人的台灣環島之旅。兩次旅行導引出阿俊這名日本人女性的故事，對於帝國下殖民者女性的處境也有充滿詩意的思考，進而反映主角自身與殖民地台灣之間的關係。在九州的延岡，「我」與阿俊閒聊談到台灣。阿俊想像台灣是個炎熱到連人情味都乾涸的土地，「我」表示：「殖民地應該也有殖民地的人情味吧！那是一種像是在火車或船上互相感受到的，似乎沒有交心，但卻有一種異樣的親近感……」。牧插話說怎麼可能有沒有人情味的世界，阿俊會這樣說是因爲她太有人情味。此時，阿俊自言自語般地低語道：「別人看我想是個快活的

2 中村地平（一九〇八—一九六三）出生於宮崎市，受佐藤春夫影響對南方、台灣有所憧憬，中學畢業後到台灣的台北高等學校就讀，畢業後進入東京帝國大學文學部美術史科。東大在學期間發表處女作〈熱帶柳的種子〉，開始受到矚目，一九三五年成爲《日本浪漫派》同人，並與眞杉靜枝開始同居。一九四一年太平洋戰爭開始後，受徵召爲陸軍宣傳隊員，到新加坡與馬來半島一年。關於中村地平的生平與作品，參照阮文雅，〈中村地平研究—南方文学の理想と現実〉（東廣島市：広島大学社会科学研究科博士論文，二〇〇五）。

3 中村地平，〈旅さきにて〉，《行動》一九三四年五月號，頁三五—四七。

人，其實我很想要到一個沒有任何人認識我的遠處，一個人過日子呢！」[4]三個人看似無意的閒聊，爲小說後半部阿俊隨夫婿遷居台灣的情節發展留下伏筆。阿俊是個聰慧而充滿活力的女性，稱職地擔任著小學女老師的工作，卻在閒聊中洩露出想要逃離到沒有人際關係束縛的遠處之欲望。在她的想像當中，炎熱的台灣似乎就是這樣的一個地方。

然而，有實際殖民地生活經驗的「我」，則以同乘火車或船隻、彼此不相識的旅客之間的微妙關係，來比喻殖民地特有的人情世界。殖民地強固的權力關係與民族差異使得人與人之間無法「交心」，但在表面的距離感與壁壘底下，卻有著置身於同一生活空間而產生的「親近感」。在這裡，同乘火車或船隻的旅客間的關係被用來比喻殖民地的人情世界，並非偶然。本章開頭提到人與自身土地的切離爲重要的現代性體驗之一，資本主義現代化工程走向海外擴張與殖民地經營之後，又將這樣的經驗擴大到不同的領土與民族，造成現代旅／居形態與概念的倒錯。在這樣的過程當中，火車、船隻等現代交通工具扮演了重要的角色（我們在第三章已看到「鐵路」與帝國意識形態的移植之間的關係）。因此，在殖民地生活的人以及搭乘舟車旅行的人，同樣體驗到離開原先居住土地的失落感、漂浮感，也就是一種「錯置感」（sense of dislocation），正是現代性體驗的重要成分之一。與彼此素昧平生的車船旅客之間一樣，殖民地各種民族與身分的人們因爲同樣置身於錯置的存在空間，而對彼此產生「異樣的親近感」。

「殖民地」與「旅行」經驗的相似性，在小說後半部「我」第二次與阿俊碰面的情節當中，獲得更直接的呈現。阿俊與新婚夫婿一同到台灣，實現她到遠處生活的願望。不知情的「我」在東門市場看到阿俊時，阿俊與夫婿和睦依偎著走在人群中，「一看就像是最近的渡台者，有著生氣十足的紅潤臉頰」。[5]「我」根據經驗判斷，這是個最近才抵達台灣，還沒有在殖民地生活中喪失活力的日本人才會有的樣子。果然，隔年冬天「我」在嘉義看到的阿俊，已經沒有當初的生氣十足。小說描寫阿俊「穿著與幽暗的土人屋舍極度不協調的亮眼紫色和服」，[6]以視覺的方式呈現阿俊與周遭環境的不協調與差異。在九州的阿俊穿的紫陽花圖案和服也是同一色系，但與周遭的旅館、河川遊舟、明亮陽光調和交融，襯托出一個自得快活的女性。雖然阿俊在嘉義的家將台灣人屋舍內部改裝爲「內地形式」，擺設各種日式生活道具，但她寂寞地微笑著告訴「我」:「住在附近的人，都是台灣人。完全沒有人可以說話，一開始的時候，幾乎天天以淚洗面呢！」[7]阿俊雖與新婚夫婿一同到遠處設居、生子，但她很快就產生強烈的孤獨感，她的孤獨感不僅來自於離鄉背井的旅愁，更來自於殖民地生活當中民族與語言的差異。

　小說一開始，在九州時的「我」、牧與阿俊無意間聊到墓誌銘，牧開玩笑地以阿俊爲對

4　同前註，頁三八。
5　同前註，頁四二。
6　同前註，頁四四。
7　同前註，頁四五。

象，即興創作墓誌銘：「此紫陽花根部某女性永眠，紫陽花般的女性永眠。」到了小說結尾，當時的戲言一語成讖，阿俊病死在嘉義，敘事者「我」想像著，「在扶桑花而非紫陽花的大紅根部，阿俊小小的骨骸正永眠著吧！」[8]整篇小說就此結束。小說開頭與結尾的相互對照，襯托出阿俊客死殖民地的悲哀命運；從阿俊身上的和服圖案到墓地種植的植物，紫陽花的意象從「生」的形態移轉到「死」的形態，以更極端的形式呈現阿俊人生的錯置——埋葬於殖民地異鄉的土地。旅行不外乎是從原生的、熟悉的故鄉，移動到一個陌生的、不屬於自己的異地。殖民地生活體驗到的民族、語言、文化與風土的差異，可說是旅行經驗的極端形式；落腳於殖民地的殖民者持續感受強烈的錯置感，彷彿生活在旅地，無法產生一種「定居」之感。〈在旅地〉以「我」在兩個旅地與阿俊的相遇，帶出客死殖民地的日本人女性悲哀的人生，正是因爲在「殖民地」居住與在「旅地」生活兩者之間，具有共通的強烈錯置感。

這篇小說雖然以阿俊的故事爲主軸，卻也點出主角「我」在殖民地台灣的生活與存在形態。「我」前往嘉義拜訪阿俊，車站前的榕樹、沿途的合歡行道樹等副熱帶地區植物，顯示台灣特有的自然景觀。循著住址找到阿俊居住的街道，「我」驚訝地發現這是一條全是台灣人住宅的街道：

> 我拖曳著綁縛腳上的軍隊鞋走在路上，泥巴沾污羽毛的鴨群搖搖擺擺地從我面前穿過，

銜向路邊的水溝，嘎嘎地喧嘩著濺起污水。路上飄揚著胡弓的聲音，伴隨著那聲響，可以聽到啊—啊—啊—響著莫名悲痛的歌聲。那條路有著才剛踏進去就不禁使人產生不安與孤獨心情的聲響、氣味與色彩。沿路接受著蹲踞在土牆下抽煙管的老人、在路邊賭博的小孩群、從窗戶露出臉的老嫗等狐疑的注視，我比照著手中的住址，一間一間地探視著那條路上台灣土人住宅的門牌。[9]

中村地平一連串以台灣為舞台的短篇小說當中，均出現與作者一樣在台灣讀高中的日本人主角，跟台灣的土地有著既親近又陌生的曖昧關係，以主角複數的旅行經歷構成的〈在旅地〉尤其如此。主角在台灣嘉義的旅行經驗，與他在九州徒步旅行的經驗形成強烈對比。在九州除了受到阿俊的照顧，兩人以途中民家的村人做的飯糰果腹，沿途借宿小學教室，值班教師協助處理他的腳傷，旅途中感受到陌生人的溫暖。在台北就讀高中的「我」，對台灣的環境有一定程度的熟悉，然而，嘉義的街道與台北不同，是一個只有台灣人的空間，不管是「聲響、氣味與色彩」都是「我」不熟悉的，沿途的台灣人「狐疑的注視」，更加使他意識到自己闖入

8 同前註，頁四七。
9 同前註，頁四三—四四。

一個不屬於他的世界，而感到「不安與孤獨」。「因著不同血液的人們圍繞下所產生的本能的不安」，[10]讓他感到「疲憊不已」。同樣是進入旅地的生活空間，他的嘉義之旅卻讓他清楚意識到其外來者的身分，並感受到「不同血液的人們」帶來的威脅感。在台北居住時，他忍受寄宿生活粗糙的食物，爲了營造出冬天的感覺特意做過於溫暖的打扮外出，設法因應他鄉的環境。然而，當主角獨自闖入台灣人的居住空間時，他卻過度地意識到自己與居民在血液上的差異，感受到殖民地緊張的民族對立關係，也因而能體會居住在此的阿俊之感受。藉由到嘉義造訪阿俊之旅，主角「我」得以對自身在殖民地台灣的位置進行返身觀照。

前述引文中放任於路上亂竄的鴨群、水溝的污水、胡弓的聲響、蹲踞在土牆下抽煙管的老人、在路邊賭博的小孩等等，以視覺與聽覺呈現髒亂而傳統的在地景物，勾勒出台灣人「前現代」的居住空間。與阿俊或主角「我」熟悉的日本居住空間相較，髒亂傳統的「台灣土人」街道同時呈現「民族」的差異，以及「現代化」程度的差異。小說中，阿俊的牙醫夫婿拿出剪報誇示自己醫術受到肯定，但「我」注意到那是花錢刊登的廣告，事實上在他停留期間也沒有任何病患上門。正如「現代」牙醫在「前現代」的台灣人街道上毫無用武之地，阿俊與「我」做爲日本人在殖民地台灣感受到的「錯置感」，同時也是帝國下不均等的現代性發展帶來的結果。如果日本與台灣鄉下之間有著這麼大的現代化程度差距，那麼，當台灣人青年經歷過現代的東京生活之後，他們與故鄉之間的關係又會產生什麼樣的變化？

二、從「擬似家族」到左翼運動的失敗：張文環〈父親的要求〉

一九一〇年代中期以來，留學殖民母國日本的台灣人青年逐漸增加，一九二〇年代日本的大正民主主義思潮刺激了《台灣青年》等台灣人最早的大衆印刷媒體，藉此展開民族運動，一九二〇年代中期以來的無產階級左翼運動，也吸引不少台灣人青年加入，尋求民族與階級的同時解放。一九二〇年代後半期，日本政府開始鎮壓左翼運動，並在一九三〇年代以滿洲事變爲始，大舉向海外進行領土擴張，以解決國內經濟問題。殖民地青年也在完成或中輟學業之後回到故鄉台灣，在帝都經歷民族與左翼運動的興盛與衰敗後，他們與故鄉的殖民地台灣之間的關係，已有所轉變。加上中日戰爭爆發之後，日本在台灣爲戰爭做準備所施行的皇民化運動，使得留日歸來的台灣人菁英目睹故鄉逐漸成爲「日本」。在以上過程當中，台灣人菁英與殖民者日本人置身於同一個帝國底下，卻因著移動方向的不同（由台灣到日本求學），以及殖民地身分的不同（被殖民者），使得他們的帝都之旅以及回歸故鄉的定居，展現出截然不同的旅／居關係以及現代性體驗。

10 同前註，頁四四。

張文環〈父親的要求〉[11]描寫台灣人青年阿義背負雙親期望，在東京念完大學後參加高等文官考試，落榜後搬到一個父親離家出走、只有母女兩人的日本人基督教徒家中租屋，對房東太太的女兒賀津子很有好感。不久之後，阿義在台北高校學弟阿貴的影響下，開始參與左翼社會運動。阿貴被捕之後，在獄中自新，出獄後回台灣，只留下一封短信給阿義。阿義隨即也遭到逮捕，但他堅決不認罪，直到被釋放為止。回台灣後，阿義寫了一封信給賀津子，除了報告回鄉後的生活，還告訴她村中擅於說好話奉承人的乞丐的故事，以及他目睹回故鄉後發瘋的阿貴的樣子。

在這篇留學生小說當中，首先登場的是阿義利用假期回台灣度假的家庭生活。父母為了提供他在東京念法律，在經濟上承受很大的負擔，只希望他能通過文官考試回台灣當官。然而，阿義自知自己內向膽小的個性無法成為律師或醫生，憎恨父母盲目的教育方式以及順從的自己，卻也沒有辦法。小說接著描述他在東京租便宜的地方居住，夜間為跳蚤所惱，逐漸調整為晚上念書、白天睡覺的日夜顛倒生活方式。阿義在日本的生活方式，是他在台灣的雙親無法想像也不會認同的。事實上，留學後的阿義已經無法忍受台灣的生活。在東京可以逛書店、跟朋友聊各種話題，回到故鄉就只能面對雙親給予的壓力，以及對他夜間的失眠等現代症狀的不理解。沒有談話對象的單調無聊生活，反而使他無法靜下心來念書，因而益加感到無聊。習慣了東京都市生活的阿義，已經無法回到單調無聊的台灣鄉下生活與步調。

除了張文環的〈父親的要求〉之外，巫永福〈首與體〉、翁鬧〈殘雪〉等留學生小說均呈現類似構圖，以多采多姿的東京都會生活來對比封建落後的故鄉台灣，表現他們對於東京生活的投入與喜愛。透過帝都的居住與生活經驗，台灣人青年體驗到徹夜喝酒聊天、泡咖啡廳、接觸東京名士、觀賞戲劇演出、逛百貨公司，甚至自己參與劇團演出等等的「現代性」經驗，相對地，他們所生長的故鄉台灣也就顯露出單調無聊的生活、爲傳統封建家庭與婚姻制度束縛的「前現代性」。透過帝都的現代性發現「故鄉」的經驗，其實也出現在同時代從日本國內的鄉下地方來到東京的地方青年身上，台灣人留學生小說如同日本國內地方青年的「上京」小說一般，以「鄉下」（田舍）或「故鄉」來稱呼台灣，鮮少提到台灣的「殖民地」地位。

不僅如此，搬家之後的阿義與新的房東母女甚至產生「擬似家族」的關係。阿義與房東母女生活在同一個屋簷下，一起吃飯出遊，儼然就像是一家人。房東太太很關心阿義的日常起居，阿義與房東母女觀賞楓葉後回家的途中巧遇阿貴時，房東太太聽說阿貴是阿義的同鄉，還

11 張文環，〈父親の要求〉，《台湾文芸》二卷一〇號（一九三五年九月），頁一—二七；中譯本：張文環著，陳明台譯，〈父親的要求〉，收入陳萬益主編，《張文環全集》卷一（台中：台中縣立文化中心，二〇〇二），頁五七—九二。關於這篇小說的成立背景，參照柳書琴，〈前進東京或逆轉歸鄉？——論張文環轉向小說〈父之顏〉及其改作〉，《靜宜大學人文學報》一七期（二〇〇二年十二月），頁一—二二。

親切邀請阿貴有空到家裡玩，就像阿義的母親一樣。至於賀津子，每天上樓替阿義整理房間、閒聊，就像阿義的妹妹一樣。尤其是，阿義被捕入獄之後，房東太太到獄中探望他，帶來乾淨的衣物與點心，充分展現出慈母心的包容與關懷。結果是，台灣人青年對留學旅居地東京的感情，甚至超越他們出生長大的故鄉台灣。從這個角度來看，台灣人青年的留學生小說可以說是帝國理想的實踐：日本帝國超越了不同民族、語言與文化之差異，建立一個大家庭。與四國、九州等日本國內的偏遠地區一樣，台灣與東京之間，只有「鄉下」與「都市」的差別。

雖說如此，台灣人青年身爲被殖民者，他們因帝都經驗而與故鄉產生疏離的方式，與日本國內的地方青年有所不同。在〈父親的要求〉當中，阿義雖然對賀津子有好感，卻始終無法表達，強迫自己將她當妹妹看待。這一方面是因爲知道她有未婚夫，但更重要的是，阿義對自己的台灣人身分具有強烈自卑感，他冷靜下來想，「雖然這個女性對於民族的問題有十分的理解，但自己的生活與家庭是否眞能保護這美的化身，相當令人懷疑。不僅如此，想到最後難保不會害死這個女性，阿義不禁想要詛咒自己出生的故鄉或是自己的民族」。[12]雖然小說中未曾提及「殖民地」一詞，「民族」的差異在觸及戀愛及婚嫁問題時造成阻礙。原本指稱日本國內鄉下出身地的「出生的故鄉（故鄉[くに]）」，因爲與「民族」並列，而成爲異民族居住的海外殖民地。

小說中另外一次提到「民族」，是在阿義出獄之後，由房東太太迎接回到住處，看到久違的賀津子誠心迎接他的美麗容顏，感動之餘也很掙扎。「超越民族的喜悅、超越友情的愛益加帶給他階級的苦痛。對於現在的他而言，不要與這對母女一起跨進這已經變成過往的家，似乎是較好的選擇，陳有義在心中受到這無法言表的寂寞所苦惱」。[13]賀津子母女的基督教信仰使得她們誠心接納關懷來自殖民地、不同民族的阿義，然而對於阿義來說，感動於賀津子母女超越民族的愛，等於是放棄了批判資產階級（房東）與民族問題（日本人）的左翼立場，讓他感到「階級的苦痛」。阿義與日本人房東母女所組成的「擬似家族」，跟他做爲殖民地青年，以共產主義及民族解放爲目標的社會主義運動，形成痛苦的拉鋸。[14]

更重要的是，阿義的殖民地青年身分，也使得〈父親的要求〉雖然屬於日本文學範疇內的「轉向文學」，[15]卻與同時代日本人的相關作品有著關鍵性的差異。這篇小說的前身〈父親的容顏〉於一九三五年年初獲得《中央公論》「新人作家作品」甄選的「選外佳作」，因未獲正式獎項，沒有在《中央公論》雜誌上刊出，直至同年九月，修改後的版本〈父親的要求〉才發表於

12 張文環，〈父親の要求〉，頁九；中譯本：張文環，〈父親的要求〉，頁六七。

13 同前註，頁二一；中譯本，頁八三。

14 關於殖民地台灣結合民族運動的社會主義運動，請參照本書第一章。

15 關於〈父親的要求〉的「轉向文學」性質，除了前述柳書琴論文之外，可參考張文薰，〈張文環〈父親的要求〉與中野重治〈村家〉——「轉向文學」的觀點〉，「台日研究生台灣文學學術研討會」宣讀論文，行政院文化建設委員會、國家台灣文學館籌備處、國立中山大學中國文學系主辦，高雄：國立中山大學，二〇〇三年十月四—五日。

台灣的《台灣文藝》雜誌上。〈父親的容顏〉之所以獲得日本中央文壇的青睞，主要是因爲這篇小說在性質上屬於當時熱門的「轉向文學」。日本共產黨於一九二二年非合法組成，政府爲了抵制社會主義運動，一九二五年以普選的實施爲交換條件制定「治安維持法」，並在第一次普選之後，於一九二八年的三一五事件與一九二六年的四一六事件當中，大舉逮捕共產主義者與農工運動者。一九三三年，被捕的日本共產黨委員長佐野學與鍋山貞親在獄中發表「轉向」聲明，公開宣誓放棄共產主義理念、轉而效忠天皇國家，造成一陣獄中「轉向」風潮，也隨之產生不少以「轉向」爲主題的文學。

「轉向文學」描寫日本左翼知識分子在理念與精神上挫敗，服從於天皇制國家的權威，進而積極協助日本的戰爭意識形態，在文學表現上，大多採取一個類似的構圖——主角對父親的叛離與悔改回頭。這不僅因爲獄卒常在刑求逼供的同時，向被捕的左翼青年進行軟性勸說，訴諸故鄉父母的傷心與擔憂（〈父親的要求〉中獄卒也對阿義使用此一手法）。更重要的是，在左翼社會運動當中，位居所有階級之上的最高資產階級「天皇」與皇族，做爲無產階級壓迫的根源而受到直接批判與攻擊；相對地，「轉向」之後的原左翼青年除了宣誓放棄共產主義理念，更宣誓將會悔改效忠於天皇國家。在日本的家族國家觀念與制度[16]當中，天皇是所有人民的大家長，因此，「轉向文學」在呈現左翼青年精神的轉折之際，很自然地以「父親」的形象，來象徵他們一旦叛離、如今回到其膝下悔改的「天皇」。在〈父親的要求〉中，帶領阿義進入社會主義運動的同鄉阿貴，在獄中透過來日的叔父，得知家鄉的父親爲了自己的事幾近發狂，因而投降「轉向」。房東太太來探監時，也轉達阿義故鄉的父親寄來的錢及多封信件，均由她們暫時保管。小說前後使用的兩個標題〈父親的容顏〉以及〈父親的要求〉，都顯示出張文環依循了同時代左翼「轉向文學」中對「父親」形象的慣例使用。

然而，阿義的殖民地出身背景，使得小說中以故鄉的「父親」來象徵日本的「天皇」之際，產生不容忽視的問題——兩者之間在「民族」上的差異。我們在前面已經看到，民族的差異使得阿義無法安住於與賀津子母女的「擬似家族」當中，或是眞的與賀津子建立婚姻關係。然而，這樣跨民族的「擬似家族」得以暫時成立，不外乎因爲這是一個父親離家出走而遺留下的母女家庭。也就是說，小說中阿義進入一個缺乏家族血統象徵的父親之日本人家庭，與不同血緣的異民族以類似「養子」的形式被納入日本帝國，頗爲類似。然而，這個帝國縮影的跨民族「擬似家族」因爲缺乏傳承血統的父親或兒子，可說是個徒具帝國形式、不具帝國正統系譜

16 關於日本的天皇國家觀念與制度，請參照筆者的〈帝國下的漢人家族再現——滿洲國與殖民地台灣〉，《中外文學》三七卷一期（二〇〇八年三月），頁一六八—一六九。我在該文當中，首先援引松本三之介，〈家族国家観の構造と特質〉，《講座　家族八家族観の系譜》（東京：弘文堂，一九七四），頁五五—七八，來說明明治時期以來日本「家族國家」觀念與制度的發展，接著引用鈴木正幸，〈植民地領有と憲法・国体〉，頁一二八—一五三，來討論異民族殖民統治，如何動搖日本這種擬血緣關係的國家觀念與制度。

的家庭。這也是爲什麼阿義可以在從事左翼社會運動，以共產主義及「民族」解放爲目標，卻仍然繼續寄居賀津子母女家中，維持「擬似家族」的關係。房東太太甚至在他入獄期間，以代理父親的形象來探監，在阿義出獄之後，以「樹欲靜而風不止」來規勸阿義浪子回頭以盡孝道，阿義雖然想反駁，最後也只能表示「服從」的態度。

然而，當房東太太代讀阿義父親的來信，來信中要求阿義在兩老在世時不要再從事社會主義運動，房東太太「有時加上日本訓讀漢字的假名以漢文來讀，有時只取大意來讀」給阿義與賀津子聽。[17]在「代讀」父親來信時，日本人房東太太以日文訓讀漢文的方式，或將漢文意譯爲日文，顯示出無法消弭的「民族」差異。另一方面，「轉向」後的日本人左翼知識分子回歸天皇制國家，積極協助日本爲解決國內經濟問題的海外擴張，然而，出獄後的殖民地青年阿貴與阿義離開帝都，回到故鄉父親膝下之後，喪失了戰鬥的意志與對象，只能在在地父權的溫情保護之下，重複鄉下單調的日子。從以上這些點可以看到，張文環獲得中央文壇認同的「轉向小說」在複製浪子對父親的叛離與回歸之際，呈現殖民地青年在帝國的多民族「擬似家族」當中的特殊處境與矛盾。

與中村地平的〈在旅地〉相較，在台日本人在「前現代」的台灣人生活空間當中感受到「不安與孤獨」，以及空間的錯置感，〈父親的要求〉裡的台灣人青年到了帝都東京之後，很快地習慣日本的生活，融入帝都的現代化空間從事各種活動，與日本人建立親近關係。接觸帝都現代性的台灣知識分子，不但沒有感到「旅愁」，反而視故鄉台灣家族與傳統的召喚爲負擔，享受留戀於東京的生活。然而，當他們捲入東京現代都市的左翼運動，以及隨之發生的「轉向」風潮時，他們做爲殖民地青年的獨特經驗，顯現出在帝國的多民族「擬似家族」下進行「現代的超克」之多義性與內在矛盾性。

三、「日本」空間的移植與置換：眞杉靜枝〈烏秋〉

接下來我將視線轉向兩個描寫一九四〇年代的台灣的旅居書寫，討論殖民統治移植到台灣的「日本」空間，分別帶給殖民者與被殖民者什麼樣的現代性經驗與旅居的形態轉換。日本人女性作家眞杉靜枝[18]的〈烏秋〉[19]發表於一九四一年太平洋戰爭期間，與〈在旅地〉同樣以日本

17 張文環，〈父親の要求〉，頁二二；中譯本：張文環，〈父親的要求〉，頁八五。

18 眞杉靜枝（一九〇〇—一九五五）出生於福井縣，五歲時父親以神官的身分舉家遷移台灣，十五歲時進入台中醫院附設護士養成所，畢業後在台中醫院當護士。十七歲時，在雙親強制下辭去護士工作，與大她十三歲的台中車站副站長結婚。婚後不久，丈夫升遷爲高雄附近車站的站長，但兩人的婚姻生活並不美滿。四年後逃家，寄居大阪的祖父母家，後來成爲《大阪每日新聞》的女性記者，先後與武者小路實篤、中村地平等作家戀愛同居，一九四二年與芥川獎作家中山義秀結婚，一九四六年離婚。戰後沒有繼續創作活動，但一九五三年參與核彈受害女性救濟的社會活動，一九五五年因

人女性在台灣的生活與境遇為題材。眞杉五歲時隨神社神官的父親移居台灣，在台灣長大、受教育、工作，在父母強迫下辭職結婚，直至二十一歲無法忍受婚姻生活而逃回日本。小說的主角桐野八重是個在東京修業中的未婚畫家，為了寫生進行五十多天旅程，從東京到台灣、南支那（中國南部），如今再次回到台灣拜訪家人。[20]小說一開始，八重乘坐人力車遍尋台北周遭的書店，想要找梵谷（Vincent van Gogh）的畫冊。我們只知道她剛從南支那搭飛機來台北，想要寄贈梵谷的畫冊給「那個土地的、那個容顏」。[21]隨著她的尋畫冊之旅，我們才得知她此次旅途的目的與行程，以及她寄贈畫冊的對象為日本的南中國派遣部隊一名叫作崇敬玉的女性。崇敬玉的父親為中國人，母親為日本人，她以中文協助日本人宣撫南中國敗戰後荒涼的民心。她的丈夫在中日戰爭爆發後與其他親日中國人一同失蹤，後來在戰火中又喪失兩名幼子中的一個。寄出畫冊之後，八重搭乘火車到台灣南部家人居住的地方，她的家人住在台灣南部已經三十年，父親為神社的神官。八重有個帶著兩個小孩守寡多年的妹妹，與雙親同住，在附近的公學校教書。妹妹就讀國中的長子處於叛逆期，做客中的八重目睹妹妹在工作之餘費心教養孩子的辛苦。

八重以旅行者身分對家人台灣的生活之觀察描述，具體呈現日本的宗教、語言、文化與生活方式移植到殖民地的過程。八重搭火車南下時看到綿延的甘蔗田，與母親搭公車時聞到台灣人強烈的大蒜臭味，感受到台灣特有的風景與氣味。然而，抵達雙親居住的神社之後，八重進入了一個全然日本的空間。八重的父親是神社的神官，清晨在神苑的後院指導台灣人壯丁吹奏神樂樂器，下午在神社的禮拜殿前集合台灣人壯丁與郡役所的官員。不僅如此，小說中還描述父親以對台灣人講話的清晰斷句，再次交代神樂樂器講習期間不可食用大蒜，以免產生臭味。[22]下午集合點名時也以稱讚的語氣，提及其中一名台灣壯丁的改日本姓氏。八重的妹妹則

肺癌死去。關於眞杉靜枝的生平與作品，參照李文茹，〈参考資料①眞杉静枝年譜（〜一九四五年）〉，〈帝国女性と植民地支配―一九三〇〜一九四五年に於ける日本人女性作家の台湾表象〉（名古屋：名古屋大学人間情報学研究博士論文，二〇〇五），頁一三六—四一。

19 眞杉靜枝，〈烏秋〉，《ことづけ》（東京：新潮社，一九四一；復刻版：河原功監修，《日本植民地文学精選集【台湾編】》七（東京：ゆまに書房，二〇〇〇）），頁四三—七二。

20 眞杉靜枝逃回日本之後，分別於一九三九年二月（與中村地平一起）、一九四一年一月返回台灣探望家人。第二次的台灣之旅前的一九四〇年年底，與宇野千代參加「南支派遣軍慰問團」訪問廣東。從台灣返回日本後出版的小說集《囑咐》（《ことづけ》）中收入的〈烏秋〉等以台灣、廣東為舞台的小說，應該就是從一九四〇年年底至一九四一年早春之間的南中國、台灣旅行之產物。眞杉靜枝在戰爭期間以女流作家的身分至中國南部、中部進行勞軍與採訪的經過，以及台灣旅行與戰爭協力之間的關係，請參照李文茹，〈戦時下の眞杉静枝の台湾表象〉，〈帝国女性と植民地支配〉，頁一一一—一一三（論文中文版請參照李文茹，〈殖民地・戰爭・女性——探討戰時眞杉靜枝台灣作品〉，《台灣文學學報》一二期（二〇〇八年六月），頁六三—八〇）。

21 眞杉靜枝，〈烏秋〉，頁四五。

22 這段描述也出現在眞杉靜枝的台灣旅遊記〈變遷中的台灣〉（〈移り行く台湾〉）當中。眞杉靜枝，〈移り行く台湾〉，

是台灣人公學校的老師，八重參觀學校時，看到妹妹上家政課教學生做壽司，還看到另外一個女老師豐田在國語課矯正學生將「te」說成「re」的發音錯誤。豐田老師的丈夫才剛從戰場歸來不久，但馬上又志願從軍。

透過神社與學校這兩個現場，八重家人在台灣的工作與生活，[23]成爲殖民地台灣的縮影，具體而微地呈現出帝國透過宗教與教育，爲「台灣」置換爲「日本」的過程。而神樂與大蒜、改姓氏等插曲，更具體點出中日戰爭下日本試圖透過皇民化運動的生活改善（「大蒜」），灌輸日本政教合一的皇道思想（「神樂」），使台灣漢人切斷與中國之間的聯繫、納入日本帝國系譜（改姓氏）的時代背景。八重家人的殖民地生活顯示日本人做爲帝國代理人，透過在殖民地的日常生活實踐，遂行帝國意識形態與意志的過程。對於八重而言，台灣南部具有「旅地」與「家」的雙重意義，不只因爲家人居住在此多年，還因爲這裡已經成爲另一個「日本」。

小說中運用了台語歌曲〈雨夜花〉，來象徵台灣爲日本所置換的過程。八重剛抵達雙親家中時，台灣人民家傳來的〈雨夜花〉的胡琴聲與歌聲，與父親神官的身影形成對照，小說中以漢字與片假名表音的台語來記錄這首古老台灣民謠的歌詞。同一天黃昏，參觀完公學校、拜訪豐田老師夫婦之後的八重，看到神社前「支那風的廟」有著升旗台，每天晚上進行「國語講習所」課程。[24]到了傍晚，白天在日本人家中幫傭，或在糖廠的甘蔗園工作的年輕女性，紛紛拿著「國語」課本來上課。剛洗完澡、化著漂亮的妝的她們，聽到遠處傳來的〈雨夜花〉（〈ヤホイ〉）胡琴歌聲，隨著音樂哼唱的，是日語版的〈榮譽的軍伕〉（〈ほまれの軍夫〉）。台語歌謠〈雨夜花〉首先受到八重以日語片假名表記發音的〈雨夜花〉（〈ウヤホィ〉），之後進一步被置換為宣傳戰爭意識形態的〈榮譽的軍伕〉，由前往「國語講習所」上課的台灣人女性哼唱。這些台灣女性隨著胡琴聲哼唱的〈榮譽的軍伕〉，不但呈現出她們經歷著日本人家中幫傭、在糖廠甘蔗園工作、夜間「國語講習所」的課程等等「現代化」與「日本化」合而為一的生活經

《南方紀行》（東京：新潮社，一九四一；復刻版：《日本植民地文学精選集【台湾編】》七），頁二一四—一六。這本旅遊記跟收入〈烏秋〉的《囑咐》一樣出版於一九四一年，前半部與後半部分別收入廣東、台灣的旅行見聞，間雜相關短篇小說。

23 小說中八重家人的職業與經歷取材於眞杉靜枝的家人。眞杉靜枝父親從一九三八年起，在台南麻豆的曾文神社（台南州曾文郡麻豆街）擔任神官。根據台灣總督府文教局社會課的記載，曾文神社成立於一九三八年九月十九日。橫山森美，〈台湾における神社〉，頁二一八。至於寡婦妹妹的腳色，則取材於一九三〇年丈夫因心臟麻痺去世的妹妹勝代。勝代在台灣人公學校教書，與父母同住、扶養三個小孩（包含一個遺腹子）。參照李文茹，〈参考資料①眞杉静枝年譜（〜一九四五年）〉，頁一三八—一三九。

24 小說當中沒有提及，不過台灣的廟宇成為「國語講習所」的背後，有著中日戰爭爆發後台灣總督府積極展開的「寺廟整理運動」（廢除寺廟）的歷史背景。眞杉的父親任職的曾文神社所在地台南州曾文郡，至一九四二年為止寺廟整理的比例高達百分之九十，見蔡錦堂，〈寺廟整理問題〉，《日本帝国主義下台湾の宗教政策》（東京：同成社，一九九四），頁二四二。同書最後的附錄〈台灣宗教史年表〉（頁三三八）並記載直至一九三八年年底為止，台南州新豐郡的一百三十個寺廟均受到關閉，各寺廟被用來當作國語講習所。

驗，同時也呈現出台灣在成爲「日本」之後，進一步成爲戰爭下的「日本帝國」之歷史現實。

除了歷經日本化的殖民地台灣，小說中更透過「烏秋」的意象，巧妙地將南支那與殖民地台灣、崇敬玉與八重的妹妹、八重的兩趟旅行等彼此不相干的空間、女性與旅行，集中連接於「日本帝國」這個中心輻輳。八重在南下的列車上，聽到狀似剛從內地來到台灣的日本人紳士向妻子介紹車窗外的烏秋，描述在日本當中只有台灣有這種鳥類，烏秋「以牠那麼小的身體竟會向老鷹等大型鳥挑戰，「直到老鷹將啣在口中的獵物放開爲止，它可是緊纏著不放」。緊接著，小說描寫「此時正好」傳來其他乘客的談話聲，恰好與烏秋的話題有些類似：「畢竟，從地圖上就可以看得出來，日本是個這麼小的國家，然而對手的支那大陸卻是如此龐大……」[25]透過出現時間的同時性以及「以小敵大」的共通處，將烏秋與挑戰中國的日本的意象重疊，兩者均爲體積小志氣大，充滿鬥志與勇氣地挑戰比它大上數倍的同類。

不僅如此，小說結尾處，八重的妹妹和長子爭執後，與八重在神苑附近談心，妹妹兩次提到烏秋。第一次爲她即興作的俳句——「母親的心　烏秋般兇猛」，俳句當中將比喻日本帝國的烏秋，拿來比喻「母親」保護小孩時的無所畏懼。第二次，妹妹提到台灣的春夏秋冬沒有明顯季節變化，唯一的變化就是住家旁邊的糖廠每半年一輪迴的動工或停工，糖廠停工期間感到特別寂寞。還好，秋天時看到充滿活力的烏秋，連老鷹都敢於挑戰，激發自己堅強走下去的動力。透過台灣特有的鳥類烏秋，日本、南支那、台灣分別成爲對華戰爭中的帝國本國、戰爭前線，以及大後方，三個遠隔的空間彼此產生有機連結。從這個角度來看，日本軍剛剛占領的南支那，才開始透過中日混血的女性，或是研究中國大家族制度的日本人學者之媒介，逐漸將該地納入帝國的體系當中。然而，小說中將八重旅程銜接的三個空間，轉化爲「同一」帝國的空間結，預示著八重家人在台灣遂行殖民地教化與皇民化的日常生活，很快地將會出現在南支那——與台灣一樣的漢人居住的地方。

跟中村地平一樣，眞杉靜枝曾有居住台灣的經驗，以台灣爲題材的小說也發表於從台灣回到日本之後，但兩人在台灣的經歷、發表小說的時間、性別上的差異，造成〈烏秋〉與〈在旅地〉對於日本人居住殖民地的感受，以及帝國下的女性，有著很不一樣的呈現。不管是從九州隨夫婿移居台灣的阿俊，或是在台北就讀高中的主角「我」，〈在旅地〉當中的日本人處於物理的，以及心理的「錯置」狀況。然而，〈烏秋〉裡八重的家人居住台灣已經三十年，他們在台灣不再感覺到「旅愁」，台灣已經成爲久居之地。不僅如此，他們的日常生活與工作直接參與殖民地的教化與同化事業，致力以日本的語言、宗教與文化，來取代台灣在地的語言、宗教與文化。〈在旅地〉當中引起主角不安與孤獨的胡琴聲與歌聲，在〈烏秋〉當中被改編爲日本軍歌，由在地女性哼唱，即顯示出兩個作品中在台日本人感受與處境之差異。也就是說，

25 眞杉靜枝，〈烏秋〉，頁五二。

八重家人在殖民地台灣的日常生活，不再是置身異民族之間、置身不屬於自己的陌生土地的「錯置」狀態，而是努力將台灣的人事物改造爲日本的，使「他鄉」成爲「故鄉」的「置換」（displacement）過程。對應作者的經歷，自傳性小說〈在旅地〉描寫的背景應該是一九二〇年代，〈烏秋〉的時代背景則爲中日戰爭下的皇民化時期。從一九二〇年代至一九四〇年代，兩篇小說中日本人在殖民地台灣的居／旅，顯示出日本人從離鄉背井、被動承受「錯置」的「殖民者」，成爲主動進行「置換」、遂行帝國意志的「帝國主體」之過程。

此外，兩篇小說均透過日本人女性來表現日本人在殖民地與占領地的生活境遇。〈在旅地〉的男性主角「我」藉由阿俊的悲哀故事展現殖民地生活的強烈錯置感。眞杉靜枝身爲女性作家，透過女性畫家桐野八重的旅途，來描繪帝國下女性的生活。小說中描寫在南支那戰爭前線宣撫中國人的崇敬玉，「如實地將悽慘戰事之後的悲哀堆疊於心中的這位年輕婦人臉上，有著和平國度無法看到的充分覺悟後的柔和」，[26]強調她的「女性性」。回到台灣之後，八重的妹妹對著台灣女學生上家政課，豐田老師爲嬰兒哺乳、協助即將出征的丈夫打包行李，善盡帝國大後方女性的職責。透過八重的旅程與視線，南支那與台灣南部這兩個跨海遠隔的空間，成爲同一帝國下的空間——戰場與大後方，日本帝國下不同區域、不同民族的女性堅強的「母親」形象彼此交疊，連結到背後更偉大的形象——在各自的崗位遂行帝國事業，展現不輸給男性的堅強與決心。

那麼，〈在旅地〉與〈烏秋〉當中「女性」在殖民地與占領地的生活，如何呈現帝國的文化形態？帝國的殖民地統治與經營初期，殖民地軍人、官吏、公務員或是商人的男性，做爲帝國的代理人實際遂行帝國的海外擴張與事業，而女性則以妻子或女兒等附屬於男性殖民者的身分同行。當男性在殖民地舞台上華麗上演著武力平定、殖民政策制定與實施、現代化工程等事業時，女性被交付的工作就是在背後照顧整個家庭在殖民地的生活起居，使得女性殖民者總是以「去政治」的家居形象出現。這樣的家居形象還伴隨著需要受到保護的脆弱形象，對於女性而言，殖民地的環境格外充滿著敵意與威脅。譬如〈在旅地〉的阿俊的丈夫雖然只是個沒有什麼病人的牙醫，卻極力彰顯自己的存在感，並強調自己與其他日本人不同，具有「海外雄飛」的壯志，要不是有妻子牽絆，早就更加遠征到中國南部或南洋地區。藉由一名日本人女性最爲家居、最與政治無涉的生與死，〈在旅地〉呈現出殖民地生活與人生形態當中，伴隨強烈「錯置」感的「旅愁」與「鄉愁」——雖然這通常爲男性遂行帝國領土擴張的口號所掩蓋。

到了〈烏秋〉所描繪的一九四〇年代，隨著男性離家上戰場以及戰爭死傷，女性除了原先在大後方照顧家庭的任務之外，還必須塡補男性在工廠等生產線上的空缺。[27]女性從去政治、

26 同前註，頁四九。引者強調。

27 日本國內女性開始走出家庭、進入社會職場工作，始於第二次世界大戰期間男性上戰場而造成的社會人力不足。

需要受到保護的家居主體，轉化為中性的、與男性一般堅強戰鬥的國家主體。這也是為什麼〈烏秋〉的作者要特別透過失去丈夫與小孩的崇敬玉協助日軍宣撫工作、八重守寡扶養三個小孩的妹妹對於殖民地教育的奉獻、豐田老師養育小孩、協助出征的丈夫等，彰顯她們將女性性與母性轉化為貢獻、參與帝國事業之後，所產生的無比力量。透過這些轉化投注於國家的女性性與母性，「日本」得以落實於帝國的殖民地與占領地，將喚起「錯置」感的異鄉，「置換」為帝國下殖民者得以安居樂業的故鄉，完成其「帝國化」的過程。

四、安居處所的喪失：周金波〈鄉愁〉

周金波的日語小說〈鄉愁〉[28]發表於戰爭期間的一九四三年，與中村地平〈在旅地〉一樣描寫帝國殖民統治下的「錯置感」，不過寫的是被殖民者的狀況，呈現殖民地青年歷經帝都生活回到台灣後，與故鄉台灣之間關係的轉變。主角「我」搭乘火車從基隆到台北的溫泉區度假，抵達後卻沒有前往父親休養中的台灣人旅館，而是走進日本人經營的旅館。後來他到附近山坡的露天溫泉閒晃，下山時繞到小山另一頭的台灣人街道，經歷一場奇異的冒險。小說當中沒有交代主角「我」的背景與經歷，只知道他曾在東京居住多年，回台灣後總是不自覺地拿周遭事物與東京做比較，嚐盡周遭的人無法理解的「孤獨感」，他說：「因著那樣的孤獨感，我總是夢想著一個能夠欣然接受我的舒適場所」。[29]東京的生活體驗使他與出生的故鄉產生隔閡，不斷懷念東京的生活與事物，甚至到了將東京當作「故鄉」，對其懷抱「鄉愁」之程度。

當「我」在火車上期待著溫泉區日式旅館的榻榻米時，與對座的老人視線相接，理著平頭的老人使他聯想起四、五天前遭到住家附近流氓攻擊的事件。住家附近的菜市場直到深夜的喧嘩，干擾了他夜間的閱讀，多次抗議無效後他試圖透過青年團的幹部，推行仿效東京將商店關門時間訂爲晚上十點的運動，卻只有兩個年輕的團長表示支持。某天深夜，附近的六個流氓藉酒打破他住家樓下的玻璃，試圖將衝下來理論的他圍住帶走。所幸母親與附近居民及時趕到，居中和解。這個事件將主角「我」推進了「深沉的孤獨」之深淵，「我」感到害怕，「因爲我回到自己思慕的故鄉，故鄉卻以冷淡、不理解、不親切的態度來對待我，同時，一切都已無法挽回的可怕感覺，也迫切地逼迫著我」。[30]「我」所害怕的並非受到暴力相向，而是故鄉所呈現出的「冷淡、不理解、不親切的態度」，以及他與故鄉之間的疏離已無法改變之事實。

---

28 周金波，〈鄉愁〉，《文芸台湾》五卷六號（一九四三年四月），頁二三—三八；中譯本：周金波著，周振英譯，〈鄉愁〉，收入中島利郎、周振英編，詹秀娟等譯，《周金波集》（台北：前衛，二〇〇二），頁九三—一一五。

29 同前註，頁二四；中譯本，頁九四。

30 同前註，頁二七；中譯本，頁九八。

「我」尤其感慨，這些找他麻煩的流氓以前都是在地業餘戲劇團體子弟戲的成員，包含頗享盛名的小旦與武生。「我」曾看到後來從事冰塊批發生意的他們，在烈日下幾近全裸地赤腳拖曳冰塊，回想起他們昔日華麗的舞台裝扮，對於「時代的變遷」產生無限的感慨，並對不復存在的「兒時的廟埕舞台」感到懷念。對於曾經在廟埕舞台觀看這些流氓的戲劇演出的他來說，台灣的現代化過程，使廟埕的子弟戲演出消失，子弟戲成員進入現代商業體系；在東京居住的經驗，則使他習慣於現代都市的時間管理，無法適應故鄉鬆散的生活步調。就在這雙重的現代性經驗當中，他與同一在地共同體成員產生激烈衝突，「故鄉」竟成為完全無法適應的「他鄉」。

相對的，「我」對昔日居住過的東京懷有濃厚「鄉愁」。火車上老人的視線讓他感受到被注視的壓迫，「被看穿底細時的本能的驚愕」，以及平日從周遭事物感受到的敵意。從老人的視線與態度，他推測老人是因為將自己錯認為日本人，才會顯現局促不安的模樣，不知不覺中回到「拎著毛巾從公共澡堂歸來的」東京生活之回憶：

以為我是內地人、而且還是階級懸殊的內地人的老人在意彼此膝蓋相接處的客氣模樣，以及對我苦澀臉色的畏懼與明顯的敬遠模樣，都成為將我追趕到我自身的世界當中之動機。「火爐與足袋、平頭與土木工、公共澡堂與裸足」，一連串的氛圍如走馬燈一般地閃過。

然而，無法避免地進入我視線的老人之後的尋常模樣，讓我漸漸發現是自己多慮，也反省到自己太小心翼翼，與這樣的意識以同樣速度並行，之前廉價的感傷越來越消退。此時，突然想起曾在東京沉迷於「支那之夜」等以大陸為題材的歌曲，陶醉於：「椰子與樹蔭、紅磚與夕陽、胡弓與長衫」等極為概念性的氛圍，引發對南方的鄉愁。現在回想起來，眞是不堪回首。

這麼說來，「火爐與足袋、平頭與土木工、公共澡堂與裸足」之類的，不也是極為概念性的氛圍嗎？這可是非同小可，因為，既然發現到已經這麼有距離感，我又得嘗到孤獨之感了。[31]

火車上的這場獨腳內心戲，顯示「我」對東京與台灣這兩個地方的複雜情感，以及他游移於兩個場所之間錯綜的自我認同。他首先將台灣老人的視線與態度，解讀為對日本人的敬畏，被錯認為日本人，使得主角與當下置身的環境抽離，在「火爐與足袋、平頭與土木工、公共澡堂與裸足」這三組互相關聯的意象召喚下，回到當年東京的日常場景當中——一個眞正屬於自

31 同前註，頁二八；中譯本，頁九九—一〇〇。

己的地方。然而，當他意識到，自己被視爲日本人也許純粹是自己想像時，他思念東京的「感傷」情緒便消退了。他甚至還回想起，當年人在東京時，曾經因爲歌曲當中「椰子與樹蔭、紅磚與夕陽、胡弓與長衫」等三組意象，對南方的故鄉產生濃厚的鄉愁。等他回到南方故鄉後，發現自己與周遭環境格格不入，才明白當年他在東京時思念的南方，不過是「鄉愁」引發的抽象概念。同樣地，現在自己對東京的遙想與思念，也不過是「概念性的氛圍」，這讓主角驀然驚覺，自己與東京之間已經產生了無法跨越的「距離」。

火車的場景顯示出，不管身在東京或台灣，「我」總是對另外一個不在的空間產生濃厚的「鄉愁」——在東京思念南方的故鄉，回到台灣後思念東京。東京多年的生活經驗使他獲得第二個故鄉，但這樣的獲得所付出的代價，就是他出生長大的第一個故鄉台灣，就此成爲他鄉。在東京萬般思念的故鄉台灣竟成他鄉，使得他不得不懷疑，他現在如故鄉般思慕的東京，可能也只是與他不相關且遙不可及的「概念性的氛圍」。不管是東京的「火爐與足袋、平頭與土木工、公共澡堂與裸足」，或是南國的「椰子與樹蔭、紅磚與夕陽、胡弓與長衫」，都是由兩個互相關聯的景物搭配成組，它們彼此之間的協調關係，更加凸顯主角因爲置身於一個不屬於自己的、格格不入的空間，而感受到的孤寂與濃厚「鄉愁」。

雖說如此，「我」在抵達目的地的溫泉區之後，還是不由自主地走進日本人經營的旅館。根據女侍的介紹，此地原爲有萬人人口的台灣人街道，四、五年前發現硫磺後開闢爲溫泉區，卻因爲最近的物資困乏，無法建造大型的溫泉旅館。溫泉區大概被中央的小山丘隔成兩半，左邊是紅色磚瓦房林立的舊有台灣人街道，右邊則有新增設的日式露天溫泉。「我」首先到露天溫泉，簡陋的平房隔成五個房間，門口分別懸掛寫著療效的看板，其中一個房間的看板還空白著，房內堆放掃把雜物。等「我」逛完一圈回到治療頭皮屑等毛病的房間時，赫然發現浴池中出現一個梳著日本髮髻的女人，他心跳加快地走過，想像著那位似曾相識的女人爲旅館的女侍。後來，主角循著山丘另一邊的台灣人街道下山。那是個「截然不同的世界，層層堆疊著漆黑紅色磚瓦的街道」。[32]

溫泉區場景裡的日式旅館、溫泉與台灣人街道，分別成爲「日本」、「台灣」的縮影，藉由「我」在兩個空間之間的物理性移動，將他游移於兩地之間的多重認同，以及旅／居概念的顛倒予以視覺化。日式旅館廉價的裝潢擺飾，以及「整體來說不過就像是將馬廄稍微現代化而已」[33]的溫泉，都讓對日本滿懷鄉愁的他感到失落，他卻仍努力想像該處爲「眞正的」日本。曾經住過九州的他跟來自九州的旅館女侍講話的方式，就像在跟同鄉敘舊，超乎彼此間應有的距離。在他想像當中，旅館女侍裸露香肩浸泡在露天溫泉當中，也讓這「馬廏」般無味的露天

---

32 同前註，頁三一；中譯本，頁一〇五。

33 同前註，頁三〇—三一；中譯本，頁一〇四。

溫泉增添了日本式的風情。雖然在火車上體悟到，遠方空間勾起鄉愁的氛圍不過是抽象概念的產物，一旦抵達日本式的溫泉區，他仍不自主地運用想像，讓品質粗劣的殖民地模仿品注入日本的氛圍，使「不在的」日本空間再現於眼前。相對地，漫步在山丘另一側的台灣人街道時，他不斷意識到自己身穿條紋浴衣腳踏木屐，無法「以從容眺望的態度來觀賞所有的事物」，享受單純的旅行者的樂趣。[34]這樣的對比顯示出，身處台灣空間中揮之不去的「旅愁」，不時召喚著在日本空間中「居住」的欲望，然而，殖民地台灣的「日本」只是個粗劣的虛擬模仿，只能短暫滿足「我」對日本的「鄉愁」。同時，在台灣的街道，他也過度意識到自己與這個街道之間的格格不入，無法融入當地的世界。

正當主角穿過熱鬧的攤販市場，眺望著空地的馬戲團時，有三個男人揮舞著台灣刀追殺著一個拿木棍的男人，怕遭受波及而急忙逃竄的「我」發現，其中一個拿台灣刀的竟是當年子弟戲的武生，後來做冰塊批發生意的住家附近的流氓。「我」往山坡上逃竄，目睹雙方一陣廝殺，等雙方人馬遠離，才循著山下傳來的銅鑼聲響下山，途中遇到拿著台灣刀等武器，做異樣裝扮的男人也三三兩兩地朝著同一方向前進。在銅鑼聲音來源的井邊，再次遇到火車上對座的老人，老人以台灣式日語跟「我」交談，帶領「我」再度往山坡上移動。山上另外有好幾個隊伍，隊伍前面有著衆人交出的台灣武器。繼「宮城遙拜」「皇大神宮遙拜」等口令之後，警察開始演講，「我」才明白這裡是固守台灣傳統習俗的最後據點，但今天將進行銅鐵的奉獻儀式，同時進行西皮、福祿分派的幾個團體的解散。小說最後，「我」獨自在黑暗的街道上，尋找回日式旅館之歸途。

我必須獨自回到那裡。究竟該走哪條路、哪裡有路可走，在這未知的土地上，完全一無所知。即使想要露宿，也沒有草蓆。

我開始奔跑，以狂奔的、捕捉天邊雲彩的速度，一邊號泣一邊奔跑。怎麼還不快點抵達有人家的明亮地區？只有腳步聲抵達我的耳底。跑快一點！跑快一點！然而，抵達耳底的腳步聲之韻律不顧我的焦躁，像白痴演奏的音樂一般不斷反芻固定的速度。

大概已經回不去了吧！這實在是漫長而黑暗的道路。是個迷宮。

我搖搖晃晃地，只有兩隻腳僵硬地前後擺動。[35]

隨著小說演變成一場荒謬的武打鬧劇，溫泉區的台灣人街道逐漸成爲皇民化與戰爭下的殖民地台灣之縮影。傳統的習俗、藝能文化、組織與械鬥歷史，在帝國的命令之下只能順從地

34 同前註，頁三三一；中譯本，頁一〇六。
35 同前註，頁三三八；中譯本，頁一一五。

「繳械」，在夕陽下無限感傷地回顧在地過去的最後身影。即使置身於台灣人街道，主角「我」也從來沒有想過要去尋找在此療養的父親，直到小說最後，他急於回到下榻的日式旅館，狂奔於黑暗的街道，卻完全失去方向，只能盲目地擺動雙腳前進。

同樣描寫一九四〇年代初期的台灣，眞杉靜枝的〈烏秋〉從殖民者的角度書寫「日本」空間的移植與置換，如何促使台灣與日本在民族文化與現代化發展上的差異，逐漸受到消弭，成爲帝國下得以安居樂業的故鄉。在周金波〈鄉愁〉當中，被殖民者的「我」歷經雙重的現代性經驗之後，不但與「故鄉」台灣之間產生無可跨越的鴻溝，甚至完全喪失「故鄉」——回不去日本，也找不到他熟悉且能夠安居的台灣。在日本帝國大規模的皇民化與戰爭動員之下，台灣在地的傳統語言、民族、宗教、文化與生活方式，被標榜「現代性」的日本語言、民族、宗教、文化與生活方式所「置換」，當殖民者努力地將台灣改造成新的「故鄉」之際，接受過現代性洗禮的被殖民者知識分子，卻完全失去可以回歸並安居的地方。

以上討論的四篇小說，均顯示出帝國主體如何透過現代的空間移動，經歷不同的民族、文化與生活方式所帶來的旅／居經驗倒錯。日本人作家分別描寫不同歷史背景下，受異民族環繞的殖民者女性，或體驗旅行般的殖民地生活（中村地平，〈在旅地〉），或擺脫旅愁與鄉愁建設新家園（眞杉靜枝，〈烏秋〉）。相對地，曾有帝都居住經驗的台灣人作家，則呈現被殖民者青年以帝都爲「家」，回到台灣之後，對帝都的現代化空間與文化產生強烈「鄉愁」的倒錯狀況。不管是對抗現代資本主義的左翼運動及其失敗（張文環，〈父親的要求〉），或是戰爭下台灣的皇民化運動（周金波，〈鄉愁〉），都造成他們無法再度安居於出身地的台灣。不管是從「旅」到「居」（殖民者逐漸定居殖民地），或是從「居」到「旅」（從帝都歸來的被殖民者喪失故鄉），殖民地小說中帝國下的移動所生產的種種生活實踐與存在形態，以及不同的民族、性別、年齡與身分等差異如何介入此一過程，有助於我們在殖民地制度與官方論述之外，探討帝國與殖民地文化的多義性與流動性。帝國主體的移動實踐中「旅」與「居」的重疊、模糊、矛盾，或介於兩者之間的場域，則有助於超越既有概念與框架，思考帝國、現代性與旅／居思想之間，充滿矛盾的相互建構與抗拮關係。

第五章

在地口傳的殖民演繹

——「書寫」阿罩霧林家傳聞

本書截至目前爲止的各章，討論歷經日本演繹的西方現代物質、制度與文化，如何移植與翻譯到殖民地台灣，以及在台日本人與台灣人知識分子對這些外來新事物的挪用或抵抗。接下來的兩章，我將探討日台知識分子在殖民地統治帶來的異文化接觸下，如何從不同的主體位置，對在地「聲音」與「民俗」實踐進行種種文化翻譯，進而探討台灣「在地」與「傳統」的文學再現，如何在「現代」的視線下生產出來，呈現帝國論述與漢人民族本眞性之間的角力關係，成爲殖民地台灣現代性形構過程的一部分。本章首先藉由日台知識分子對於阿罩霧（霧峰）林家民間傳聞的取材，探討台灣在地「聲音」如何成爲現代小說書寫的文化產物。

從清領時期的漢人移墾社會，一直到日本殖民統治時期，戰前的台灣一直處於「半識字社會（semi-literate society）」的狀態，少數資產階級具有漢文或日文的識字書寫能力，占人口大多數的農民與勞動階級，則爲目不識丁的文盲。再加上，台灣在地的語言（閩南、客家與原住民語言）與漢文（文言文或白話文）或日文的書寫系統均無法對應，更造成台灣社會當中「語言」與「書寫」之間的隔閡。在日本殖民統治時期，日本人及台灣人分別進行台灣諺語與歌謠的採集，除了既有的漢字，還多了殖民者的日本假名表音文字系統，可進行在地語言的紀錄。另一方面，一九二〇年代漢文白話小說開始出現時，就已夾雜部分閩南語語彙，少數小說甚至全用台灣話文書寫，一九三〇年代之後大量出現的台灣人或在台日本人的日文小說裡，也夾雜部分漢字的閩南語語彙。

本章討論佐藤春夫〈女誡扇綺譚〉（一九二五）、楊守愚〈壽至公堂〉（一九三六）、賴和〈富戶人的歷史〉（未發表，創作日期不詳）等文本當中，對於阿罩霧（霧峰）林家民間傳聞的書寫。在這些文本當中，台灣民間的「聲音」既非如實收入（如諺語歌謠），也不僅止於點綴（如小說中的閩南語語彙），而是做爲一個完整的敘事內容，轉化爲文字文本，呈現出介於口傳與書寫之間、眞實與虛構之間的性質。關於口傳文學與文化的既有研究，多半著重於這些文化如何受到口傳傳播媒介的影響（譬如說爲了方便記憶而採用重複、押韻的形式等），進而與文字、影像等使用其他傳播媒介的文化加以比較，著名的沃爾特（Walter J. Ong）的著作即採此方法論。[1]然而，這樣的觀點奠基於進化論式的觀點——從口傳到文字再到影像，並且認定此一西方文化特有的經驗與模式具有普世性。然而，在許多非西方國家，口傳、文字、影像這三種傳播媒體有時互相重疊，有時出現跳接，並不呈現直線式的演進過程。[2]以台灣爲例，多種族使用的多種在地語言，與漢文或日文的書寫系統並不對應，造成口傳文化與文字文化同時並

---

1 Walter J Ong, *Orality and Literacy: The Technologizing of the World* (London; New York: 1982).

2 Eric L. Montenyohl, "Oralities [and Literacies]: Comments on the Relationships of Contemporary Folkloristic and Literary Studies," in *Folklore, Literature, and Cultural Theory: Collected Essays*, ed. Cathy Lynn Preston (New York: Garland Pub., 1995), pp. 243-45。作者批判沃爾特的西方中心主義，以南路易斯安那州的卡眞（Cajun）人的方言未經文字的形式直接跳接到影像傳播爲例，說明口傳與其他傳播形式之間的關係具有多樣性。

存、互相滲透與影響的複雜現象。本章探討的三個文本生產於日本殖民統治時期，由日本人與台灣人作家在不同時間點寫成，各自有不同的文類與形式，但都在文字文本當中取材阿罩霧林家的民間傳說，做爲清領時期台灣地方富豪之代表。本章的問題焦點爲：在這三個文本當中，「口傳」與「書寫」這兩種文化形式如何互相滲透與影響？具體而言，以口傳形式流傳於台灣民間社會的故事，在轉化爲日文或漢文的文字文本之際，產生何種語言與文化的翻譯？小說當中表達的庶民聲音，如何與原有社會脈絡切離，轉化爲日本人殖民者或台灣人知識分子的特殊訊息？這樣的過程如何牽涉到殖民地台灣的現代性形構？

一、殖民地開發所需之「人傑」：佐藤春夫〈女誡扇綺譚〉

本章首先討論日本人作家佐藤春夫的〈女誡扇綺譚〉[3]當中取材的林家發跡傳聞。關於此傳聞的由來，佐藤春夫另一篇台灣相關作品〈殖民地之旅〉[4]的後半有詳細記載。根據〈殖民地之旅〉，佐藤在鹿港出身的文人許媽葵陪同下拜訪アダム林家，搭車途中向許媽葵確認アダム的漢字地名寫法爲「阿罩霧」，關於地名由來卻沒有得到充分說明，最後還是佐藤寫〈殖民地之旅〉之前自己查閱資料，說明「阿罩霧」爲原住民語言的音譯，爲乾隆七、八年間由漳州府平和的林江率領同族所開拓。許媽葵主動向佐藤介紹阿罩霧林家「自古以來的種種傳聞」，佐藤在文中說明：「數年後我取材於安平港創作的拙作〈女誡扇綺譚〉，便將此時從A君聽來的故事，原封不動地（そっくりそのまま）放了進去。」[5]此段說明直接銜接許媽葵對此傳聞的評論，完全沒有提及傳聞的內容爲何，使得讀者必須自行參照小說〈女誡扇綺譚〉，才能理解許媽葵評論的上下脈絡。

阿罩霧林家的發跡傳說，究竟以什麼樣的形式出現在以台南安平爲舞台的〈女誡扇綺譚〉當中？小說裡報社記者的日本人敘事者「我」與台灣友人世外民同遊台南安平廢港，無意間發現廢棄的豪宅，經世外民向在一旁乘涼的老嫗詢問，得知此爲當年台灣南部第一富豪沈家的宅邸，

3 佐藤春夫，〈女誡扇綺譚〉，《女性》第七卷第五號（一九二五年五月），頁九二—一三二；中譯本：佐藤春夫著，邱若山譯，〈女誡扇綺譚〉，《佐藤春夫：殖民地之旅》（台北：草根，二〇〇二），頁一九一—二五〇。

4 〈殖民地之旅〉刊載於一九三二年九月份與十月份的《中央公論》，是一九二〇年佐藤旅行台灣時在台中平地地區之見聞。在台中州廳安排的導遊兼祕書A君（許媽葵）陪同下，佐藤首先出席州知事官邸的晚宴，隔天前往佐藤指定參觀的鹿港，接下來的兩天分別到葫蘆屯拜訪畫家及阿罩霧林家。關於佐藤春夫如何逃遁到鹿港前殖民地時期的濃厚「支那」氣息與「詩意」世界，藉此製造不在場證明，迴避自己的殖民者身分與責任，請參照朱惠足，〈殖民／後殖民鹿港〉，收入國家臺灣文學館、國立彰化師範大學國文系暨台灣文學研究所編，《彰化文學大論述》（台北：五南，二〇〇七），頁五二五—三〇。

5 佐藤春夫，〈植民地の旅（二）〉，《中央公論》第四七卷第一〇號（一九三二年十月），頁一五〇；中譯本：佐藤春夫著，邱若山譯，〈殖民地之旅〉，《佐藤春夫》，頁二一四。

已荒廢多年。老嫗述說沈家如何在一夕之間沒落之後，主動轉述世間關於沈家的種種傳聞：

大約四代以前的沈家，從泉州來到台灣中部葫蘆屯附近，原本多少就有些資產，然而，爲何能在一代當中成爲大富豪，聽說是使用了相當不尋常的手段。不知道是眞是假，有人這麼說：有一次沈家算好收割的時間已近，趁著半夜將四周鄰接田地的界標盡可能地向遠處遷移。好幾個手下的男人抱著石頭界標，一夜之間將其重新設置。到了隔天，沈家一大群人一臉理所當然的樣子，開始動手收割他人的田地。田地的所有者大吃一驚前往抗議，沈家反而以界標爲依據，告上官府。早在那之前，沈家與相關官吏早已密切勾結，當然沒有打輸官司的理由。就這樣，他與不良官吏互相扶持，數年之內，台灣中部廣大的土地都變成他的，當地所有的官吏也都必須依照他的意思行事，勢力之大等同於創建一個邪惡王國。在這段期間，沈家兩兄弟持續做著以上種種，直到哥哥在鹿港的官府與某官吏發生口角爭執，試圖斬殺那個官吏，卻反而被殺喪命。即使發生了這樣的事，甚至有傳聞說，哥哥的死是弟弟私底下密謀的，兩兄弟當中的弟弟尤其惡名昭彰。[6]

老嫗接著以田地被占，跪在牛犁前求情的七十歲寡婦爲例，說明哥哥還有一點同情心，放其一條生路，前往巡視的弟弟卻毫不留情地以牛犁輾殺老寡婦，「正因他是這種人，當哥哥遭到不測之死時，世間甚至傳聞是中了弟弟的陷阱，唯念在兄弟之情，沒有自己親自下手」。[7]自此接管沈家的弟弟活到近七十歲，臨終前留下遺言，交代子孫在三十年後悉數變賣田地，前往南部的安平購船，與對岸進行貿易。雖不明所以但遵從遺言的沈家後代遷到台南，成爲南部第一富豪，銜接上〈女誡扇綺譚〉當中的舞台與故事。根據引文的內容判斷，〈女誡扇綺譚〉當中沈家先祖的沈氏兄弟取材於林甲寅之子林定邦與林奠國，哥哥遇害的情節即爲林定邦爲林媽盛（地方稱林和尙、大和尙）手下殺死之著名命案。從阿罩霧林家的民間口傳到沈家先祖故事，這當中歷經了多種語言的多重媒介轉換：中部在地人許媽葵將他耳聞的閩南語口傳，翻譯爲日語轉述給旅台的日本人文人佐藤春夫，佐藤春夫再將聽來的故事，轉化爲台南沒落富豪的先祖故事，書寫爲小說情節。有趣的是，〈女誡扇綺譚〉當中的沈家故事，也歷經了多重的語言與媒介轉換：在地居民老媼以台語轉述地方對於沈家的傳聞，再由日本人記者「我」記錄成日文的文字文本。

然而，佐藤雖宣稱將許媽葵傳述的民間傳聞「原封不動地」放到〈女誡扇綺譚〉裡，沈家先祖的故事卻呈現幾個與阿罩霧林家史實不符之處，譬如將漳州改爲泉州（在小說後半，泉州

6 佐藤春夫，〈女誡扇綺譚〉，頁一一〇；中譯本：佐藤春夫，〈女誡扇綺譚〉，頁二一六—一七。
7 同前註，頁一一一—一一二；中譯本，頁二一八。

口音成為偵探情節之關鍵〉、林定邦被殺的場所並非鹿港等等。這樣的出入可能是佐藤的記憶錯誤，也有可能是許媽葵與佐藤之間，即席的口頭傳述與翻譯過程發生的錯誤，另一個可能性則是蓄意的錯置，免得造成當事人的困擾。[8]雖有以上有意無意的傳訛，〈女誡扇綺譚〉中的林家故事也有忠於民間口傳之處。根據黃富三的研究，戰前林定邦命案的相關文獻資料均記載林媽盛為「土豪」惡霸，胡作非為，才會發生林定邦前往理喻之事。[9]然而，根據〈軍機檔〉、〈奏銷案件〉等官府檔案，林媽盛身為「團練局總理」，是重要的地方頭人。[10]雖說在清代的台灣，總理仗勢欺壓鄉民也是可能之事，但相關文獻刻意不提林媽盛的官吏身分，將其塑造為「土豪」惡霸，似有同情被殺的林定邦之傾向。反觀〈女誡扇綺譚〉當中，針對林定邦命案僅簡單交代「哥哥在鹿港的官府與某官吏發生口角爭執，試圖斬殺那個官吏，卻反而被殺喪命」，但確實指出，殺害哥哥的為「某官吏」。較之戰前的文獻資料，佐藤的引述並不偏向案件當事者的任何一方，或許也因為他沒有參照同時代的文獻記載，不受其他立傳者之特定立場影響。相對地，〈女誡扇綺譚〉當中繼續引述此一命案亦為弟弟所密謀之傳聞，以強調弟弟在地方上如何地「惡名昭彰」，呈現與其他文獻不同的觀看與判斷角度。

另外，相對於台灣的相關文獻資料多為人物史傳，敘事方式與內容關乎作者對於林家族人之評價，〈女誡扇綺譚〉為日本人所寫的虛構小說，林家民間傳說的取材，是為了配合小說中「因果報應」的情節發展。小說中的老嫗接著轉述，世人傳聞老寡婦的冤魂附身於臨終前的沈家弟弟，使其留下種下沈家日後不幸之遺言，又傳沈家悲劇發生的夜晚爲老寡婦被牛犁輾殺身亡的幾十幾年忌日，將沈家之不幸視爲其先祖罪孽之「因果報應」。[11]也就是說，佐藤春夫將阿罩霧林家傳聞挪用爲〈女誡扇綺譚〉沈家先祖之發跡故事，除了交代沈家如何在一代之間迅速累積財富，也爲沈家的遭遇劇變，提供可資說明的原因，呈現世人以「因果報應」的角度，來解釋沈家的戲劇性毀滅。對於老嫗所傳述的世間傳聞與評論，台灣人世外民表示，利用半夜搬移田地界標的故事，不過是適用於台灣所有大地主的「台灣共通的傳說」，[12]包括世外民自己的家族都有此類傳聞，這類傳聞不過是世人喜好批評有錢人家，虛構的成分較大。至於轉述佐藤

---

8 不僅止於虛構的〈女誡扇綺譚〉，遊記〈殖民地之旅〉對於林家的敘述也出現錯誤。〈殖民地之旅〉當中記載，許媽葵提到「鴉片戰爭」時期林家族人曾因戰功官拜提督、總督之類的高官。此處疑爲佐藤將「太平（たいへい）天國」聽成日文讀音接近、且一般日本人較爲熟悉的「鴉片（あへん）戰爭」，繼而將被封官的林家族人（福建陸路提督林文察）誤解爲林則徐，許媽葵也含糊帶過沒有加以更正。蓄意的錯置則如將林獻堂寫成林熊徵。

9 包含連橫《台灣通史》的「林文察列傳」（一九一八）、鷹取田一郎的《林文察傳》（一九一九）、《西河林氏祖譜》（一九三五）等。

10 黃富三，〈林定邦命案與林家之復仇〉，《霧峰林家的興起：從渡海拓荒到封疆大吏（一七二九—一八六四年）》（台北：自立晚報社文化出版部，一九八七），頁一一八—二四。

11 佐藤春夫，〈女誡扇綺譚〉，頁一一二；中譯本：佐藤春夫，〈女誡扇綺譚〉，頁二一九。

12 同前註，頁一一九；中譯本，頁二一九。

春夫的在地人許媽葵，又如何解讀與定位此一廣泛流傳之民間傳聞？〈殖民地之旅〉當中略過傳聞的內容（亦即〈女誡扇綺譚〉中沈家兄弟的故事），直接記載許媽葵的評論如下：

> 這種故事原本就不值得輕易相信，一般世人講到富豪大概都沒什麼好話，這不過是其中之一。不過，當時正值官紀弛緩的清朝末期，再加上做爲遠離中央政府的土地之風氣，即使在程度上沒有到故事裡那樣，地方的有力人士與官吏之間多少有些謀私也不難想像，即使實際上沒有如傳聞般的事實，但也許還是具有做爲傳聞的眞實性（噂としての眞実）。我講這個故事也不是要說什麼，只是想您身爲旅行者，想要知道陌生土地的新鮮見聞，才轉述這個故事，讓您知道世人有這種說法罷了，希望您也以這樣的心情來聽這個故事。至於我個人的看法，不管其起源如何，林家從過去到現在都是本島的名家，爲本島的文明與本島人的幸福貢獻良多，爲值得尊敬的世家。[13]

許媽葵以日文將阿罩霧林家故事翻譯、轉述給佐藤春夫，其仲介者的身分，使得這段評論富有特殊意義，不僅顯示出轉述者對於他自己的敘事之解讀與看法，還包含其對「民間口傳」此一敘事形式之定位與評價。做爲一個在地知識分子，許媽葵首先對民間傳聞表示懷疑的態度，認爲這不過是一般世人對富豪的負面感情之產物，這與〈女誡扇綺譚〉的台灣人富家子弟世外民之觀點很類似。然而，他並不像世外民一樣認爲這只是一個完全虛構的「傳說」，而是表示，即使有誇大之嫌，考慮台灣當時的時代與社會背景，這個故事至少有著「做爲傳聞的眞實性」。也就是說，許媽葵認爲林家的民間傳聞雖然沒有做爲「事實」的眞實性，但在缺乏嚴謹官紀的時代之下，傳聞的內容多少有些事實依據，而非全然的無中生有。因此，他將民間傳聞定位於眞與假「之間」，一方面認爲此傳聞可以做爲台灣的「新鮮見聞」，翻譯、傳達給日本人文人旅行者，一方面又將其「眞實性」限制在「傳聞」的層次，希望聽聞者的佐藤也不必太過當眞。

然而，〈女誡扇綺譚〉的日本人敘事者「我」對於阿罩霧林家的發跡傳聞，卻提出了不同於一般世人、世外民或許媽葵之看法。從安平回來之後，「我」與世外民談論白天的奇異經歷，「我」認爲無情殺害老寡婦的沈家先祖「當然是粗野的惡人，但感覺上也是相當的人傑」。雖說清朝末期政治腐敗，台灣又是清朝的偏遠「殖民地」，被派遣到台灣的不盡然全是「腐敗的庸碌」官吏，他們與沈家勾結，不只是因爲金錢的力量，而是因爲沈家兄弟「比官吏們更有經營的才能」。[14] 對應〈殖民地之旅〉當中許媽葵以清末台灣「官紀弛緩」，「地方的有力人士

13 同前註，頁一五〇；中譯本，頁三一五。
14 同前註，頁一一九；中譯本，頁二三〇。

與官吏之間多少有些謀私」，來引證林家傳聞的「眞實性」，「我」沒有接受這樣的看法，反倒藉由清末台灣官吏不一定都腐敗庸碌，來論證沈家先祖不是全靠金錢買收，還具有「經營的才能」得以服人。爲什麼日本人的佐藤春夫要將阿罩霧林家從「土豪」提升到「人傑」[15]的地位？這從日本人記者「我」接下來的評論，可獲得答案。

阻擋想要插嘴反駁的世外民，「我」繼續陳述其「幻想」，重複沈家弟弟殺害老寡婦前所說的話：「田地不可以荒廢不用」、「我討厭看到土地附近有未受照顧的田地」等，進而表示，聽到這樣的台詞，「我似乎可以想像一個具有強大執行力的男人之側臉。正是藉著這樣的男性之手，未開的山野才得以獲得開墾。在草創時期的殖民地，需要這樣的人」。[16]〈殖民地之旅〉當中的許媽葵替林家辯護時，必須將時代拉到現代，表示「不管其起源如何」，林家「爲本島的文明與本島人的幸福貢獻良多」，因而「值得尊敬」。〈女誡扇綺譚〉的日本人敘事者「我」則直接給予林家先祖肯定的評價，他不但沒有如世人一般，將林家無情殺死老寡婦的傳聞，解讀爲報應到子孫身上的罪孽，甚至認爲，這樣的行爲不但不需受到譴責，反而證明了林家先祖具有「強大執行力」，爲殖民地開發所「需要」的人才。評論當中的「草創時期的殖民地」指的雖是清領時期的台灣，但其背後蘊含了對於所有「殖民開發」的無條件肯定，甚至不惜使用暴力（「強大執行力」），因爲唯有藉由強硬手段，「未開的山野才得以獲得開墾」。也就是說，佐藤將林家發跡傳聞挪用於〈女誡扇綺譚〉沈家先祖故事時，將其從原先的社會脈絡與社會批判切離，迂迴地合理化殖民者——在當時即爲日本——以現代化開發之名所行使的種種暴力。

二、「藉勢欺人，橫行鄉里的果報」：楊守愚〈壽至公堂〉

在〈女誡扇綺譚〉當中，阿罩霧林家故事被移花接木於日文小說文本當中，間接呼應殖民現代化開發的文化邏輯。相較之下，楊守愚〈壽至公堂〉[17]當中的林家故事則爲民間口傳的如實記載，透過明確的人、事、時、地、物，翔實敘述事件的推移經過。如題名所示，主要以林文察戰死之後，林文明爲凌定國設計誘入彰化縣城斬死之事件爲主軸，此事件轟動一時，成爲家喻戶曉的民間故事，因此李獻璋編著的《台灣民間文學集》之「故事」文類裡，亦收入此一故事，由楊守愚撰寫。然而，《台灣民間文學集》出版之後，李獻璋與印刷廠明星堂發生財務糾紛，經濟上的壓力使他不得不接受林幼春的要求，將書中最後一篇的〈壽至公堂〉抽掉，造

15 在〈殖民地之旅〉當中，佐藤描寫騎馬與火車競走的林烈堂（林文鳳之長子）「眉宇間橫溢精悍之氣」，「一眼就看得出爲豪傑」。此處佐藤亦延續其錯誤認知，認爲其承繼了先祖「林則徐」之豪氣，但林烈堂粗獷的馬上英姿，似乎與傳聞中弟弟的形象有所重疊。參見佐藤春夫，〈植民地の旅（二）〉，頁一五三；中譯本：佐藤春夫，〈殖民地之旅〉，頁三一九。

16 同前註，頁一二〇；中譯本，頁二三〇。

17 楊守愚，〈壽至公堂〉，收入李獻璋編，《台灣民間文學集》（台北：台灣新文學社，一九三六），頁二二九—五四。

成現今市面上流傳的《台灣民間文學集》有兩個版本之現象。[18]〈壽至公堂〉當中的記載有些雖與史實不符，但翔實地呈現了中部地區民眾對於林文明於彰化縣公堂被斬死之事件經過與前因後果之傳聞內容。[19]

〈壽至公堂〉之所以促使林家出面阻撓其出版，正是因爲這篇民間故事記錄了中部地區關於林家數代的負面評價。文本一開頭，首先記載林文明在縣城被斬殺的經過，也就是民間傳聞「壽至公堂」的具體內容。緊接著敘事者問道，「但是，林有田爲甚會『壽至公堂』呢？一層是同凌大老結下了宿願；還有一層，倒是他平日藉勢欺人，橫行鄉里的果報」，[20]開宗明義地表示敘事者的觀點與立場，認爲林文明遭到官府慘殺，雖然與個人私怨有關，但更重要的，是他「平日藉勢欺人，橫行鄉里的果報」。這樣的觀點與〈女誡扇綺譚〉當中，一般民眾以「因果報應」來說明沈家後代遭遇不幸的原因，頗爲相似。接著，敘事者又論述道：「阿罩霧林家，在台灣史冊上是占有重要的頁數的，不過，在先前還沒有多大聲勢，也只是鄉曲間一個典型的底豪族；其受到一般民眾的呪詛，倒是提督林有里還未有官做的時候」。[21]與〈殖民地之旅〉當中的許媽葵一樣，楊守愚在寫〈壽至公堂〉時，同樣意識到阿罩霧林家隨著台灣歷史的發展，從「鄉曲間一個典型的底豪族」，演變爲「在台灣史冊上是占有重要的頁數的」名家之過程。然而，許媽葵認爲林家從過去到現在都是本島的名家，民間傳聞的林家「土豪」行徑不足以影響其評價，楊守愚則認同於民眾的說法與觀點，〈壽至公堂〉接下來舉證的種種民間傳聞，都是爲了說明林家爲何「受到一般民眾的呪詛」，最後終於「壽至公堂」。

同樣身爲傳述林家民間傳聞的在地知識分子，楊守愚與許媽葵在立場上的差異，也呈現他們如何以不同敘事方式來處理同一事件——林定邦命案。〈壽至公堂〉回顧阿罩霧林家與草湖林家[22]開始結怨的往事：

---

18 關於〈壽至公堂〉引起的風波，參照廖振富，〈新舊融通，殊途同歸〉，《台灣古典文學的時代刻痕：從晚清到二二八》（台北：國立編譯館，二〇〇七），頁一七〇—七二；王美惠，〈理想與現實的衝突——楊守愚的民間文學理念與實踐〉，〈一九三〇年代台灣新文學作家的民間文學理念與實踐——以《台灣民間文學集》爲考察中心〉（台南：國立成功大學歷史研究所博士論文，二〇〇八），頁一三三—五〇。

19 戰後研究霧峰林家的麥斯基爾（Johanna Menzel Meskill）英文專書在處理這段歷史時，亦大量援引〈壽至公堂〉當中的民間傳聞，參照 **Johanna Menzel Meskill, *A Chinese Pioneer Family: The Lins of Wu-feng, Taiwan, 1729-1895* (Princeton, N.J.: Princeton University Press, 1979), pp. 147-54**。然而，黃富三的考證顯示出，這些民間傳聞雖多有事實根據，但仍有與事實出入的地方。詳見黃富三，〈林家之重挫——林文明血濺公堂〉，《霧峰林家的中挫：（一八六一—一八八五）》（台北：自立晚報社文化出版部，一九九二），頁一六七—二三五。

20 楊守愚，〈壽至公堂〉，頁二三三。

21 同前註。

22 麥斯基爾根據〈壽至公堂〉的敘述，認爲主要原告的草湖「土神戇仔」林應時與草湖大和尚有親族關係，不過黃富三認爲故事當中只提到兩個林族之歷代相爭，並未確認兩人間的親族關係，推測兩人可能是同莊同姓而非具有血緣關係。黃富三，〈林家之重挫〉，頁一七七。

> 起先，听說是因爲互爭著灌溉的溝水而起械鬪，林有里的父親開泰，在某一次，因欲討回被虜的民壯，被草湖大和尚打死了。等到有里做了官，很想報復這殺父的仇恨，便每々借端生事；有一次，竟把大和尚捉了來，殘酷地用棉被裹住了他的身子，澆下油活生々地用火給燒死。[23]

〈女誡扇綺譚〉以「哥哥在鹿港的官府與某官吏發生口角爭執，試圖斬殺那個官吏卻反而被殺喪命」簡短描述林定邦命案，〈壽至公堂〉裡的言及雖也簡短，卻清楚交代人名、地名，也說明了命案之遠因（爭奪灌溉的溝水）與近因（民壯被虜）。〈女誡扇綺譚〉當中的哥哥、弟弟不但以具體人名出現，值得注意的是，這些人名並非林媽盛、林文察等正式名字，而是綽號（草湖大和尚）、字號（林有里、林有田）、名字（開泰）等在地民間社會談論這些人物時所使用的稱呼，試圖保留民間傳聞被傳述時的樣貌。更大的差異在於，〈女誡扇綺譚〉除了以「邪惡王國」指稱林家日益擴大的勢力，整個敘事過程沒有使用任何批判性的字眼，甚至在弟弟殺害老寡婦的場景當中，也只描述弟弟害死老寡婦後，「以跟平常沒什麼兩樣的聲音」[24]催促小作農趕快耕作。相對地，〈壽至公堂〉的敘事當中，卻連續出現「借端生事」、「竟把」、「殘酷地」、「活生々地」等一連串強烈的負面詞彙，來描述林文察的報復行爲，明確表達敘事者對於林家的批判意識。[25]也就是說，〈女誡扇綺譚〉提及林定邦命案，是爲了帶出弟弟林奠國爲幕後黑手的傳聞，〈壽至公堂〉則是爲了鮮活勾勒林家「平日藉勢欺人，橫行鄉里」的惡行惡狀，暗示「壽至公堂」事件對於「一般民衆」來說，是個大快人心的「果報」。綜合以上的觀察，楊守愚在記錄廣泛流傳中部地區的林家「壽至公堂」傳聞時，不只記錄傳聞的內容，更試圖記錄民衆在述說、傳播這些傳聞時的方式（人名稱呼）、情緒反應與價值判斷（對於林家行爲的憤怒與批判），如實「再現」傳聞的傳遞現場與形態。

此外，〈壽至公堂〉在整個敘事程序上，還保留了民間傳聞的一個重要特徵：非線性發展。文本內容以分節記號分爲十一節，依序爲以下內容：凌定國請林文明出堂解決訴訟問題，在公堂中將其殺害；林文察戴罪立功、官拜陸路提督、戰死漳州，文察死後林文明的霸道；草湖林家與阿罩霧林家的結怨；草鞋屯洪家與林家的結怨；凌定國與林文察的結怨；凌定國利用林文察「娶匪爲妾」事件報仇；征閩中的林文察讓凌定國丟官，凌定國慫恿林洪兩家上省告狀，凌定國買通官員成爲查辦專委；凌定國差押媽祖，製造藉口使林文明進鹿港縣城，如願殺害林文明；林家兵勇欲進縣城興師問罪，被阻擋下來免於滅族之禍；凌定國唆使草湖「土神鱉

23 楊守愚，〈壽至公堂〉，頁二三六。
24 佐藤春夫，〈女誡扇綺譚〉，頁二一一；中譯本：佐藤春夫，〈女誡扇綺譚〉，頁二一八。
25 根據黃富三對於林文察復仇事件的考察，林文察是否眞的殺害林和尚本人有待確認，此段民間傳聞可能是被擄的四名林和尚工人草寮焚死事件之誤傳。黃富三，〈林定邦命案與林家之復仇〉，頁一三六—五〇。

仔」自戕，當作是林文明所傷；訟案的解決。小說文類雖然也使用倒敘、穿插等非線性時間的手法，但一般而言會有一個情節主軸與主要人物，以統整小說的內容。〈壽至公堂〉以林文明在公堂慘遭殺害的故事爲主軸，但所提及的事件溯及林家上一代，有一半以上的篇幅在描述林文明弟弟林文察的故事，可說是以「阿罩霧林家」如何與地方其他家族或官員結怨的過程爲主軸，做爲「壽至公堂」此一單一事件的複數原因。此一敘事內容呈現了民間傳聞的特徵之一：以事件的傳述爲中心，關心事件的發展及事件之間的因果關係，而非個人主義式的主角。

這樣的敘事方式，使得〈壽至公堂〉與以事件爲中心的歷史敘事頗爲相近。然而，與歷史敘事不同的是，它在呈現事件的複數原因時，並沒有提供一條單一的時間或因果關係的軸線，而是讓多個事件彼此恣意重複、重疊、顚倒。譬如說，在第二節已經交代完林文察的成名與戰死，後面又提及林文察與淩定國之間的結怨；與此相關，第二節提到林文察「娶匪爲妾」的許太如何生下男孩的「一段趣味的插話」，[26]到第六節才回頭提到林文察「娶匪爲妾」的故事內容。爲何會產生這樣不依循時間或因果邏輯的敘事形式？我們也許可以從民間傳聞的傳播形式來探討。與文字紀錄的文化不同，民間傳聞等口傳文化完全憑靠個人的記憶與印象，在口耳相傳的傳述過程當中，最能流傳下來的，就是深刻存留於個人記憶當中的部分。因此，口傳敘事依循的既非時間先後亦非因果關係，而是事件躍出記憶庫存的順序，也就是記憶的深刻度以及記憶聯想。記憶的深刻度說明了爲什麼〈壽至公堂〉在第一節描述完「壽至公堂」事件後，緊接著的第二節沒有直接列舉林文明的罪狀（依因果順序），也沒有回溯林家上一代的事件（依時間順序），卻唐突地提到林文察的戲劇性生涯——僅次於「壽至公堂」，林家在地方上最爲人們津津樂道的故事。至於記憶聯想，可以許太如何生下男孩的插話爲例。許太要分娩時，林文察派人將泉州城隍廟裡韓琦母親分娩時坐的石頭扛回，做爲臨盆坐褥，果然生下男孩。這段插話之所以比林文察納許太爲妾的「娶匪爲妾」事件更早出現，可能原因爲敘事當中提到林文察回台平定戴萬生之亂後，「以功授陸路提督，便又攜眷到泉州赴任去了」，[27]其中「攜眷」與「泉州」這兩個字眼帶來的聯想，促使敘事岔出原先的主軸，插入發生於泉州的林文察家眷故事。也就是說，楊守愚以文字來記錄「壽至公堂」民間傳聞時，沒有將其轉化爲小說、歷史紀錄等文字書寫具有時間或因果邏輯的統整敘事，而保留了口傳文化記憶、傳遞的恣意性質。

相較於〈女誡扇綺譚〉中民間傳聞先後受到許媽葵翻譯轉述、日本人佐藤春夫挪用於小說文本，〈壽至公堂〉由中部地區在地知識分子自行採集、撰寫，使用的語言爲漢文，並採用口傳文化的敘事形式，在沒有民族、語言、文類等多重差異的狀況下，與林家民間傳聞較爲貼近。雖說如此，〈壽至公堂〉等《台灣民間文學集》當中的民間故事文字文本，與它們所取材

26 楊守愚，〈壽至公堂〉，頁二三四。
27 同前註，頁二三四。

的民間傳聞之間，還是有所差距。首先，這些以漢文記載的「故事」在語言上多使用中國白話文，與閩南語的「原音」之間，歷經語言與文化意涵的「翻譯」。〈壽至公堂〉幾乎全文使用中國白話文，僅夾雜「客人勇」（客家義勇）等少數幾個台語的辭彙，甚至連最具民間與口語性質的罵人髒話，也使用中國白話文「他媽的」，而非台語原音的「幹你娘」。其次，在敘事主體方面，〈壽至公堂〉雖然傳達「一般民衆」的聲音，但仍有單一的敘事者居中擔任轉述的媒介角色，使得集體的匿名民間口傳主體，轉化爲個人式的單一敘事者。不僅如此，有些時候敘事者還超越了轉述的角色，夾雜了個人的聲音。譬如故事中提到，一直到凌定國才認眞查辦民衆對林家的訴訟，敘事者表示，「要不是因爲私人間有了宿怨介在，我想，小民的冤情，同樣是無處申訴的吧」，[28]小說式的個人主體「我」的聲音，出現在集體匿名的民間聲音當中，產生敘事主體的轉變。除了個人敘事聲音的介入，〈壽至公堂〉在文體上也具有多重性，整體基本上以「說話體」記錄民間傳聞內容，但也夾雜了小說、詩歌等現代敘事手法。[29]譬如在描述林文明如何唆使佃農犁通田埂、引下田水、侵占草湖林家田地、「一晝夜霸占十三個竹圍」[30]時，幾乎完全以對話的方式來呈現，沒有明確指出說話的人是誰，呈現較強的口語性。然而，緊接著的敘事如下：

> 爭論，肉搏，械鬪，紛爭愈見擴大化。

「犁過去！有敢出爲阻碍者殺。」是林有田發的命令。

犁過去啊！壯牛是駕著犁狂馭著。
殺！殺！武裝的親勇，威武地在叫囂著。
抗拒—殺—頭顱西瓜般地在地上滾著。
被殺的被殺，逃命的逃命，吆喝聲，哀「口號」聲，充滿了草湖整個村落。
一大遍沃土良田，就像無限的荒野，一任壯牛自々由々地在濶步橫行。[31]

相較於其他部分以散文體記述傳聞內容（「起先，听說是……」），這個段落採取分行的方式呈現，添加了快速的節奏感與戲劇性效果。第三行到第五行連續以現在進行式動詞（「……著」）終結，透過詩歌的韻律效果，展現躍然紙上的動感。也就是說，〈壽至公堂〉在將民間傳聞的口傳文化轉化爲文字文本時，納入小說、戲劇、詩歌等不同文類形式的要素，以多樣的敘

28 同前註，頁二四一。
29《台灣民間文學集》當中的民間故事多少採取小說的敘事手法，差別只在於程度的多寡。譬如說，朱點人的〈媽祖的廢親〉以充滿詩意的小說語言，改寫媽祖與大道公的民間故事。
30 楊守愚，〈壽至公堂〉，頁二三五。
31 同前註，頁二三八。

事手法來呈現阿罩霧林家的故事。

此外，〈壽至公堂〉這段林家霸占鄰人土地的故事，與〈女誡扇綺譚〉裡沈家先祖擴大田地的故事頗為相似。不過，兩個故事之間有時代的落差，〈女誡扇綺譚〉著重於清領台灣早期墾荒的時代背景，以合理化沈家先祖（林奠國）的殘暴行為；〈壽至公堂〉則強調已經開拓完成、具有明確主人的「沃土良田」如何被當成「無限的荒野」一般蹂躪，對林家（林文明）的蠻橫行為提出控訴。在形式方面，〈壽至公堂〉也不像〈女誡扇綺譚〉一般將其整個「小說化」，而是同時採用多種不同的文類，顯示出以「聲音」形式傳播的民間傳聞，在成為文字文本之際，如何與文字文本的小說、兼具聲音與文字性質的戲劇與詩歌等形式互相滲透。綜合以上觀察，楊守愚的〈壽至公堂〉將中部地區廣為流傳的種種阿罩霧林家傳聞組合成一個故事，做為一個整體，共同呈現中部地區民眾的集體觀感與心「聲」。在敘事內容與形式上，均與〈楊守愚所耳聞的〉民間傳聞的原有形態貼近，也較日本人作者的小說文本〈女誡扇綺譚〉更有「真實性」。然而，身為從事小說創作的知識分子，楊守愚在將民間的「聲音」轉換為「文字」文本之際，除了將在地的台語翻譯為中國話文，在敘事方式上也不免受到小說、詩歌等其他文類的影響，使得〈壽至公堂〉的文字文本不單純只是民眾聲音的如實記錄，而添加了人為的、美學的虛構性質。不僅止於〈壽至公堂〉，這樣的質變是《台灣民間文學集》當中的民間故事文本普遍可以觀察得到的。這是否意味著，不管是日文或漢文，文字文本終究無法「再現」不同傳播媒介、不同語言的台灣在地口傳？若以台灣話文來進行書寫，是否能突破這樣的障礙？在接下來的這一節，我將以賴和〈富戶人的歷史〉爲例，來探討此一問題。

三、轎夫「聲音」的直接記錄：賴和〈富戶人的歷史〉

賴和〈富戶人的歷史〉[32]在形式上爲一談話體小說，記錄敘事者「走街仔先」搭乘轎子越過山頭，沿途約一個小時的路程途中，與兩個轎夫閒聊的內容經過。這篇小說沒有正式發表，創作日期也不詳，很可能與〈壽至公堂〉類似，因爲提及阿罩霧林家的負面傳聞，寫成之後才沒有公開發表。在整體結構上，〈富戶人的歷史〉以前、后（前後兩個轎夫）、走（走街仔先）三人的對話爲主要內容，但在對話紀錄的前後，各有散文體的開場白與結尾，說明創作的相關背景。對話部分完全以台灣話文書寫，談論的題材相當拉雜，也不像〈壽至公堂〉有分節，不過依序大致可分爲以下幾個主題：轎夫稱讚走街仔先父親、祖父的爲人；在大崎頂休息時聊到「日本反」時的狀況；談論張家迎娶富戶家小姐、陳家遭招贅女婿侵占家產等地方上的事件；阮家先祖尾吉從佃戶變成頭家，並在「爽文反」之後意外致富的故事；阿罩霧林家「拼大和

32　走街仔先，〈富戶人的歷史〉，收入林瑞明編，《賴和全集》小說卷一（台北：前衛，二〇〇〇），頁二九五—三一〇。

尙」的故事。

根據夾雜在三人對話之間的簡短場景說明可知，這些地方傳聞會成爲轎夫閒聊的題材，多是因爲眼前所見景物引發的聯想，譬如看到大肚溪而講起「日本反」當時的情景，看到張家迎娶行列而講起新娘出身富家，繼而談到其他富戶人的相關傳聞。從張家、陳家、阮家等在地富戶人轉移到阿罩霧林家時，看似只是恣意的聯想，但事實上阮家先祖尾吉故事的導入，已經預先爲林家傳聞的登場做了準備——將時間從現在拉到從前。轎夫提到阮家在這幾年的沒落，並表示「『卵鳥仔』錢，了也是合適的」，[33]引起走街仔先的好奇，進而導入阮家先祖僥倖致富的故事，將時代拉到過去。轎夫在轉述這個「較有歲的人誰都知道」[34]的傳聞的過程當中，不時夾雜從前台灣的地主佃農關係、「爽文反」時百姓走反與缺糧的狀況等等當時歷史與社會狀況之說明，使得年輕的走街仔先能了解故事發生的背景脈絡，也將談論的題材轉移到過往的歷史傳聞。阿罩霧林家過去的相關傳聞，就是在這個脈絡當中出現。傳聞的內容爲阿罩霧林家「拼大和尙」的故事，也就是林文察爲報殺父之仇，圍剿草湖大和尙的經過，與〈壽至公堂〉當中林文察燒死大和尙復仇的故事相關：

后：講到阿罩霧，要講二、三日也講勿會完，單就拼大和尚的事來講，也要講一晡。

前：這一層事，講起來現在也會教人起雞母皮。

走：是啥款？那樣驚人？

前：大和尚的竹圍被攻破了，一家十幾人男婦老幼，剩到一個不留，單單一個五、六歲的查埔囝仔，無刣死，活拿返去。但是斬草總要除根，留一把尾終久是有後患，他們想：處治囝仔，只有活埋較不費事，所以他便被毛𤉙到塚仔埔去。壙掘好了教他倒落去。這囝仔也作怪，不是講要放屎，就是講要放尿，幾下擺倒落去又再起來。受到主人的命令，要活埋他的人，等得生氣了，看他再要爬起來，便用腳把他蹮下去，順手用鋤頭向天靈蓋一擊，這時候，青天白日，忽然起了一下雷，這個人也就被摃死了。[35]

走：那有這樣湊巧的事？

后：眞眞有這號事，不是虛詞的。

走：后來呢？

后：后來準煞去。

33 同前註，頁三〇二。

34 同前註，頁三〇三。

35 同前註，頁三〇九—一〇。

走：幾十條人命，成百甲的田，就安爾準煞去？
后：幾千萬的生命！一國的土地也就準煞去咯，莫說這小可啊……

從這段引文，我們可以觀察到〈富戶人的歷史〉對話部分的一些普遍特徵。首先，在書寫語言方面，〈富戶人的歷史〉的對話部分完全使用台灣話文，有些有音無字的部分，甚至不惜使用罕見的漢字（譬如毛㸃等），以重現不識字的轎夫勞動者之「原音」。比起〈女誡扇綺譚〉裡的日文、〈壽至公堂〉裡的中國白話文，更直接呈現地方民衆的聲音，沒有歷經任何「翻譯」的程序。接著，在敘事文體方面，大量的對話以戲劇的對白形式分行呈現，將讀者帶到民間傳聞發生、傳遞的現場，身歷其境直接傾聽傳聞的內容。最後，從敘事者的角色與位置來看，敘事者「走街仔先」本身即爲參與對話者之一，而非以全知全能的敘事者角色出現，不僅如此，兩個年長的轎夫對於地方傳聞相當熟知，也樂於主動轉述，年輕醫生的走街仔先則一無所知，必須仰賴兩個轎夫提供的資訊，他扮演的角色僅止於提問，居中串場銜接兩個轎夫的敘事發展。這樣的敘事者角色與位置，使得文本的傳聞內容具有不經任何媒介之直接與透明性質。

此外，〈富戶人的歷史〉的作者還藉由兩個轎夫之口，針對他所取材、記錄的民間傳聞的「眞實性」問題，提出看法。對話中談到阮家先祖時，前轎夫要熟知尾吉傳聞的後轎夫講述給走街仔先聽，後轎夫首先有些遲疑，他表示：「我也是聽人講的，這有關係人家的名譽，怕有罪過」。前轎夫聽了之後反駁如下：「不是這樣講，無影無跡，我們揑造出來亂講，纔是罪過。實在的事講來不過等於講古，不相干，講！」[36]在這段對話當中，後轎夫原先因爲是透過別人傳述而非親眼目睹，無法確認傳聞的眞實性與否，而有所遲疑。然而，前轎夫的邏輯卻是，除非眞有其事，否則不會構成傳聞，將傳聞內容認定爲曾經實際發生的事情，與憑空揑造的譭謗不同。相較於許媽葵只承認其轉述的故事具有「做爲傳聞的眞實性」，收入楊守愚〈壽至公堂〉等民間故事的《台灣民間故事集》將這些故事當成故事來看待，不考慮眞實性的問題，〈富戶人的歷史〉透過轎夫的發言，表達一般民眾對於民間傳聞的「眞實性」之肯定。雖然知識分子傾向於將這些傳聞視爲民眾對富豪人家的詆譭，做爲這些傳聞的製造與傳述者，賴和的描寫手法顯示出，民眾明確肯定民間傳聞的眞實性，甚至將其做爲「講古」對象的地方歷史，加以「合法化」。事實上，賴和曾在《台灣民間文學集》的序文當中，特別針對楊守愚「壽至公堂」故事的採集與公開，提出他的看法：

> 即如壽至公堂，在同一地方，也是人不一說。據守愚氏說：這已經是第五次稿啦。爲了這篇故事，曾經拜聽過十多個老者的講述，但，不是僅知片斷，便是互異其說[。]所以好

36 同前註，頁三〇二—三〇三。

〔不〕容易搜集來的這些材料，也只得將傳說比較普遍的記錄下來，不敢以我們認爲合理的，就是眞的事跡。這進一部〔步〕的工作，只好留待有心人出爲完成。

搜集故事之又一困難，就是一篇故事裡頭，間或涉及殷富大族的先人底行爲，致碍於情實關係，不肯照實說出；這是對故事有點缺少理解的。因爲先人的行爲，原無損于後人的德行，其實，故事要不是經過文字化，牠〔它〕同樣是流傳於民間的；且由老年人的口中出來，衝進少年人的耳朵裡，其聲響尤覺洪喨；若年代一久，或者穿鑿其說，以訛傳訛，生出怪談，那更是故事本身的不幸。[37]

針對民眾關於霧峰林家的種種民間傳聞，賴和顯然肯定其價值，顯示其左翼的階級立場。[38]不過，引文中更值得注意的是，賴和對於民間傳聞、採集與記錄、書寫這三者之間關係的看法。首先，賴和注意到民間故事是片段而多版本的，即使是較爲接近傳聞內容時代的耆老，也無法有一個「眞實」的確定版本，採集者的知識分子能夠做的，就是記錄「比較普遍的」說法。也就是說，普遍爲民眾所接受的民間傳說，便有記錄採集的價值。他繼而表示，「涉及殷富大族的先人底行爲」之故事即使在刻意干預下不被「文字化」，照樣流傳於民間，甚至可能在口耳相傳之間「生出怪談」。透過對於民間傳聞的「媒介」問題（口傳或書寫）的討論，賴和批判了霧峰林家處理先人不名譽傳聞時的方式，也間接批判了霧峰林家與在地民眾之間的關係。

那麼，〈富戶人的歷史〉裡藉由庶民之口，究竟要傳達什麼樣的觀點與訊息？尤其是，文本當中取材的阿罩霧林家故事，具有什麼樣的文化意涵？首先，轎夫從張家迎娶富家女談起，繼而聊到陳家招贅的女婿侵占財產，以及尾吉與頭家娘寡婦發生關係而從佃戶變成頭家，這三個故事裡的男性均不是依靠自己的能力白手起家致富，而是透過婚姻的裙帶關係，瞬間獲得以勞力一輩子也無法換取的財富。兩個轎夫針對這些富戶人一一發表評論，認爲張家娶進奢華的富家女不但無法獲得多少實際利益，反而有損名譽，又批評陳家招贅的女婿受過教育卻唯利是圖，最後以「卵鳥仔」錢的粗俗語彙，來嘲諷阮家先祖尾吉的致富原因，顯示出他們對於男子漢大丈夫不憑靠自己勞力，仰賴女性而獲得財產，是相當瞧不起的。也就是說，轎夫們對於當地各個富戶人故事的評論，反映出漢人社會以男性爲經濟中心的文化邏輯。至於阿罩霧林家「拼大和尚」的故事，焦點在於林家討剿仇敵時的殘忍無情，與前述仰賴裙帶關係的故事情節無關，但做爲富戶人爲了壯大家族產業不惜手段之例示，與前面各個富戶人的歷史具有共通主

37 賴和，〈賴序〉，收入李獻璋編，《台灣民間文學集》，頁三。〔〕內爲引者補充或更正。

38 陳建忠，〈小說台灣——賴和小說與台灣反殖民文學傳統的建立〉，《賴和的文學與思想研究》（高雄：春暉，二〇〇四），頁二三〇—二三一。

題。另外，阿罩霧林家故事的重點在於林家連五、六歲的「查埔囝仔」也不放過，認爲「斬草總要除根，留一把尾終久是有後患」，是因爲林定邦被殺時林文察還年幼，但過了幾年後便展開復仇行動，林家怕以後草湖林家後代也會採取報復，才會採取如此殘酷的「滅族」行動。林文察「拼大和尚」報殺父之仇的背景衆人皆知，敘事當中雖然沒有溯及這段往事，但在地的聽聞者自然了解到，故事中的「查埔囝仔」具有特別的性別意涵，關係著家族系譜的傳承延續與否，使得〈富戶人的歷史〉當中林家「拼大和尚」的故事，比〈壽至公堂〉裡將大和尚用火燒死的傳聞，更能顯示出此類紛爭如何以男性中心的「家」「族」爲單位，而非個人。阿罩霧林家傳聞在〈富戶人的歷史〉當中所占篇幅不長，出現於小說接近收尾處，爲一連串地方富戶人致富故事之衍生，卻顯示出一般庶民在傳述這些故事時背後的社會與文化邏輯，不管在形式或內容上，賴和的這個文本都比前面兩個文本更費心於在文字文本當中，凸顯民間口傳的原貌。

然而，〈富戶人的歷史〉並非全由對話構成的客觀紀錄，而是由走街仔先的觀點與敘事統一整個文本，無法避免作者觀點的介入。小說一開頭有段前言，提到以前的社會不像現在有「株式期米」（期貨交易）等迅速致富的機會，回溯到資本主義體制尚未隨日本殖民統治遍及之前，依照當時的歷史社會背景，提出「一般大富戶不是橫來的便是天賜與的」之命題，進而說明爲什麼「凡是地方上被稱道的富戶家，都有牠（它）一段發財的傳說，有的是含著嫉妒的毀謗，有的是帶著浪漫的趣聞」。[39]緊接著的段落除了說明以下對話的出處、對話當中的體例說明，還表示將這些閒談發表出來，是因爲「談話中有些可以做自家廣告，也有些可借來笑罵素所厭惡的人」。[40]〈富戶人的歷史〉的散文體開場白，與後面占據文本主要篇幅的對話部分，不僅在文體上有所區別，也夾雜了部分中國話文的辭彙與語法，雖然也是對讀者「說話」的口吻，內容上以敘事者的觀點與立場之呈現爲目的。至於穿插在對話之間的散文體敘事，則完全使用第一人稱「我」，以小說的形式來說明對話發生的場景、狀況，並進行對話的銜接。即使是在對話的部分，民間傳聞在多種聲音交錯、問答、轉述等互動當中形成，卻因爲走街仔先與敘事者「我」爲同一人，使得讀者意識到「我」的單一主體與觀點，統整了民間傳聞集體創作式的過程。

此外，對話部分全用台灣話文漢文呈現，如實記錄民衆的聲音，然而，漢字除了表音之外亦有表意的性質，表音用的漢字本身的意義介入文本當中，使得台語聲音的記錄（transcribe）同時也成爲翻譯（translate）的過程。譬如前面引文當中，依照《賴和全集》當中的註釋，「幾下擺」意指「好幾次」，「準煞去」意指「就這樣算了」，借用漢字的音來記錄台語語彙，然而，「幾下擺」、「準煞去」這些漢字本身也有表意的功能，望文生義的結果，產生了與它們所

39 走街仔先，〈富戶人的歷史〉，頁二九五。

40 同前註，頁二九六。

表音的台語語彙不同的含義或印象。除了借字的問題，〈富戶人的歷史〉裡的漢字使用也偏向古語（譬如寫作「塚仔埔」而非「墓仔埔」），沒有文字的台語口傳聲音在成為古典的書寫文字之後，與它們的不識字庶民發出聲者的形象之間，產生了無法忽視的距離感。這樣的例子顯示出台灣知識分子的漢文識字能力，如何影響到他們的台語使用，也就是口傳與書寫文字的互相滲透之例示。

四、從聲音、文字文本到展演：「書寫」民間傳聞

透過以上對於佐藤春夫〈女誡扇綺譚〉、楊守愚〈壽至公堂〉、賴和〈富戶人的歷史〉等文本的討論，我們初步探討日本人或台灣人在殖民統治時期生產的文字文本，在「書寫」阿罩霧林家的民間傳聞時，採取的不同觀點與形式；民間的閩南語「聲音」被轉化為日文或漢文的「文字」文本之際，歷經的語言與文化翻譯；知識分子如實記錄在地民間聲音的欲望，以及他們遭遇的困難。從以上的討論結果出發，值得進一步探討的問題是：民間傳聞的「書寫」是否僅止於從「聲音」到「文字」的媒體轉換？在記錄與翻譯的過程當中，是否有其他掉落或消失的部分？

在探討這個問題時，范恩（Elizabeth C Fine）的專書《民間傳說文本：從展演到印刷鉛字》

（*The Folklore Text: From Performance to Print*）提供我們一些思考的方向。這本書主要討論將民間傳說進行（文字）文本化時產生的相關問題，介紹美國學界將民間傳說的口傳文化轉化爲文字文本的歷史性發展，提出三種主要的實踐方法。第一種是民族語言學文本模式，將民間傳說文本視爲相關論述的逐字記錄，有助於少數民族（譬如印地安人）的語言研究，幾乎不提民間傳說的報導人、場景、文化意涵等非語言特徵。第二種爲文藝式文本模式，比較同一民間傳說的不同版本，以建構出該傳說的原型與傳播散布的時空過程。同樣地，此一方法也不重視民間傳說的背景脈絡（context）或非語言的特徵，將其展演性質轉化爲文學書寫的傳統形式。第三種，也是近年愈來愈多人從事的，就是將民間傳說做爲展演（performance）來記錄，生產以展演爲中心的文本（performance-centered text）。此種方法認爲口頭藝術（verbal art）並非靜態的採集對象，而是一種動態的溝通事件（dynamic communicative event）。[41]本章討論對象的民間傳聞雖然與民間傳說性質不同，重點在於資訊的傳播而非美學等藝術價值，但同樣做爲將口傳文化轉換爲文字文本的實踐，范恩書中的討論仍值得參考，尤其是從「展演」到「印刷文字」的文本化過程。

對照書中介紹的各種實踐方法，〈壽至公堂〉整個文本均爲民間傳聞「內容」的記錄與匯

---

41 Elizabeth C Fine, *The Folklore Text: From Performance to Print* (Bloomington: Indiana University Press, 1984), pp. 16-56.

集，完全沒有處理民間傳說的背景脈絡（context）或非語言的特徵，直接將民間傳聞轉化爲文字文本的民間「文學」。[42]至於〈富戶人的歷史〉，文本當中使用台灣話文，其中還包含許多當時民間慣用的辭彙、轎夫抬轎的口號等，具有民族語言學文本的性質。不僅如此，前、后、走談論阿罩霧林家傳聞的前述引文當中，三個人之間的對話過程不只傳達傳聞的內容，還呈現前後兩轎夫如何一搭一唱共同印證傳聞的眞實性，以及走街仔先如何表現聽衆的好奇、驚訝與不可置信，透過互動的「現場」，充分顯示傳聞發生的集體性與對話性等特徵。占據文本最多篇幅的阮家先祖尾吉的故事，沒有以對話的方式呈現，而是將三個人的對話暫時中斷，以兩頁篇幅記錄轎夫老蔡傳述的故事內容，與〈女誡扇綺譚〉或〈壽至公堂〉的散文敘事類似。雖然如此，此段敘事當中仍然夾雜與聽衆的對話或提問，譬如「你想當這時候」[43]「你猜一猜看？」「你想！這些蕃薯被他賣多少？」[44]等，使得這段敘事在文體上雖類似小說，但仍保留了部分口傳的形式。這些敘事手法呈現三人在傳述林家傳聞時的場景與過程，更使得文本中的民間傳聞成爲「動態的溝通事件」之展演，一種「特定情境下產生的行爲（situated behavior），在相關脈絡下發生且產生意義」。[45]除了富有臨場感的情境描述，轎夫的口號若眞爲「大家所共悉」，[46]那麼，穿插於對話當中的這些口號不只代表吆喝的聲音，同時也喚起動作的意象。譬如說，轎夫喊道：「小！鎮路，帶溜！」根據《賴和全集》註釋爲「左轉！路中有物（腳要跨過去），路滑！」，[47]讀者看到這句口號時，便會浮現轎夫進行左轉、腳跨過去等動作。也就是說，〈富戶人的歷史〉的民間傳聞敘事呈現了口頭藝術的記錄必須同時傳達的脈絡與非語言特徵，文本中的民間傳聞之展演性質得以「重現」紙上。

然而，比起對話部分，〈富戶人的歷史〉當中最能呈現動作等非語言特徵的，還是對話以外的散文敘事部分，記錄轎夫們休息、抽煙、重新上路等動作。然而，這些明顯具有展演性質的散文敘事部分，以單一的敘事主體「我」來進行統整，趨近於虛構的小說形式。相對地，〈壽至公堂〉在記錄民間傳聞的內容時，雖也採取小說的手法，但是完全沒有記錄傳聞發生的現場、展演性質（譬如只以「起先，听說是……」來帶出傳聞內容），使得文本整體而言趨近民間傳聞的如實記錄。從這個脈絡來看，本章討論的三個文本當中，最能呈現展演性質的，還是以小說形式書寫的〈女誡扇綺譚〉。小說中，敘事者「我」描寫老媼轉述沈家沒落故事的場

42 相較之下，《台灣民間文學集》當中賴和的〈善訟的人的故事〉等文本則對於民間傳聞的傳播現場等背景脈絡，有較多著墨。

43 走街仔先，〈富戶人的歷史〉，頁二〇七。

44 同前註，頁二〇八。

45 Richard Bauman, "Verbal Art as Performance," *American Anthropologist*, New Series, 77.2 (June 1975): 298.

46 走街仔先，〈富戶人的歷史〉，頁二九六。

47 同前註，頁二九七。

景：「老媪在樹蔭下繼續往下說。她看起來非常喜歡講話，也很拿手。只是她聲音小、講話速度又快，畢竟對我來說是外國的語言，多少有聽不清楚的地方，或是聽不懂的字彙」。[48]透過小說的敘事，〈女誡扇綺譚〉呈現民間傳聞被傳述的場景、方式、講話的音量與速度，以及傳播上的不完整性（「我」必須在事後跟世外民詢問確認，才能將老媪所說的故事完整記錄下來），充分顯現民間傳聞的展演性質。事實上轉述林家傳聞的雖爲鹿港文人許媽葵，〈女誡扇綺譚〉當中虛構一個老媪的角色，在敘述的過程中採取戲劇性的表現。小說敘事的手法使得民間傳聞集體的匿名主體轉化爲單一的敘事主體老媪，藉此得以充分發揮民間傳聞展演性質的部分，但也難以避免地成爲一種虛構，與如「實」記錄的主張難以兩全。

從聲音、文字文本到展演，不同的再現媒介轉換過程中浮現的「眞實」與「虛構」的問題，還牽涉到作者在「書寫」口傳的民間傳聞之際，如何將民間口傳與「民族性」或「階級」互相連結。在日本人書寫的〈女誡扇綺譚〉當中，不僅止於視覺性地呈現老媪的聲音、表情與動作，還更近一步將其展演與「台灣人」的民族性作連結。敘事者「我」表示，「傳統的台灣人不管是男是女，都跟歐洲人一樣具有戲劇式誇大的巧妙的表情技法。那個老媪呈現的正是那樣的技法，不過她的表情不只是裝模作樣，而是相當認眞的」。[49]佐藤春夫將老媪的展演視爲「傳統台灣人」的共通特質，並且強調這樣的「戲劇式」表現是充滿「眞實性」的。透過屬於過去的台灣人的老媪之敘事，廢屋美女鬼魂等能夠引起「民族」共鳴的「支那文學的樣板」，[50]

更能夠歷歷在目地呈現於日文的文本當中。相對地，楊守愚的〈壽至公堂〉對於漢人的民族性有另外的定義。他在講述林家的民間傳聞時，插入以下的評論：「許是漢民族普遍的底劣根性吧，有了勢力，誰都想利用這勢力：無論是殺人，霸占田產，搶掠或姦淫人家的婦女，他都毫無忌憚地幹下去，古人這樣，今人也這樣，就是林提督的弟々有田，也是此中人之一。」[51]楊守愚強調這是「有了勢力」之後的惡行惡狀，以「階級」的角度觀點來批判林家的行爲模式，同時，又將仗勢欺人定義爲「漢民族普遍的底劣根性」，製造出超越時間與歷史的負面「民族」特質。

在〈富戶人的歷史〉當中，透過轎夫之間的台灣話文對話，知識分子敘事者如實記錄（transcribe）民間的聲音，盡可能地不以自身的立場介入，扮演被動的「傾聽」與「記錄」的角色，將從民間聽來的地方傳聞，原封不動地記載爲文字文本。這樣的獨特敘事手法，使得〈富戶人的歷史〉比前面兩個文本更能傳達民間的原始聲音，消弭知識分子的中介痕跡。不僅止於敘事形式，在內容方面〈富戶人的歷史〉也賦予庶民階級的聲音重要的地位。譬如前述林

48 佐藤春夫，〈女誡扇綺譚〉，頁一〇九；中譯本：佐藤春夫，〈女誡扇綺譚〉，頁二一五。
49 同前註，頁一〇六；中譯本，頁二一一。
50 同前註，頁一一五；中譯本，頁二二一。
51 楊守愚，〈壽至公堂〉，頁二三五。

家「拼大和尚」故事引文的最後兩行對話，顯示出不識字的轎夫比受過高等教育的年輕醫生更有智慧，通曉社會與國家的殘酷現實。這也呼應轎夫之前談論陳家招贅女婿唯利是圖的事件時，特別指出他是一個「讀冊仔」，「曾和文化的出來演講」，去日本留學研究法律，也是為了解決金錢訴訟。[52]聽到兩個轎夫的批判，走街仔先內心也慚愧起來，正是因為他意識到，自己也是受批判的現代知識分子之一。然而，年輕醫生「我」搭乘年長轎夫抬的轎子這樣的設定，本身即帶有不平等的「階級」權力關係。譬如對話中間夾雜的以下敘事文：「他們講話中間，轎已移到路上，我就鑽進去，他們隨即起肩，還是一路行一路講，好想講講話能使他們肩頭輕鬆一些，所以滔滔不竭」。[53]除了乘轎、抬轎的動作，「我」在聽兩個轎夫閒聊的過程中，不時浮現過剩的自我意識，還將轎夫們的敘事動作本身，解釋為減輕勞動負擔的手段。這也許是賴和慣用的戲謔式自我嘲諷手法，卻也呈現出橫越在知識分子與一般民眾之間的鴻溝，不只是口頭語言與書寫語言的乖離，口傳與文字文本的差異，還有轎夫與醫生之間的「階級」差異。

本章討論的三個文本，雖有作者的民族、書寫目的與敘事手法等差異，但都同樣將台灣庶民社會的「聲音」轉化為「文字文本」，可視為殖民現代性之表現。除了形式上的轉變，在內容方面，也各自因應帝國下的現代性論述，進行擁護或抵抗。在日本人作家的〈女誡扇綺譚〉當中，林家早期的發跡故事從對富豪人家蠻橫殘忍行為的控訴，轉化挪用來合理化殖民地現代化開發過程中的暴力。在形式方面，在地民間口傳成為殖民者語言的日文小說文本，為殖民者透過翻譯與重讀，奪取被殖民者「聲音」之具體行動。在內容方面，佐藤春夫將台灣的民間傳聞挪用於充滿「支那」異國情調的小說當中，並以「日本人殖民者」的身分與角度對其進行截然不同的解讀，呼應日本人敘事者「我」在小說中抽絲剝繭，終於破除一般世人與世外民所深信不疑的種種迷信與傳聞，使得事情眞相大白，正是遵奉「理性」、「科學」、「客觀觀察」的現代性之勝利。透過多重的媒介轉換過程，阿罩霧林家的故事從一般世人或翻譯轉述者許媽葵的敘事脈絡中掉落，被遵奉爲台灣殖民現代性之先驅，重置於日本殖民開發歷史之源頭。

相對地，台灣人作家的〈壽至公堂〉與〈富戶人的歷史〉刻意選擇台灣的民間故事爲書寫題材，以台灣民間的庶民聲音做爲台灣漢人獨特的民族性與文化，據此主張與殖民者的民族與文化差異，以抵抗日本的殖民地現代化與同化政策。然而，做爲日本殖民統治下的文化產物，當台灣人作家將民間「聲音」加以文本化，以「口傳」的前現代庶民文化做爲在地漢人的民族本眞性，來對抗殖民者帶來的現代性與民族論述時，他們其實已經沿襲了殖民者的現代性觀點，來看待與詮釋在地的庶民階級。楊守愚在〈壽至公堂〉提出，林家的作爲是從古至今各個時代都有的「漢民族普遍的底劣根性」時，他也暗指著漢人缺乏現代法治的觀念，一旦有了勢

52 走街仔先，〈富戶人的歷史〉，頁三〇一。

53 同前註，頁三〇〇。

力就可以隨心所欲地仗勢欺人；而賴和在〈富戶人的歷史〉裡以轎夫相對照來自我嘲諷時，他同時也是藉由勞動階級來進行現代知識分子的自我定位，他們與佐藤春夫一樣都將庶民的聲音視爲「前現代」，相對於知識分子文字書寫的「現代」。也就是說，台灣人知識分子在書寫民間聲音時，一方面將「民衆」（folk）定義爲傳統的、農工階級、鄉下的、貧窮的、邊緣的「他者」，藉此建構知識分子菁英的、主流的、現代的自我認同，[54]一方面卻又具有與民衆接近的欲望，並從民衆的文化中尋找民族本眞性，這樣的複雜曖昧的態度，正是殖民現代性的具體表現。

54 Amy Shuman and Charles L. Briggs, "Introduction," in *Theorizing Folklore: Toward New Perspectives on the Politics of Culture, Western Folklore*, Special Issue 52.2-4 (1993): 123.

第六章

「小說化」在地的悲傷

——皇民化時期台灣喪葬習俗的文學再現

在前一章，我們已經看到日台知識分子「書寫」民間傳聞的多重翻譯過程與媒介轉換，如何顯示出日本殖民統治下台灣的帝國論述、民族本眞性、殖民現代性三者之間的錯綜複雜關係。在分析過程中，也留意到對話的方式最能如實再現庶民的聲音，但若要傳達口傳文化中的展演性質，還是以小說的敘事形式最適合。本章將進而以「身體展演」爲主題，針對皇民化時期日台知識分子對台灣喪葬習俗的小說再現，探討不同殖民地主體如何以身體情感與社會展演的現代二分法，來檢證台灣民俗的本眞性。在進入討論之前，首先藉由同時代重要的民俗研究雜誌《民俗台灣》，來釐析本章對於皇民化時期民俗書寫的問題意識。

一九四一年以在台日本人爲中心發起的《民俗台灣》雜誌創刊，當時正值中日戰爭下日本在台灣如火如荼地推行「皇民化」運動，全力剷除台灣在地的語言、宗教與風俗習慣，以日本的文化取而代之。《民俗台灣》以消逝中的漢人民俗文化之蒐集、保存爲宗旨，不但與時局背道而馳，甚至還不時批評總督府的「皇民化」運動政策流於形式，因而獲得許多台灣知識分子的支持與參與。經過半個世紀之後，日本文藝批評家川村湊在專書《大東亞民俗學的虛實》中，將《民俗台灣》的活動定義爲日本帝國主義下「大東亞民俗學」的一環，批評該雜誌的日本人主導者以種族主義、殖民主義的視線看待台灣在地風俗。[1] 川村湊的批評隨即引起當年《民俗台灣》同人的民俗考古學家國分直一反駁，強調他們當時在總督府嚴格的檢查制度下，本著知識分子的良知與使命感，致力拯救台灣民俗文化。[2]

川村湊的論點對於帝國與殖民地之間中心與邊陲的既有構圖，無法提出有效的批判。相對地，國分直一等人宣稱的學術研究之中立客觀性，以及有良知的殖民者之存在，也無法洗脫《民俗台灣》同人與帝國主義的共犯關係。然而，《民俗台灣》具爭議的性質值得我們思考的，不僅止於個別帝國代理人的責任問題，更重要的是，在帝國統治的時間與殖民地的空間下，進行他者再現時的主體位置相關問題。首先，對他者進行文化再現時的不平等權力關係，與帝國意識形態、殖民統治均具有共犯關係。誠如人類學者阿薩德（Talal Asad）所言，殖民統治下人類學的學術規範與民族誌實踐，不只是殖民統治的輔助或帝國意識形態的單純反映，因爲人類學「總是在其中蘊含許多矛盾與曖昧——因而具有自我超越的潛力」。[3]《民俗台灣》雜誌與日本帝國殖民政策之間既對立又共犯的曖昧立場，除了源自於帝國既要「同化」被殖民者，又對

1 川村湊，〈《民俗台湾》の人々〉，《「大東亜民俗学」の虚実》（東京：講談社，一九九六），頁八九—一三九。川村湊表示，「大東亞民俗學」的構想與發展，是以日本代表的民俗學者柳田國男在東京的宅寓爲中心，向各殖民地進行放射狀延伸。透過這樣的網絡，針對朝鮮、台灣、南洋、滿洲等「大東亞」區域的民俗，以日文進行蒐集、分類與分析，並透過與日本民俗學的比較對照併入帝國體系。

2 國分直一，〈《民俗台湾》の運動はなんであったか—川村氏の所見をめぐって〉，《しにか》第八卷第二號（一九九七年二月），頁一二二—一二七。

3 Talal Asad, "Introduction to *Anthropology and the Colonial Encounter*," in *Anthropology and the Colonial Encounter*, ed. Talal Asad (London: Ithaca Press; Atlantic Highlands, N.J.: Humanities Press, 1973), p. 18.

其充滿「差別」待遇的自我矛盾之外，同時也是台灣社會歷經半世紀殖民統治後，種族與文化混雜的結果。該雜誌的主要寄稿者除了國分直一等在台日本人，還有日本人第二代與台灣人知識分子。這些人同時具有日文能力與台灣在地知識，其「中間的」殖民立場，使得日本人／台灣人之間的語言、文化、感性之疆界模糊難辨。

搖擺游移於帝國論述與在地生活實踐之間的曖昧主體位置，在同時期取材台灣民俗的小說作品當中，也可以觀察到。這些文化產物將在地民俗文化進行「書寫」（transcribe）與「翻譯」（translate），使其成爲日文的虛構小說文本，其中的台灣民俗書寫與人類學的民族誌書寫有許多重疊，造成其中的客觀紀實（「眞實」）與主觀創作（「虛構」）成分無法截然劃分。承繼上一章對於日台知識分子書寫在地「聲音」的多重翻譯過程與媒介轉換之討論，本章探討對於台灣在地「民俗」實踐的書寫，以日本人作家庄司總一《陳夫人》（一九四〇—一九四二）、坂口䙥子〈鄭家〉（一九四一）、台灣人作家王昶雄〈奔流〉（一九四三）、辜顏碧霞《流》（一九四三）及呂赫若〈財子壽〉（一九四二）等五部發表於皇民化時期的日文小說爲對象，針對其中的台灣喪葬習俗再現進行討論。以格魯特（J. J. M. de Groot）在十九世紀末對中國宗教系統的研究爲例，西方的中國研究向來將中國的喪葬儀式行爲視爲「出於儀禮習慣，爲近親對逝去者的義務，亦即只是一種儀式」，[4]而非眞實的悲傷與哀痛之表現。近期對於中國死亡儀式的相關研究，也多專注於其進行的程序，或是帝國、國家試圖利用這些儀式教化老百姓的意識形態（譬如「孝道」等），幾乎完全不觸及儀式當中的情感層面。[5]這些西方的研究偏向引發幾個值得探討的問題：相較於西方式的肉身情感／文化意涵之二元對立，[6]日本殖民者與台灣知識分子分別如何在個人情感、在地社會與殖民地差異的交錯之間，理解與詮釋台灣的喪葬習俗？這樣的過程如何受到這些作家與他們再現的台灣社會之間的相互關係所影響（譬如對台灣人來說是從小耳濡目染的日常生活實踐，對日本人殖民者來說則是後天習得的知識）？這些文學作品的生產、接受、評價，如何與以「現代」日本文化取代「落後」台灣文化的帝國實踐產生關聯？本章將五部小說中的民俗書寫放置在異文化接觸、殖民地主體位置、帝國政策交錯之場域，探討日本人與台灣人作家如何以「現代性」的角度，對在地傳統哀悼儀式進行各種互異的文化翻譯。

---

4 J. J. M. de Groot, *The Religious System of China: Its Ancient Forms, Evolution, History and Present Aspect, Manners, Customs and Social Institutions Connected Therewith*, vol. 1 (Leyden: E. J. Brill, 1892-1910), pp. 10-11. 本書做爲中國喪葬儀式田野區域的福建（尤其是廈門），亦爲本章中討論的台灣閩南籍漢人主要的出身地。

5 參見James L. Watson and Evelyn S. Rawski ed., *Death Ritual in Late Imperial and Modern China* (Berkeley: University of California Press, 1988)。

6 John Leavitt, "Meaning and Feeling in the Anthropology of Emotions," *American Ethnologist* 23.3 (August 1996): 514-39. 文中表示西方人類學家、哲學家、心理學家與社會學家在討論情感的性質之際，屢屢忽略了肉身的情感經驗「先天性地同時牽涉到意義與感覺、心靈與身體、文化與生理」（頁五一五）。

一、在地哀悼與「大東亞」的連結：《陳夫人》與〈鄭家〉

《陳夫人》[7]的作者庄司總一在台灣長大，直至十八歲才回日本念大學。這部小說主要透過一個嫁給台南望族陳家長子的日本女性安子，描繪陳家三代的家族故事。即使居住台灣多年，安子依舊以「日本」做爲絕對的標準，依此評量她在台灣經歷的人事物，將台灣與日本的文化差異定義爲「低劣」或「匱乏」。以安子的公公阿山之出殯儀式爲例，裝飾華美的台灣棺木與日本質樸的黑色棺木相差甚遠，小說中透過日本祭典活動的「神輿」來比喻其外觀，無視於兩者在使用場合與氣氛上的南轅北轍。孝女的哭泣聲則被比喻爲「唱歌」，完全無法與悲痛心情聯想在一起。除了以西方交響樂來比喻不和諧的喪葬音樂對敘事者來說有多麼陌生，還以「豪華」、「熱鬧」、「怪異」等字眼形容整個送葬過程，一再強調與日本莊嚴肅穆的喪禮相較，阿山的台灣式喪禮有多麼怪異。這樣的再現方式將台灣的喪葬儀式由其根植的社會與文化脈絡切離，進而加以「馴化」（domesticate）爲日本人熟悉的意象，透過不可視但具支配性的日本形式來加以評量。

搭乘轎子跟隨在棺木後面的安子，透過轎子簾幕看到丈夫清文因爲過度悲傷，必須由兩旁的人攙扶著前進。然而，從安子看來，清文「不過是風俗習慣上，必須形式地表現出充滿悲哀的樣子」，他的悲痛表現是與發自內心的「眞情分離開來的故作姿態」。[8]不只有清文，送葬行列中其他陳家遺族的哀悼表現也都不是眞心的，正如花錢僱來的孝女，「甚至捏痛同乘幼兒的屁股讓他們大哭，忠實地履行自己的義務」[9]一樣，是充滿戲劇式的展演。也就是說，在安子眼中，台灣的出殯儀式並非表現個人「眞實」的哀悼感情，而是誇示家族財力、攸關家族在地方上名譽的社會「形式」。

正當陳家遺族透過豪華喪禮來回復阿山的名譽（阿山從治療鴉片毒癮的醫院溜到破落的鴉片吸食店鋪，被家人帶回的途中斷氣）之際，安子同樣也注意著站在路旁觀看的地方居民之視線。不過，她在意的是，居民以輕蔑的眼光看著她的丈夫清文，因爲清文平日大聲疾呼社會改革，如今卻以可笑的姿態出現在傳統的送葬行列當中。安子感覺到，輕視的眼光不只來自於「內地的人」，還來自於「進步的台灣人」。透過日本媳婦安子的視線，身爲社會菁英的清文對於台灣喪葬習俗的妥協（缺乏賦予哀悼儀式「眞實」性的「眞情」），顯示出日本的文明化如何在「弊風陋習」的中國文化牽制下宣告失敗。就這樣，小說中將文化、文明與種族進行絕對

7 庄司總一，《陳夫人》（東京：大空社，二〇〇〇；初出爲東京：通文閣，一九四四）；中譯本：庄司總一著，黃玉燕譯，《陳夫人》（台北：文英堂，一九九九）。本章所討論的第一部〈夫婦〉出版於一九四〇年，第二部〈親子〉則出版於一九四二年，在一九四三年本書獲得第一回大東亞文學獎之後，隔年將上下兩部合併成一冊，修訂後重新出版。

8 庄司總一，《陳夫人》，頁二九〇；中譯本：庄司總一，《陳夫人》，頁二三六。

9 同前註。

的連結，據此將不同文化之間的差異化約爲「文明化的日本人」與「未經文明化的台灣人」之二元對立。當清文痛苦地分裂於他的傳統台灣出身與現代日本教養之間時，虔誠的基督教徒安子建議清文向上帝尋求援助，清文卻悲觀地表示：「我絕對無法克服我身體當中流著的血液。我承繼著南支那人的血，不但好強、充滿物質慾望，還具有野心。」[10]如果說清文的自我厭惡呼應著中日戰爭期間建構出來的中國人刻板印象，犧牲奉獻的安子則成爲透過基督教與日本文化，來啓蒙蒙昧他者的殖民地使命之具體化身。

坂口䙥子〈鄭家〉[11]同樣也以台灣人在地家族的故事爲主軸，小說首先描繪鄭家第一代的鄭朝「幾近變態的」（変質めいた）皇民化努力，以及這樣的努力如何以失敗終結。小說中以戲謔的方式描寫鄭朝試圖日本化的不毛努力，但是可以感覺到，作者在嘲諷之餘，對於被迫與固有文化切離的台灣人被殖民者有所同情。小說開頭描寫的，就是鄭朝的出殯行列。小說首先描寫出殯行列的各種道具如下：「緊接著豬羊（兩個轎夫抬著載有烤全豬與羊的架子）與開路神（三尺高的紙人，腰部懸掛豬內臟，象徵驅邪開路的神明），爲寫有亡者姓名的白色旗幟。」[12]接著採取與《陳夫人》類似的觀點，將台灣的出殯音樂描寫爲「喧鬧的噪音」，行列中各種道具的色彩「與悲傷氣氛相距甚遠」，很難與喪葬儀式聯想在一起。不過，敘事中接著提到，鄭朝的出殯確實「是個」哀悼儀式，只不過，對於「不習慣於台灣傳統音樂的人」來說，顯得過於喧鬧。連在路旁看熱鬧的年輕日本女性，也爲道士「肅穆」的神情所壓倒。相較於

《陳夫人》完全以日本的觀點來詮釋阿山的喪禮，〈鄭家〉雖將台灣的喪葬儀式翻譯爲日本人讀者易於理解的語言，卻也同時呈現在地居民或專業人員的認知方式，透過在地文化脈絡承認它做爲哀悼儀式的「肅穆」性質。

接著，小說透過台灣人媳婦翠霞（鄭家第二代樹虹的年輕後妻）的角度，來敘述出殯行列與其中的家族成員。翠霞不像《陳夫人》當中乘轎的安子，可以在隱匿處觀察出殯行列與路邊居民，走在出殯行列中的她暴露於眾人視線之下，有義務扮演長媳的「腳色」。不過，受過相當教育的她認爲這樣的社會儀式誇張而無意義，無法全然融入其中。她一邊「觀察」送葬行列，時而感覺自己「被觀看」，一邊像個「優秀的女演員」，盡職地與其他家族成員一同嚎哭。也就是說，身爲受過教育的女性，翠霞在出殯行列中的哀悼行爲成爲自覺性的展演。借用人類學家特納（Victor Turner）的說法，那樣的自覺性，使得展演的行爲在喪葬儀禮的形而上劇場

---

10 同前註，頁九九；中譯本，頁九四。

11 坂口䙥子，〈鄭一家〉，《台湾時報》，一九四一年九月，頁九六—一四六。根據大原美智的訪談，坂口䙥子擔任北斗郡北斗國小教師時，曾寄住於學生陳氏澄子家中，陳氏澄子的祖父曾任北斗街街長，〈鄭家〉即取材於陳氏澄子家的故事。大原美智，〈坂口䙥子研究〉（台南：國立成功大學歷史研究所碩士論文，一九九七）。

12 坂口䙥子，〈鄭一家〉，頁九七。

當中，成爲被觀察的對象本身。[13]同時，小說中還以暗示的方式呈現翠霞的「台灣性」。翠霞注意到婆婆在鞋子上擦拭沾著鼻涕的手指時，並沒有以骯髒、不衛生來看待這樣的舉動（如果是《陳夫人》的安子的話可能會），而是將其視爲婆婆沒有眞正感到悲傷的表現。甚至翠霞自己，也朝路邊吐痰。透過一個融合台灣氣質與現代教養的台灣人年輕媳婦之角色，日本人作家的〈鄭家〉對於台灣在地風俗的觀察與再現，得以標榜其融入了台灣的「在地觀點」，卻又不致喪失客觀性。[14]

小說當中解釋，台灣在地的喪葬習俗融合了民間信仰、道教、佛教等多種要素，逐漸偏離原始的「本眞」儒家形式，劣化爲民間習俗，成爲「不具實質內涵的空虛形式」。[15]然而，在實際處理喪葬儀式之際，〈鄭家〉並沒有像《陳夫人》一樣採用基於形式／情感二分法的自我民族中心式價值判斷，而是肯定在地實踐具有內在意涵。敘事者提到，長子樹虹「如此地悲傷，以至於他不希望透過這麼荒謬的形式，來處理父親的過世」，卻又隨即語氣一轉表示，「但是如今，這種形式的安排，使他得以像個小孩般地直接表現悲傷」，[16]顯示出即使是爲了迎合社會成規的儀式，也能夠讓當事者感受、表現「眞實」的悲傷情感。這意味著，這篇小說承認被殖民者的儀式性行爲中眞實感情的存在。小說後面利用整個章節，以口述紀錄的方式，再現鄭朝的遺孀對年幼孫女講述的中國孟姜女故事。[17]中國民間故事中哭倒萬里長城的喪夫之痛，呼應著鄭朝遺孀自身的悲傷，同時也間接立證了《陳夫人》中被貶抑爲「弊風陋習」的漢人喪葬儀式，在此成爲奠基於普世性身體感覺的文化實踐，得以超越時空喚起同情與共感。

除了承認台灣喪禮具有情感上的功能，小說的敘事者還透過在地的認知系統，來解釋喪葬

---

13 Victor Turner, "The Anthropology of Performance," *The Anthropology of Performance* (New York: PAJ Publications, 1986), pp. 75-76.

14 新垣宏一的短篇小說〈城門〉更進一步地以一個台灣人高中女學生（應來自作者在台南第二高女的任教經驗）做爲敘事者，來凸顯「在地觀點」。小說中藉由女學生對台灣傳統喪葬儀式、三妻四妾等落後習俗的排斥，來呈現日本同化教育的成果。台灣人女學生在書信中對日本人男性老師的訴說，表面上見證了日本殖民統治帶來女性解放等進步的社會改革思想，但從書信中女性日語敬體的使用（呈現出女學生在民族、性別與社會地位上位居日本人老師之下），以及女學生與老師之間的教化關係，可以窺見女學生仍然受到殖民教育的箝制。另外，女學生在旅行東京時，發現東京的台灣人與朝鮮人公然展現民族語言與文化，完全不像殖民地台灣對在地語言與文化的嚴格禁止，受到很大的衝擊。然而，小說中女學生接受了日本人老師的說明——台灣的落後文化需要透過日本文明進行現代化，才能眞正獲得拯救。可見小說中是挪用台灣人女學生的聲音，來合理化日本對異民族的殖民統治與同化教育。新垣宏一，〈城門〉，《文芸台湾》三卷四號（一九四二年一月），頁五八—七〇。

15 坂口䙥子，〈鄭一家〉，頁九九。

16 同前註，頁九八。

17 李海燕（Haiyan Lee）分析中國五四運動中民俗學者如何將孟姜女故事進行各種翻譯，將鄉村地方建構成「一個具有情感本眞性、田園式鄉愁、以及和諧共同體之場域」，並且「將民俗文化投射爲一個受到儒家正統禮教壓抑與現代性威脅的重要替代性傳統」。請參照Haiyan Lee, "Tears That Crumbled the Great Wall: The Archaeology of Feeling in the May Fourth Folklore Movement," *Journal of Asian Studies* 64.1 (February 2005): 59。

儀式的社會意涵。敘事者表示，鎮上的居民衷心期待鄭朝奢華的喪葬儀式與墳墓，因為他們試圖藉由「追思華麗的夢想，來滋潤眼前的生活」。同時，鄭家喪葬儀式的誇耀式展示，也讓鎮民在那些接受現代化、輕視台灣習俗的「新式人們」面前出一口氣，「對於試圖將所有事物皇民化、簡略化的現代性提出一個挑戰」。[18]也就是說，敘事者不但沒有將鎮民集體的懷舊情緒鄙視為倒退或落後的舉動，反而對於這些被剝奪傳統的人們表示同情，並且站在居民的角度，認為奢華的傳統喪葬儀式足以挑戰「皇民化」與「現代性」。

不僅如此，敘事者甚至透過台灣喪葬儀式的「空虛的形式主義」，間接質疑總督府推行的皇民化運動似乎也流於表面與形式化。在小說當中，鄭朝原本留下遺言，希望以日本的方式來處理所有的後事。然而，在母親與其他鎮民堅持下，兒子樹虹最後終於妥協，為父親舉行台灣式的喪葬儀式，只有墳墓採取日本式。樹虹最後會妥協，是因為他突然領悟到父親生前奮而不懈的皇民化努力，其實只模仿到日本文化的「形式」，而沒有捕捉到眞正的「精神」——也就是「一個人看待、思考事情之方式」。[19]既然精神比形式更為重要，他歸結，沒有必要拘泥於喪葬儀式「如何」舉行。樹虹這樣的思考歷程間接地暗示著，一味強迫台灣人模仿日本文化形式的皇民化，也面臨欠缺眞實精神的表面形式化之危險。

然而，到了小說後半部，隨著敘事的開展，敘事者充滿慈悲的跨文化理解，以及對台灣人的同情，逐漸被轉接到對於「日本」的優越性之肯定。在樹虹父子的對話中，樹虹表示台灣的習俗必須在某種程度上受到包容，因爲日本「八紘一宇」的精神顯示在日本與海外領土的文化融合。樹虹與第一任日本妻子的混血兒樹一郎表示同意，讚揚日本文化在與異文化接觸的過程當中，一方面將他者的文化進行日本化，直到其不再是「異物」爲止，一方面卻又能「全然不變地保持著純粹性」，顯示日本文化的優越性。做爲日台異族通婚的產物，樹一郎的存在本身正是日本吸收異質外來文化，同時保有自身本質的文化理論之最佳見證。〈鄭家〉結尾部分朝向崇高日本的強迫觀念式歸返[20]暴露以下事實：身爲殖民者，小說作者對被殖民者展現的同情，以及對被殖民者文化差異之承認，不外乎是羅薩多（Renato Rosaldo）所謂的「帝國式懷舊」（imperialist nostalgia），亦即「對自己所摧毀的事物進行哀悼」，最終還是被挪用來合理化大東亞共榮圈的冠冕堂皇修辭。

18　同前註，頁一二六。

19　同前註，頁一三二。

20　井手勇認爲鄭家歷經三個世代的努力，終於能夠掌握皇民化精神之過程，同時也是小說作者坂口䙥子試圖消解她對強制性同化政策的疑問之過程。井手勇，〈戦時下の在台日本人作家と「皇民文学」〉，收入台灣文學論集刊行委員會編，《台湾文学研究の現在：塚本照和先生古稀記念》（東京：綠蔭書房，一九九九），頁一〇八。

二、台灣知識分子的自我民族誌再現：〈奔流〉、《流》、〈財子壽〉

在接下來的這一節，我將焦點轉移到台灣作家的日文小說中對於台灣傳統喪葬儀式的描寫。王昶雄的〈奔流〉[21]（一九四三）以一個留日歸來的台灣醫生爲敘事者，描述留日的台灣人國文教師伊東春生改日本名字，娶日本女子爲妻，與丈母娘同住而棄自己父母不顧，過著日本式的生活，捨棄所有與台灣相關的事物，擁抱「日本」的情景。小說當中伊東父親的葬禮呈現台灣在地民俗如何被消弭固有的文化意義。

> 在身穿麻衣的遺族圍繞著的靈柩右側，筆直站著的伊東之存在，馬上吸引人們目光。他身穿黑色西服，別著黑色臂章，不知道是否是我多心，臉上失去光澤地發青。在他身旁，他的夫人身穿帶有家紋的正式和服，賢淑地站著。雖然她稍微低著頭，但似乎眼角有些泛紅。[22]

這個場景首先描述伊東與他太太筆直站立著，在其他圍繞著棺木跪拜的人群當中，顯得相當突兀，完全不符合一般遺族的行爲模式。當女人們——包含僱來的孝女及女性遺族——開始放聲大哭時，一直沒有表露悲傷之情的伊東，出面制止他認爲很難看的這項習慣。即使是原本應該在葬禮中具有絕對權威的道士，在伊東的「日本」面貌威嚇下，也無法依照正常的程序執行葬禮儀式。

就在台灣與日本這兩個相互對照的悲傷展示形式的拉鋸中，道士在伊東催促下要求遺族離開棺木以便進行掩埋，此時，出現了第三種哀悼行爲。有一個瘦小的老婦人緊緊抱著棺木不願意放開，「就好像是長時間以來承受的感情積壓，一下子找到爆發點，向亡者傾訴般地、詛咒一切的自暴自棄哭聲，盡情地持續著」。[23]這是伊東的母親。與其他匿名的哭號女性相對照，伊東母親有充分的理由進行淨化式的痛哭，因爲她先後爲獨子與丈夫所遺棄。敘事者想到伊東母親的悲慘遭遇，覺得非常心痛。〈奔流〉這篇小說將台灣人與日本人對於同一儀式（伊東父親的葬禮）的不同實踐方式並置，顯示出敘事者如何搖擺往返於互異的文化模式之間。然而，比起台灣或日本的哀悼儀式，伊東母親出自內心的痛哭，更具有召喚旁觀者強烈而感同身受的情感之力量，徹底震撼敘事者的心。

敘事者洪醫師跟伊東一樣具有留日經驗，身陷日本教育與台灣出身的矛盾拉鋸中，因而試

---

21 王昶雄，〈奔流〉，《台湾文学》第三卷第三號（一九四三年七月），頁一〇四—一二九；中譯本：王昶雄著，鍾肇政譯，〈奔流〉，收入施淑編，《日據時代台灣小說選》（台北：麥田，二〇〇七），頁三三九—七二。

22 同前註，頁一一五；中譯本，頁三五四。

23 同前註，頁一一六；中譯本，頁三五四。

圖合理化伊東拋棄家人的行為，並為其辯護：伊東投注所有心力在學校教育，是因為希望下個世代能與生俱有日本文化，不必像他們這個世代深受「雙重生活的強烈苦惱」。[24]然而，伊東母親慟哭的景象在敘事者腦中揮之不去，迫使他回頭質疑伊東以極端的方式否定自身台灣性質之倫理正當性。小說中敘事者對於「日本化」的曖昧立場，在林柏年這個腳色上獲得更複雜的呈現。林柏年為伊東的姪子與學生，卻激烈地憎恨伊東拋棄親生父母的行為。然而，柏年自己在縣內的劍道比賽獲得優勝，後來又成為日本武道學校的第一個台灣學生，雖然他對自己出身的台灣有深切的感情（小說中以土氣母親的形象來象徵），卻透過發揮傳統武士道精神的日本國技，試圖統整自身的台灣認同與更為廣泛的「大和魂」。也就是說，林柏年雖然以台灣的在地認同為出發點，他所抵達的終點，仍然是日本皇民化的精神。

同樣發表於皇民化下的一九四三年，辜顏碧霞的小說《流》[25]專注於台灣傳統大家族內部妻妾、婆媳、妯娌之間的紛爭，直到小說將近尾聲，才帶入中日戰爭、皇民化、志願兵等外部的時代背景。與王昶雄的〈奔流〉相較，《流》之所以專注於不受日本殖民統治影響的台灣傳統家庭，主要是因為這部小說以年輕寡婦美鳳為主角，出現在她周遭家庭生活中的也多為女性，這與庄司總一的《陳夫人》頗為類似。《流》同樣也鉅細靡遺地描寫台灣人女性之間的紛爭，批判台灣傳統的三妻四妾制度，但作者身為台灣人女性，民族與性別上的差異，使得小說中對於台灣傳統民俗與婚喪喜慶的描寫充滿感情，不像《陳夫人》一律給予迷信、虛榮心等負面價值判斷。

小說中花了許多篇幅來描寫美鳳父親的喪葬儀式。從父親的死去、女兒負責的三旬法事、葬禮，到兒子負責的大功德法事等，詳細交代整個喪葬儀式的進行程序，以及香亭、靈厝等現場的布置。美鳳因爲在經濟上沒有丈夫可依靠，原本希望與已出嫁的妹妹一同舉辦三旬法事，妹妹卻拒絕了她的提議，花費很多金錢來展現自己的財勢。妹妹的做法引起周遭人們的好評，相對地批評美鳳的法事寒酸，只有美鳳的母親安慰她說，「這不過只是一種形式而已，眞心比形式更爲重要啊！這一切都只是子孫對於故人盡一片心意而已。」[26]這是整個相關描寫當中，唯一提到台灣喪葬儀式當中「感情」與「形式」問題的地方。而且，雖然美鳳的哥哥也是個醫生，但是從一開始，美鳳父親喪葬的進行方式上，就沒有〈鄭家〉或〈奔流〉當中日本式或台灣式的問題，美鳳母親提到「感情」與「形式」問題，只是針對法事的盛大與否而已。

在缺乏與「日本」的對照之下，小說中的喪葬描寫著重於儀式本身的進行方式與說明，

24 同前註，頁一二九；中譯本，頁三七二。

25 辜顏碧霞，《ながれ》（台北：原生林社，一九四三）；中譯本：辜顏碧霞著，邱振瑞譯，《流》（台北：草根，一九九九）。這本小說是日本殖民統治期間少數的女性著作之一，出版之後卻因爲內容觸及辜家內部不名譽的紛爭，而受到辜家全數回收。本文使用的版本來自中央研究院所藏的戴國煇藏書。

26 同前註，頁一六二；中譯本，頁一五五。

而沒有牽涉到對台灣傳統的價值判斷。譬如說，小說中描寫出殯行列的遺族如下：「葬禮那一天，兒子們戴著粗麻做成的帽子，穿著麻衣與草鞋，跟在棺木旁邊。媳婦、女兒、其他親戚則身穿麻衣，戴著麻布和短白布重疊對折、其中一側只縫住半邊的尖頂帽子，邊哭號著邊跟在棺木後面」。[27]我們之前討論過的小說，都針對台灣傳統喪葬習俗中的「哭泣儀式」究竟代表眞實情感或只是社會形式，提出不同的看法。然而，《流》當中卻只是平淡呈現葬禮時遺族的衣著與行爲，沒有提出任何人類學式的觀察或討論。又如對於出殯行列在街道上的描寫如下：「行列經過的路上如果有親戚朋友的住家，在那個住家前面就會擺出桌子，並列著水果、清茶、餅乾糖果與香爐，對於故人進行最後的供養。香的煙霧裊裊上升，送別在周遭的喧鬧中靜靜離去的靈柩」。[28]這裡的再現方式也與前述其他小說非常不同，沒有花費篇幅去描寫整個出殯行列如何地「喧鬧」，反而聚焦於喧鬧中香的無聲煙霧，以及「靜靜離去的靈柩」，展現一種異樣的詩意。

這多少與這部小說的通俗文學性質有關，但更重要的是，對於台灣的女性來說，這些台灣傳統習俗儀式爲日常生活的一部分，無法成爲客觀的人類學式觀察的對象。我們可以說，作者辜顏碧霞是站在這些儀式的「內部」來進行觀察與再現。尤其是，她特別著重於傳統習俗儀式「背後」的準備過程與經過（美鳳與妹妹之間的失和），也就是台灣社會當中女性負責處理的部分，更甚於男性主導的儀式「展演」進行的部分。正如小說前半部重頭戲的結婚迎娶、節慶活動書寫，著重於女性們在廚房、後院準備這些喜慶需要的食物之過程，展現出女性特有的再現角度。

然而，身為受過教育的現代女性，美鳳對於台灣傳統習俗並非完全沒有批判。就讀女學校的瑞珠論及傳統結婚習俗不必要的虛榮鋪張，提出合理主義的看法，認為那些中看不中用的嫁妝，不如以現金取代。美鳳回應如下：

> 可是在現代的時代，要依照我們的理想來做是很難的吧！雖然說，硬是要做的話也不是辦不到，但是要一下子推翻具有長久歷史的習慣，比起習慣本身，與其他人之間的協調應該更為困難吧！結果就只是無謂地讓老人家感到悲傷寂寞，我們也跟著痛苦。[29]

與前述喪葬習俗的「眞心」與「形式」問題相似，《流》當中對於傳統習俗流於形式化的批判，並不意味著全盤的否定與推翻，因為這是「具有長久歷史的習慣」，要改變的話只能等

27 同前註，頁一六四；中譯本，頁一五七。
28 同前註，頁一六五；中譯本，頁一五八。
29 同前註，頁六八；中譯本，頁六七。

待世代的交替。尤其是，美鳳特別著重於「與其他人之間的協調」，將在地親族關係置於現代性觀點之上。小說最後，美鳳的公公王醫師過世，兒子敬原原本希望以「新式」的日本方式進行喪葬儀式，同樣在母親的堅決反對下屈服。

然而，就在這兩個大家長的喪禮前後，小說導入了皇民化、志願兵等當時的時代背景，與之前完全只專注於大家庭內部的描寫，呈現很不一樣的角度。父親過世後美鳳回到娘家，眾人籌畫著法事之際，接獲盧溝橋事變發生的號外，大家都異口同聲地表示，早日打敗衰弱的中國，眞正的和平才會來到。完成父親喪禮後，美鳳益加無法忍受婆家的紛爭，某個週日帶著女兒春子到北投鄉下拜訪友人素琴，發現鄉下比都市地區更積極地進行服裝、日語學習與正廳改善等皇民化運動，而且素琴正試圖說服母親讓她到前線當護士。小說最後，王醫師過世之後遺族們馬上進行分家，結束多年來的家庭紛爭，也造成大家族在一夕之間瓦解。美鳳爲了分擔公公墳墓費用及小作料稅金，只好變賣分得的房子，才知道敬原收到志願兵的召集令，馬上就要出發。小說情節的轉折顯示出，辜顏碧霞的《流》後半部隨著男性大家長的過世，傳統大家族也隨之瓦解，取而代之的，是皇民化運動以及中日戰爭下的軍事動員。

截至目前爲止，我們討論的小說都以日本殖民統治及皇民化運動爲時代背景，相較之下，接下來要討論的呂赫若〈財子壽〉[30]（一九四二）顯得相當特別，因爲小說中對於日本殖民統治的提及完全付之闕如，更別說皇民化運動。〈財子壽〉詳細描述一個極度自我中心的富豪周海文，如何以多財、多子、長壽（如小說標題所示）爲人生首要目標，無情對待自己的家人。小說中首先描寫「終日從村落南方傳來太鼓、銅鑼、風笛的聲響」，以聽覺的方式帶出海文母親盛大的喪禮。[31]不同於前述日本人所寫的小說，震耳欲聾的音樂、道士的誦經與遺族的哭號的混合，不再是「怪異的交響樂」、「吵鬧的噪音」，或是「不像樣的事情」，而是促使匆忙趕赴葬禮的村民「胸中湧起一陣溫熱」，更使在場的弔唁者感傷落淚。接著，小說中詳細描述喪禮儀式的最高潮——「耙砂」的儀式：

> 庭院的正中央築有小沙丘，四周鋪著草蓆，遺族穿著粗麻喪服坐著。沙丘插著兩顆蛋作爲眼睛，點著蠟燭，遺族們呑嚥著口水凝視眼前的景象。戴著牛頭與馬面面具的兩位道士，以沙丘爲中心互相叫罵、追趕，他們退場之後，出來一個胸口結著白布的道士，率領著遺族一邊繞著沙丘周圍走，一邊以帶著哀傷氣氛的聲音哭泣著。道士向前走一步停住，哭著用白布擦拭眼淚。遺族也跟著放聲大哭。道士哭著唱的「懷胎十二月」的悲傷內容與

30 呂赫若，〈財子寿〉，《台湾文学》第二卷第二號（一九四二年三月），頁二一—三七；中譯本：呂赫若著，林至潔譯，〈財子壽〉，《呂赫若小說全集：台灣第一才子》（台北：聯合文學，一九九五），頁二二六—六五。

31 同前註，頁二三〇；中譯本，頁二五七。

> 感謝母親養育之恩的哀傷話語，與遺族思慕母親的哭號互相呼應著，帶給觀眾深沉的感動，女性們已經哭腫了雙眼。[32]

在這「充滿戲劇性」（芝居がかった）的儀式當中，就連前來弔唁的村人，也都被賦予實質的「觀衆」（見物の人々）角色，整個喪禮儀式與其說是個人或家族私密的哀悼行爲，毋寧更像是村落共同體演出的社會劇（social drama）。隨著「觀衆」開始融入莊嚴執行的儀式，敘事的時態從過去式轉換爲現在式，舞台上與舞台下的界線隨之溶解，讀者被帶到一個社會展演的現場。然而，這樣充滿戲劇性的演出，正是整個喪禮儀式當中「最誘人熱淚的」。[33]也就是說，〈財子壽〉當中專業葬儀人員、喪家與弔唁者以儀式性行爲共同營造出來的悲傷氛圍，成爲能夠召喚、傳輸共通的自發性情感，進而加以宣洩之場景。

小說接著描述，即使沉浸於深切的哀傷情緒之中，村人不忘仔細觀察遺族的各個成員，好奇地想要知道誰哭得最傷心。出乎他們意料地，住在鄉下的兩個繼子比兩個親生兒子表現更深沉的悲傷。尤其是長子海文，在整個儀式過程中，因爲擔心有人趁機偷竊家中財物，不斷走動於屋內各處，完全沒有穿著麻衣坐在遺族的位置上。不過，有個弔唁者爲他辯護，因爲海文是喪主，需要處理所有大小事，所以才沒有坐在遺族的位置上，也沒有表現悲傷的樣子。其他的村人馬上點頭接受這樣的說法。這個場景裡匿名的村人們在葬儀進行過程中七嘴八舌的討論，再現了在地口傳社會特徵之一的面對面溝通方式。村人交談的內容則顯示出，他們同時以雙重的方式來回應眼前的社會事件：在融入葬儀悲傷氣氛的同時，隨時從悲傷的情緒中跳脫出來，客觀地以社會的眼光觀察儀式的現場。藉由這樣的方式，一般認爲彼此互相對立的身體感覺與社會意義，在〈財子壽〉當中自然地交混滲透，共同強化地區共同體的情感性（身體感覺）與結構性（社會意義）的團結一致。

相較於王昶雄〈奔流〉中在地社會完全被日本勢力所壓倒，〈財子壽〉的小說世界裡卻幾乎無法察覺日本殖民統治的存在。整篇小說中沒有出現日本人，也鮮少觸及社會背景，要不是提到海文的父親是在「領台開始之後」才致富的，[34]讀者根本不會意識到這篇小說是以日本殖民統治時期爲時代背景。雖然小說裡交代，海文刻意與世間隔離，以免有人要來侵占他的利益，不過，海文既然是村裡的大地主，而且還繼承了父親「保正」的頭銜，照理來說很難完全避開與日本人的接觸。基於上述我們可以歸結出，作者呂赫若是刻意排除有關日本殖民統治的記述。他爲什麼要這樣做？從海文母親葬禮的再現即可看出，〈財子壽〉雖然以外來的語言日

32 同前註，頁三〇—三一；中譯本，頁二五七—五八。
33 同前註，頁三〇；中譯本，頁二五七。
34 同前註，頁一〇；中譯本，頁二三四。

文寫成，但作者試圖要「眞實再現」一個完全不受外來人事物介入的在地社會。也就是說，呂赫若竭其所能地消弭所有日本的痕跡，就是爲了要創造一個完全不爲日本殖民統治「污染」的「純粹」台灣在地世界。在喪禮場景中，敘事交織著村人的八卦與民間的迷信，呈現出喪葬儀式的在地知識性結構，也就是在地居民理解他們世界的方式。小說甚至將民間說法（產婦與喪事的對沖）與玉梅的發瘋情節並置，暗示著村人的說法並非只是迷信，而是有事實根據性的。另外，小說中出現的台灣在地語彙相當有限，僅有「阿娘」（アニウ）、海文母親的名字「九舍娘」（キウシヤニウ）、「耙砂」（べエスア）等在地語彙以漢字表記出現，並在旁邊以日文片假名標示閩南語發音，其他的在地語彙悉數被翻譯爲日文，或僅以漢字呈現，沒有特別附加閩南語發音。也就是說，呂赫若雖然沒有大量導入具有異國風味的閩南語語彙到作品中，卻仍然成功創造出一個充分顯現台灣民族色彩的世界，以外來的語言日文成功再現台灣在地的傳統社會。這應該就是〈財子壽〉在一九四三年贏得台灣人律師與政治家陳逸松資助的「台灣文學獎」最主要的原因吧！

三、在地父系系譜與帝國系譜之拮抗

截至目前爲止，本章討論了在台日本人與台灣人知識分子如何在小說創作中，對台灣喪葬儀式中的身體感覺與社會意義，進行不同的詮釋與評價，也看到語言與文化意涵的翻譯，如何在他們的文學再現中發生作用。如果我們進一步留意這些小說在觀察在地喪葬實踐時分別站在什麼樣的「位置」，我們將會發現，它們在評價與翻譯上的差異，很大程度取決於作者游移擺動於台灣與日本這兩個空間「之間」的主體位置（subject position）。庄司總一《陳夫人》書寫、出版於帝都東京，從基督教徒日本女性的特權位置，來翻譯台南望族陳家的生活與人際關係。透過安子的視線再現的阿山出殯行列，從一開始就先入爲主地採取空虛形式與眞實感情的現代式二分法，否認清文等陳家遺族悲傷感情的眞實性。也就是說，《陳夫人》的作者將台灣人被殖民者的喪葬習慣塑造成徒具空虛形式、缺乏眞實感情的落後習俗，據此合理化日本人殖民者進行啓蒙與教化的帝國任務。相較之下，日本人女性作家坂口䙥子的〈鄭家〉在台灣書寫、出版，透過一個受過教育的台灣人女性來觀察鄭朝的出殯行列，承認在地喪葬儀式具有本眞性，甚至還對固有文化遭受外來語言文化取代的被殖民者表示同情。然而，小說最後對於帝國同化的再確認，與小說發表媒介的官方報紙《台灣時報》的戰時宣傳互相呼應，將小說前半部承認、同情的種族與文化差異，消弭於無所不包的日本帝國一統言論當中。

台灣人作家王昶雄的〈奔流〉與呂赫若的〈財子壽〉，都刊載於楊逵爲了與西川滿主導的《文藝台灣》相抗衡而創刊的《台灣文學》雜誌。〈奔流〉當中積極獻身於皇民化的台灣人伊東春生，取材於作者夫人繪畫老師的眞實人物。[35]然而，小說當中台灣人對於帝國皇民化之自發性協力，不斷受到敘事者腦海中揮之不去的伊東父親葬禮景象所干擾。辜顏碧霞的《流》前半部完全從一個台灣女性的觀看角度，描寫台灣傳統社會「私領域」的糾葛與紛爭，到了後半部才開始思考台灣女性如何走出無謂的家庭紛爭，積極因應皇民化、志願兵等社會狀況。呂赫若的〈財子壽〉則完全執著於在地社會與文化，將視野限制在一個自我完結、完全不受外界干涉的台灣在地家庭，排除外在的殖民統治現實。小說中的喪葬儀式透過匿名的村人弔唁者進行觀察，成爲同時具有自然流露的感情與約定俗成的社會意義，藉此體現台灣特有的民族文化。事實上，除了〈財子壽〉之外，在一九四二至一九四三年的兩年之間，呂赫若接連發表了一系列日文短篇小說，包含〈風水〉（一九四二）、〈合家平安〉（一九四三）、〈柘榴〉（一九四三）等，小說的情節均取材、聚焦於做爲台灣在地社會制度基礎的父系制度與思維，幾近徹底地排除日本殖民統治的存在。在我們性急地將這些作品貼上逃避政治或政治冷感的標籤之前，必須先留意到，事實上這些作品是以間接的方式，呼應著它們被生產出來的時代背景，也就是皇民化與中日戰爭。

日本在殖民地台灣推行的皇民化運動，除了推廣日文的使用、參拜神社之外，還包含改日本姓氏、以日本神道的大麻神取代祖先牌位與在地神明的「正廳改善」等。皇民化運動的目的在於塑造爲天皇效忠的日本「皇民」，不過若我們仔細觀察其採取的手段，可以發現到，不管是改姓名或以大麻神替代祖先牌位，都試圖以對天皇的絕對服從與效忠，來取代支配台灣在地漢人社會與生活的家族系譜（具體呈現在氏族制度與祖先崇拜）。若放在日本「家族國家」觀念與制度（詳見本書第四章）的脈絡底下，更能顯示皇民化運動試圖以天皇的擬制父系，來取代漢人社會中具有絕對權威與重要性的在地父權。乍看之下，呂赫若一連串的台灣風俗小說中台灣人主角或共同體所強烈執著的父系系譜傳承，與皇民化宣傳的日本天皇及其臣民之間的擬父系關係之間，似乎有著很大的距離。但事實上，它們都體現了一種建構系譜的欲望，希冀藉由集體認同的建構，賦予個人稍縱即逝的有限生命無限的意義。

回到小說文本，日本人作家的作品充分顯示在地父系傳統與帝國系譜之間的緊張關係。在庄司總一的《陳夫人》當中，不僅身染鴉片癮的大家長阿山，連留日歸來後不適應台灣社會的兒子清文，也都以等待日本文明救贖的在地家父長姿態出現，因爲他們無法自行從血液中的「不良」中國傳統掙脫。[36]換句話說，基因遺傳的缺陷，甚至比日本殖民者對在地男性的去勢更折磨他們。至於坂口䙥子的〈鄭家〉，從第一代鄭朝日本化的可笑失敗，到第二代樹虹接受日

35 莊紫蓉，〈淡水河畔的美麗漣漪——王昶雄專訪〉，《面對作家：台灣文學家訪談錄（一）》（台北：財團法人吳三連臺灣史料基金會，二〇〇七），頁五一。

36 這一點在我的另外一篇文章有詳細討論。請參照朱惠足，〈帝國下的漢人家族再現〉，頁一六四—六八。

本高等教育，再到第三代樹一郎的日本血統，整篇小說見證了被殖民者如何透過世代的進化過程，漸進地邁向「文明人」，最終達成皇民化的終極目標——「自然地」融合於日本帝國之中。

相對地，台灣人作家的〈奔流〉、《流》與〈財子壽〉則以相當不同的角度，來呈現在地文化與帝國文化之間的權力拉鋸關係。在〈奔流〉當中，伊東的父親從來沒有現身，占據小說大量篇幅的反倒是伊東與他的日本人太太、岳母之家庭生活，血緣的關係與倫理，完全為異族姻親關係所取代。這樣的家庭劇碼也寓示了，台灣傳統家庭關係受到戰時下的皇民化之強力破壞。更進一步地，伊東及敘事者洪醫生夾於皇民化與台灣根源之間的苦痛，在順利統合兩者的林柏年身上獲得消解。柏年榮獲劍道比賽冠軍是在紀元節，也就是日本傳說中第一位天皇即位的紀念日，小說中藉此將熱血沸騰的台灣青年之身體，連結到日本帝國的系譜之中。如果我們對照小說書寫與出版的一九四二至一九四三年之間，台灣開始施行「志願兵」制度的歷史背景來看，柏年透過自己的身體來實踐皇民化的設定，更加具有象徵意義。皇民化的終極目的在於創造忠誠的帝國主體，以在迫近的中日戰爭中為了日本帝國而與中國人打仗，也就是為了之後的志願兵與徵兵制度做準備。就這樣，皇民化「生為日本人」的要求，連結到志願兵與徵兵「死為日本人」的義務；既然父系系譜已在皇民化過程中為帝國系譜取代，被殖民者進一步被要求在戰爭中貢獻他們的生命給永無止盡的帝國，以重獲生命的意義。〈奔流〉的台灣人作者與敘事者原本希望以身體力行而非空泛理論促成台灣根源與日本精神的統合，以解除台灣年輕人在殖民地文化統合下的分裂。然而，像柏年這樣的台灣青年學子，很快地將會接到召集令（雖然小說中沒有提到後來的發展），要求他做爲忠誠的帝國子民，爲日本天皇殉死。

在辜顏碧霞的《流》當中，美鳳婆家與娘家兩位男性家長的逝去，與皇民化、志願兵等歷史背景的導入互相平行。事實上，在盧溝橋事變發生的情節之前，已經藉由敬原與當警察的嚴君之間的對話，從中國的分家習慣來批判其缺乏團結精神，進而主張日本長男繼承制度的優越性。敬原表示中國分家的習慣，造成兄弟之間無法團結，財產無法累積。嚴君呼應敬原的談話，表示中國是因爲「缺乏團結的精神、利己主義、一夫多妻制。我現在深切感謝自己身爲日本國民，我們必須成爲堂堂正正的日本國民才行」。[37]透過這樣的方式，《流》當中台灣漢人「一夫多妻制」的中國傳統造成的種種悲劇，成爲中國與日本「民族性」優劣的有力例證，進而在小說結局，以大家族的分崩離散與年輕一代的台灣人到前線當護士或志願兵的情節發展，完成帝國系譜取代在地父系系譜的過程。

在〈財子壽〉等呂赫若一系列的台灣風俗小說中，戰時下對在地家父長秩序造成強大威脅的帝國系譜完全被抹除，彷彿日本人殖民者根本不存在一樣，台灣人被殖民者只關心如何透過小說中描繪的喪葬、風水、螟蛉子等台灣在地習俗，存續他們的父系系譜。我們可以說，〈財

37 呂赫若，〈財子寿〉，頁一一八；中譯本：呂赫若，《財子壽》，頁一一三。

子壽〉對抗式地提出一個閉鎖的台灣人家庭生活世界，一個完全不受皇民化及人爲的、外來的帝國系譜影響的世界。因此，小說中對於歷史與社會背景之刻意消弭，與其說是逃避政治壓迫，不如說是一種激進主義，抵抗皇民化的暴走，提出異議的在地認同與主張。

透過以上的討論，我們可以看到在這些小說當中，在地父系傳統與帝國系譜隱晦地交疊拉鋸，透過皇民化運動，前者逐漸爲天皇的絕對力量置換之過程。基於以上考察，我們似乎可以歸結出，作者的民族及小說的生產場所，決定了這些小說中進行觀察的主體位置，使其大致落在「台灣」與「日本」、「在地文化」與「帝國意識形態」兩極之間的某處。然而，這樣的推論明顯預設種族與文化差異的本質性，因而忽略了這些文學作品實際上生產於同一個殖民地的時間與空間之下。以下，我將著重於這些文學作品及其評論的共時性，進一步探討日本人與台灣人如何做爲殖民地主體，同時被籠罩在中日戰爭下異民族軍事動員的網絡中。

四、帝國知識網絡下的台灣民族性建構

《陳夫人》第一部出版之後，許多評論者在呼應小說的基督教基調（與作者的宗教背景相關）及帝國意識形態（應爲這部作品獲得大東亞文學獎的主因）的同時，特別讚賞庄司總一身爲日本人，卻能跨越民族與文化的鴻溝，深入描寫台灣在地家庭與台灣人的心理。小說中透過

日本人媳婦安子這個角色，進行參與式觀察再現台灣文化，尤其被讚賞為賦予小說可信性的巧妙技法。譬如在台日本人作家濱田隼雄就在一篇書評中表示，《陳夫人》這部小說的寫實性來自於作者「深入處理與內地人密切相關的本島人的生活層面」，透過安子的觀察，「捕捉內地人心裡所反映出來的本島人的心理」。[38]相對地，台灣人評論者雖也讚賞庄司總一深入取材台灣人家庭的勇氣，但他們不像日本人評論者一樣無條件接受小說中對台灣人家庭的描寫，而是鉅細靡遺地檢視小說中所有的台灣民俗再現。

以陳紹馨發表於《民俗台灣》雜誌的書評為例，他在肯定《陳夫人》成就的同時，也指出小說中對台灣不正確的描寫。他表示，在文明化與工業化的影響下，日本統治台灣初期象徵台灣的「生蕃、毒蛇與百萬富翁」已經大為減少，所以小說中安排這些人事物出現，不過是沿襲一般日本人對台灣的錯誤認知，並沒有反映台灣的現實狀況。在同樣的論述脈絡下，對於日本人作家而言，像清文這種台灣菁英的故事較容易駕馭，然而，這些菁英分子的故事與一般台灣人的生活實況有很大出入，屬於「過去的殘存」，就像是「外國的童話」一般。[39]此外，巫永

38 濱田隼雄，〈庄司総一氏の《陳夫人》について〉，《台湾時報》二五七號（一九四一年五月），頁七六。

39 陳紹馨，〈小說《陳夫人》に現れたる台湾民俗〉，《民俗台湾》創刊號（一九四一年七月），頁六一八。不過，小說中出現的原住民為平埔族「熟番」。陳紹馨為台灣的社會學者先驅，當時亦參與《民俗台灣》編輯事務。一九四二年成為台北帝國大學土俗人類研究室助手，並受聘為歷史系教授，擔任民族學研究室的負責人，並主持南方文化研究會。戰後的

福也以田子浩的筆名發表一篇篇幅頗長的評論，一一指出小說中關於專有名詞與稱呼、習俗、心理、家庭生活的倫理性等四個方面「不眞實」的敘述。[40]在《陳夫人》一九四四年的改訂版（亦爲我使用的版本）當中，這些遭受攻擊的點悉數受到更正或刪除。庄司總一對於台灣人評論者意見的無條件接受，顯示出在判斷日本人的台灣再現是否適當、正確時，來自台灣人的批評與評論被視爲一種權威。

然而，兩位台灣人評論者陳紹馨與巫永福雖然抨擊日本人以偏狹的角度再現台灣，但他們自己也對台灣的社會與文化採取本質主義式的定義，牴觸了他們自己提出的主張——台灣已經因爲殖民現代性的導入而歷經激烈的變化。譬如陳紹馨批判《陳夫人》將台灣人描寫爲喧鬧的群衆，完全不懂得寧靜的意義（這段敘述在改訂版受到刪除）。然而，他卻呼應作者對於台灣民俗的負面看法，認爲民間療法爲迷信，傳統節慶儀式過於繁複沒必要。此外，他雖然在書評後半部提及，不同民族的習俗不過是特異的文化表現，卻又將台灣的「陋習」解釋爲中國長久歷史發展過程中文化的「衰退」所致。同時，台灣人評論者自身對於日本殖民統治對台灣社會的影響，也展現曖昧不定的評價。以陳紹馨爲例，他批評《陳夫人》的作者一方面抨擊台灣社會傳統的一夫多妻制，一方面卻對日本人殖民者引進現代賣春制度到台灣的歷史隻字不提。然而，陳紹馨自身也呼應「內台共婚」的口號，將清文與安子之間的內台共婚視爲日台殖民關係之寓言，未來將成爲「新東亞秩序」的基礎。[41]也就是說，台灣人評論者一方面批判《陳夫人》

的自我民族中心式再現，另一方面卻又呼應殖民者對台灣民族性的本質主義式概念，指出台灣人落後的「支那」民族與文化，必須透過日本民族的同化才能獲得改善。

有趣的是，〈財子壽〉的作者呂赫若也發表了一篇《陳夫人》的評論。評論開頭首先提到《陳夫人》出版後，身在東京的他遍尋不得，最後是在觀看《陳夫人》戲劇公演後，在公演現場終於買到小說，回家後迫不及待地一口氣看完，寫了這一篇書評兼戲評。呂赫若跟其他評論者一樣，基本上肯定日本人作者深入描寫台灣人家庭的成就，也很欣賞安子這個日本人媳婦的角色，認爲清文的苦惱獲得成功的呈現。然而，他不滿於作者筆下的老人（阿山）與女性（安子的婆婆與妯娌）角色，認爲這些與外界社會缺乏接觸的角色，無法鮮活於紙上。[42]另外，他還批評日本人作者將台灣視爲滿足好奇心的對象。[43]誠如垂水千惠所言，呂赫若的〈財子壽〉等以台灣風俗爲題材的一連串小說，可視爲他對《陳夫人》的日本人作者提出的「挑戰書」，

一九六〇年創設國立台灣大學社會系。

40 田子浩，〈陳夫人について〉，《台湾文学》創刊號（一九四一年五月），頁九二—一〇五。

41 陳紹馨，〈小説《陳夫人》に現れたる台湾民俗〉，頁五—六。

42 呂赫若，〈《陳夫人》の公演（四）〉，《興南新聞》三七〇九號（一九四一年五月二十三日，六版）。此份資料感謝琉球大學星名宏修教授的賜教。

43 呂赫若，〈《陳夫人》の公演（六）〉，《興南新聞》三七一一號（一九四一年五月二十五日，六版）。

刻意「描繪與紀錄日本人視線無法所及的台灣」。[44]因此，我們不能將〈財子壽〉視為台灣作家對於自身民族本真、直接的再現，並且認為它與日本人的作品相對立。〈財子壽〉當中透過儀禮行為、共通情感與民間信仰的交織，展示出來的台灣習俗與文化，事實上與日本人充滿自我民族中心與帝國意識形態的台灣再現一樣，都是在帝國論述的網絡中建構出來的人為文化產物。

坂口䙥子的〈鄭家〉同樣也獲得日本人與台灣人讀者的廣大迴響。《民俗台灣》的中心人物池田敏雄以女性筆名黃氏瓊華在《民俗台灣》上發表了一篇短評。[45]池田將〈鄭家〉與《陳夫人》進行比較，認為後者很認真地描寫台灣的「實際生活」（実生活），相較之下，〈鄭家〉當中引用的台灣在地習俗，「很多來自於書籍上的知識，很大部分沒有經過徹底消化，使得這些知識與實際生活不一致，為美中不足的地方」。[46]池田敏雄在這裡指稱的「書籍」，首先是小說中從曾景來《台灣的宗教與迷信陋習》一書，擷取「有應公」信仰的記述。[47]這段長達兩頁的引用出現在鄭朝生病後，他太太向有應公祈求丈夫痊癒的情節之後，主要介紹「有應公」祭祀的起源。小說作者似乎認同曾景來將台灣的民間宗教視為一種迷信，因為緊接著這段引文，馬上宣告鄭朝的死去，暗示著有應公信仰沒有發揮效力。另外，前面我們提到鄭朝的遺孀以孟姜女故事來呼應其喪夫之痛，這個中國民間故事同樣取材於曾景來的上述著作，只不過，將敘事形態改為鄭朝遺孀對孫女的口述。另外，〈鄭家〉開頭對於鄭朝出殯行列的描寫，則從鈴木清一郎的《台灣舊慣：婚喪喜慶與年中節慶》中引用了豬羊、開路神等專有名詞的閩南語發音與解釋。[48]這本台灣漢人民俗研究專書出版於一九三四年，時值日本已完成武力掃蕩，將要進行文化同化的階段。作者鈴木清一郎身爲日本警察兼翻譯，在工作上有機會與被殖民者進行近距離接觸，他在序文中表示，寫這本書的目的在於「協助殖民統治及其他相關事業，推動日台同化，掃除迷信陋習」。[49]這本書不但奠基於作者自身的田野調查，還參酌了台灣宗教與民俗的既有研究，成爲〈鄭家〉等文藝文本的參考資料。[50]

44 垂水千恵，〈《台湾文学》時代の文学活動（一九四二—一九四三）〉，《呂赫若研究：一九四三年の分析を中心として》（東京：風間書房，二〇〇二），頁二一八—一一九。

45 根據池田麻奈的說法，池田敏雄刻意使用女性筆名在《民俗台灣》發表文章，以製造出這份雜誌的參與者不限於男性知識分子之印象。池田麻奈，〈《民俗台湾》執筆者別作品一覧〉，《民俗台湾》索引（台北：南天，一九九八），頁四〇。

46 黃氏瓊華，〈《鄭一家》を読む〉，《民俗台湾》一卷五號（一九四一年十一月），頁三三。

47 曾景來，《台湾宗教と迷信陋習》（台北：台灣宗教研究會，一九三八）。

48 鈴木清一郎，《台湾旧慣—冠婚葬祭と年中行事》（台灣：台灣日日新報社，一九三四），頁二四一。

49 同前註，頁六—七。

50 對台灣漢人民俗有系統的研究，起源於日本殖民統治時期，這些以日文進行調查與書寫的民俗研究，配合各個歷史階段的需要，爲日本的殖民統治服務。詳見池田敏雄在戰後發表的回顧性文章，〈植民地下台湾の民俗雑誌〉，《台湾近現代史研究》第四卷（一九八二年十月），頁一二一—三四。池田敏雄在文中強調，《民俗台灣》不同於之前具有強烈偏見與政治意圖的民俗研究雜誌，具有獨特的學術價值與文化意義。

我提到〈鄭家〉對於既有台灣民俗研究日文文獻的援用，不是要指出日本人作者坂口䙥子的知識有限，也不是主張虛構的小說與「實際生活」互相對應，而是想要點出，在日本統治時期不同領域的殖民地文本如何彼此互相呼應，以達到帝國的自我權威化（self-authorization）。如前所述，部分《陳夫人》、〈鄭家〉的小說書評出現在民俗研究領域的《民俗台灣》雜誌，在評論當中，問題的焦點多集中在小說中日本人殖民者對台灣習俗的民族誌書寫，而不在於小說的技巧等虛構成分。綜合以上的討論，《陳夫人》與〈鄭家〉的生產與評價過程中，跨文化、跨領域的文本之間的互動，顯示出「台灣民族性」如何在帝國知識結構的複雜網絡之中被「創造」，在其中，殖民地現實、論述建構，以及新成立的學科彼此相輔相成，共同呼應戰時下的意識形態。

另一方面，台灣人作家的〈奔流〉、《流》與〈財子壽〉等作品，也生產於同一帝國知識結構網絡當中。以《流》爲例，小說最前面田淵武吉的序文寫道，這本小說不但是「台灣皇民運動很好的資料」，也是「比任何研究調查都要來得生動的、富有溫情的台灣風俗史」，透過閱讀這本書，「台灣人因而能夠找出置身當下時局的自己的道路，早日與皇國的大本流合流，內地人因而能了解台灣，共同協力邁向內台一如的大東亞共榮圈建設，爲更大、更好的國家奉獻一份心力」。[51]日本人序者一方面肯定小說中的台灣民俗書寫勝於「任何研究調查」，一方面將這些民俗再現與皇民化、大東亞共榮圈等帝國意識形態進行直接的連結。本書在半個世紀後以中譯本重新問世時，譯者邱振瑞反對田淵武吉序文中《流》是「台灣皇民運動很好的資料」之說法，認爲它「反倒像一部台灣風俗史，一部在漩流中離散的家族史」。[52]然而，小說中從台灣大家庭內部的紛爭到中日戰爭、皇民化運動、志願兵的焦點轉變，以及將家庭紛爭起源的三妻四妾與分家制度連結到中國低劣的「民族性」，讓我們很難否定占據小說大半篇幅的純粹台灣大家庭與民俗書寫，都是爲了導向皇民化與帝國系譜的終極目標。也就是說，不管是傾向於日本的〈奔流〉、從台灣傳統書寫轉至皇民化與戰爭意識形態的《流》，甚至具有強烈在地色彩的〈財子壽〉，它們對於台灣喪葬儀式的再現，都是普拉特（Mary Louise Pratt）所謂的「自我民族誌表現」（auto-ethnographic expression），也就是殖民者「呼應或與帝國大都會的表現進行對話之下，所建構出來的」。[53]與它們所支持或抵抗的帝國意識形態一樣，這些小說文本本身，也是

---

51 田淵武吉，〈序〉，收入辜顏碧霞，《ながれ》（台北：原生林社，一九四三），頁三。

52 邱振瑞，〈在漩流中離散的家族史——小說《流》譯後記〉，收入辜顏碧霞著，邱振瑞譯，《流》（台北：草根，一九九九），頁一八七。另外，〈奔流〉作者王昶雄爲這本書寫的後序也沒有提到皇民化運動、中日戰爭等相關描寫，只專注於小說做爲女性書寫的意義。

53 Mary Louise Pratt, "Introduction," *Imperial Eyes: Travel Writing and Transculturation* (London; New York: Routledge, 1992), p. 7. 除了「自我民族誌表現」外，這本專書當中提出的另外兩個概念「接觸領域」（contact zone，殖民地接觸之場域）以及「反征服」（anti-conquest，歐洲殖民者故作無辜的策略），對於本章的相關討論也有很大助益。

歷經被殖民者折射後的殖民者想像之虛構產物。

結語：透明再現之不可能性

除了做爲帝國知識網絡下的建構物，〈財子壽〉歷經多重媒介的性質，由它生產於台灣「半識字」（semi-literate）移墾社會之背景，也可見一斑。在當時的台灣漢人社會當中，部分地主家庭子弟透過私塾教育習得傳統漢文，但是占台灣大多數人口的農民均爲文盲，使得台灣的社會文化具有濃厚的口傳性質。從閩南移植到台灣的漢人儀禮與習俗之生活與文化實踐，因而在很大成分上仰賴世代間的傳承，也就是人類學者顧迪（Jack Goody）所謂「參與儀式並與耆老討論」所得的知識，[54]以傳統漢文書寫記載相關儀式程序的書籍，只有少數士紳階級與儀禮執行者（譬如道士）有能力閱讀。從當時台灣社會語言與文字交錯的狀況來看，〈財子壽〉對台灣在地社會之再現，雖然看起來好像是透明而不經任何媒介的，但其實已經經歷了不同語言與物質的媒介轉換——從口傳傳統的原始材料到書寫文字，從閩南語（聲音）及漢文（文字）到日文，世代集體創作下產生的庶民口傳敘事，透過多重的翻譯實踐，被轉化爲日本帝國的語言以及現代小說的形式。也就是說，作者呂赫若在從「原文」（喪葬儀式）抵達〈財子壽〉這樣一個日文文本之前，歷經了漫長路徑與多重翻譯程序，從這個角度來看，〈財子壽〉的本眞性並不像表面上看來那麼絕對。

那麼，如果是漢文的台灣喪葬習俗小說呢？與日文相較，與閩南語系譜相近的漢文是否可簡略上述多重的翻譯過程，而使得文本具有不經媒介的透明性與原創性？在皇民化時期，由於總督府禁止報章雜誌的漢文欄，除了少數漏網之魚，並沒有漢文的文本公開出現。即使回溯到一九三七年皇民化運動以前，台灣以漢文書寫的小說作品也鮮少針對死亡儀式相關題材提出詳細的敘述。相關文本的稀少，除了因爲缺乏必要性（漢文讀者均熟知這些儀式的進行程序與文化意涵），主要是因爲「死亡」這個話題在漢人社會是個禁忌。其中一個少見的例子，是終生拒絕以日文創作的朱點人之漢文短篇小說〈安息之日〉。[55]小說的主角李大粒與〈財子壽〉的周海文相當類似，是個貪得無饜且無情的人。不過，比周海文好的是，他在臨死之前，對於自己執著於累積財富、無情對待親兄弟及鎮民，進行一番懺悔。

李大粒的喪禮描寫可分爲兩個部分。第一部分以精簡文字介紹出殯行列：「出殯的行列出發了，但出乎人們的意外，質素地莊嚴地爲頭的是些五色旗幡，其次就是些花環、花桶

---

54 Jack Goody, "Alternative Paths to Knowledge in Oral and Literate Cultures," *The Interface between the Written and the Oral* (Cambridge; New York: Cambridge University Press, 1987), p. 157. 在這個章節當中，作者討論口傳社會與文字社會獲取知識的不同模式。

55 朱點人，〈安息之日〉，《台灣文藝》二卷七號（一九三五年七月），頁一四五—五四。

……」。[56]敘事隨即將焦點轉向鎮上的人，轉述他們如何批評這個出殯行列的寒酸，所有發表言論的鎮民都以匿名出現，只有一個曾經遭受李大粒欺凌的寡婦阿呆嫂具名出現。所有出殯道具的專有名詞都沒有附上解釋，甚至連以漢字直接表現閩南語發音的「大鼓吹」也是如此。這樣的做法並不讓人意外，因爲這篇漢文小說設想的讀者爲台灣人，對他們來說，註解或詳細的說明顯得冗長而不必要。故事的第二部分敘述出殯進行途中，死者的雙手突然從簡陋的棺木兩側垂下，驚嚇了在路旁觀禮閒聊的鎮人。這段詭異的情節究竟代表什麼意義，在小說中完全沒有提供相關線索。緊接著這段情節，小說描述出殯行列當中出現「生不帶來」、「死不帶去」的白色輓聯，然後便劃上尾聲。

漢文小說〈安息之日〉缺乏民族誌的動機與需求，使得小說中的喪禮成爲一個速寫式的再現，沒有任何日本人基於自我民族中心進行的觀察、價值判斷或是翻譯作用於其中。雖然如此，小說當中的喪禮場景仍然不能視爲民俗實踐的無色透明如實再現——因爲它充斥著傳統道德式的說教意味。出殯場景的第一部分反映出，台灣社會慣於將死亡儀禮視爲個人生前財富與成就的最後展示。小說的第二部分，則透過那令人毛骨悚然的事件，替對李大粒心存不滿的鎮民出了一口氣。死人從棺木垂下的雙手（象徵李貪得無饜的欲望），以及白色輓聯上的一對成語（訓誡人們不該貪婪），就已充分顯示出這篇故事的道德教訓，不需要另外對讀者說教。在這個例子當中，不管是個人內心的感情或是外在的文化意義，都不如道德說教的意義來得重大。除此之外，這篇小說還是歷經了將口傳傳統轉化爲標準白話文書寫文字的程序，賦予民俗世界「現代」形式。綜而觀之，看似倖免於翻譯程序的漢文小說〈安息之日〉顯示出，一旦將社會實踐轉化爲文字文本，就不可能達成完全沒有媒介的透明再現。

在結束這篇文章之前，有必要再回到本章開頭提到的《民俗台灣》雜誌。根據一份創刊前的宣傳文章，對於台灣漢人的「弊風陋習」的記錄與學習，有助於理解日本正在擴展勢力的南中國與南洋之中國人，因此對帝國有所貢獻。[57]。雖然《民俗台灣》雜誌的參與者在戰後宣稱，當時是爲了躲避嚴格的檢查制度，不得已才在雜誌中呼應戰時口號。但是，從創刊前文宣裡的自我定位，可以看到《民俗台灣》的日本人發起者雖不時抗議總督府強制日本文化，但還是間接共有了官方的日本人種族與文化優越論，從「現代」與「日本」的角度，將台灣漢人傳統生活實踐視爲「弊風陋習」。這樣的觀看角度與位置，同時也爲《民俗台灣》的台灣人支持者或參與者所共有。

由本章的討論可知，殖民地台灣的日本人與台灣人作家並沒有像前述格魯特一樣，將漢人

56 同前註，頁一五四。

57 收入〈《民俗台湾》発刊に際して〉，《民俗台湾》第一卷第二號。

喪葬習俗的儀式性展演，貶抑為「野蠻生活的殘存」（remnants of savage life），[58]而是生產出多樣性的文化再現與翻譯。在殖民與後殖民論述當中，空虛的形式／本真的感情這樣的現代二元對立與啓蒙、文明化論述相結合，被挪用來主張殖民者的人種與文化優越性。我們不能無批判地沿襲這樣的二元對立，而是應該留意曖昧的殖民地主體位置搖擺游移於殖民者同化主義與被殖民者的抵抗之間、帝國教義與在地感性之間的過程，釐清隨著觀察者距離而微妙變化的翻譯政治學之作用方式。[59]具體而言，透過這些民俗再現，我們可以看到身體感覺與帝國意識形態在帝國的知識結構網絡、本眞性論述當中，彼此交會協商，成為混淆主體位置的跨文化、跨領域實踐之過程。在這當中，人類學式的行為（將他者的文化翻譯為我們可以理解的知識體系）、民俗的文本化（將口頭展演記錄為書寫文本），以及皇民化（以帝國的意志與意識形態重寫民衆的日常生活實踐）等，以種種形式互相起作用。

殖民地台灣小說的民俗書寫對於在地情感的再現，橫跨戰時下殖民地台灣的種種文化領域，牽涉到具有多樣問題性的主體位置，呈現與現代性論述糾葛的殖民地文化再現問題。就在日本人與台灣人這兩種殖民地主體對於在地的哀悼表現感到奇怪（feeling strange about）、疏離（feeling estranged from），或是同情（feeling along with）、共感（feeling into）的過程當中，自我／他者、自然／文化、同化／抵抗、眞實／虛構、普世性／特殊性等二元對立不斷重新排列組合，各自建構出回應帝國召喚的台灣民族性。然而，在日本人或台灣人的本質主義式民族建構的背後，仍然可以辨識出喪葬儀式等在地情感的儀式性展演，與帝國殖民統治下的種族、現代性、文明化等論述，以種種方式彼此交纏、互相協商的文化交混與現代性形構之痕跡。

58 J. J. M. de Groot, *The Religious System of China*, vol. 1, p. 260.

59 Elizabeth Hallam and Brian V. Street, "Introduction," in *Cultural Encounters: Representing "Otherness"*, ed. Elizabeth Hallam and Brian V. Street (London; New York: Routledge, 2000), p. 4.

終章 做為「移植」與「翻譯」的現代性

回顧本書序章的討論，現代事物在殖民地台灣的導入、萌芽、發展與轉折，具體因應著不同歷史階段下，西方及鄰近東亞各國的帝國主義、殖民主義與國族主義之發展。其中尤以中國國族主義與日本帝國主義、殖民主義影響最大，舉凡西方的物質、制度、思想與文化，多以中國及日本兩國爲媒介間接引進台灣。也就是說，爲了殖民統治與經濟榨取的目的，現代物質、制度與文化被移植到殖民地，受到在地文化的接受、流用、抗衡與混合而「在地化」，生產出「殖民現代性」。在這過程當中，跨越複數空間的物質、制度與文化不只是搬運現代到殖民地的媒介或工具，它們本身就是建構殖民現代性的要素。

本書各章試圖將殖民地台灣的小說文本，視爲現代物質、文學語言、前殖民與殖民文化互相交涉的場域，以探討在不同空間、人種、語言及認同的衝擊混合下產生的台灣「殖民現代性」之重層性與多義性。具體而言，分別透過現代小說、鐵路的文學再現、帝國下的雙向空間移動、在地口傳與喪葬習俗的小說書寫等主題，探討台灣的殖民現代性如何做爲文學形式、物質、跨國移動、在地口傳與民俗實踐的文字化等歷史過程，透過多重的移植與翻譯，生產出具有「間隙」性質的主體位置。各章的討論顯示出，台灣人與日本人知識分子分別以何種方式跨越日本／中國、世界／台灣、聲音／文字、旅行／居住、知識分子／庶民、情感／社會形式、國族／帝國等既有二元對立，進行種種文化再現與翻譯的實踐，生產出多重混雜的殖民地主體與殖民現代性。

從本書的討論可知，在台灣殖民現代性的形構過程當中，「移植」與「翻譯」這兩個動作扮演了相當重要的角色。在我們的討論脈絡中，「移植」指的是日本殖民者爲了異民族殖民統治的需求，將西方的物質、制度、思想與文化，搬運到具有不同種族、語言與文化的台灣社會，使這些外來的事物在殖民地植根，成爲在地社會的一部分。這些被「移植」到台灣的外來事物，首先必須經過翻譯的程序，轉化爲在地種族所能理解、接受的語言與文化，這樣的「翻譯」過程同時包含字義的「語言學上的翻譯」（將外國語彙轉化爲相當的本地語彙），以及廣義的文化人類學意涵的「文化翻譯」（將不同種族的文化邏輯與實踐，轉換成自我種族可以理解的文化系統）。值得注意的是，不管是「移植」或「翻譯」，在進行過程中都不是單向或單義的，而是具有多重的方向與意義，並緊密關係到相關民族國家之間的權力關係。西方現代事物既然歷經中日兩國的中介，其實已經在兩國各自的現代化過程當中，與在地文化接觸並折衝，產生性質上的變化，並且在同爲漢字文化圈的兩國現代化過程的交會當中，產生複雜的交混。[1]這些歷經中日演繹過後的現代事物，輾轉引進台灣之後，歷經再一次的異文化接觸、折

1 十九世紀清朝和明治日本進行西洋現代術語的漢語翻譯時，透過英華字典、英和字典及其他洋學書之間漢語譯詞的借用、改造及回流，進行雙向的譯詞借用。日本借用中國譯詞的例子參照湯淺茂雄，〈明治期の専門用語と漢字〉，收入佐藤喜代治編，《近代日本語と漢字》（東京：明治書院，一九八九），頁二九六－三二六。中國借用日本的譯詞、日本改造過的英華字典譯詞回流中國的例子參照沈國威，《近代日中語彙交流史－新漢語の生成と受容》（東京：笠間書院，一

衝與交混過程。透過這樣的過程，「外在於資本主義現代性本質任何可能定義的諸發展與諸力量，不斷使其所協助建構的現代性產生轉向、改道、突變與多樣化的現象，消除該現代性所有的基本原則、特有力學與單一歷史」。[2]

那麼，台灣在中日兩國的間隙中輾轉接受西方現代物質、制度、思想與文化之移植，進行現代性形構的過程當中，發生了什麼樣獨特的文化翻譯現象？也就是說，從前殖民地時期的移墾社會，到日本殖民統治時期，甚至到現在，台灣做爲一個混雜多樣種族、語言與文化的「非國家」島嶼，其現代性的「移植」與「翻譯」有什麼樣的特殊性質？在本書的最後，我嘗試將本書各章對於異民族與異文化接觸、殖民地與帝國主體的建構，以及兩者交織下殖民現代性生成過程的討論，放置在後殖民文化翻譯理論與歷史研究的脈絡中，以思考台灣殖民現代性形構的特殊性質，進而延伸到台灣在主體性與後殖民論述的可能性等相關問題。

印度裔學者尼南賈納（Tejaswini Niranjana）基於博士論文的專書《定位翻譯：歷史、後解構主義與殖民地脈絡》（*Siting Translation: History, Post-structuralism, and the Colonial Context*），[3]借用阿圖塞（Louis Althusser）的用語「召喚」（interpellation），說明英國人如何加諸孩子氣的、女性的、不理性的、神祕的等低劣形象於印度人被殖民者身上，讓他們相信那就是眞正的自己，進而建構英國人自身做爲殖民者的自我認同。這樣的「主體化／客體化」過程，連結到從「前現代」到「現代」的文明化使命，合理化殖民統治中的暴力行爲。因此，尼南賈納主張，在建構後殖民主體時，最重要的就是要重新尋回自己眞正的名字，也就是眞正的主體性。

然而，從本書的討論中，我們可以看到日本人與台灣人知識分子的殖民地主體與現代性形構的過程，呈現更複雜的面貌。首先，日本人與台灣不但在人種上均爲黃種人（蒙古利亞人種），在文化上也同屬漢文化圈。本書各章的討論呈現出，漢人的民族與文化特質，在不同的歷史階段，由不同殖民或帝國主體分別進行策略性操作。殖民統治初期，日本人殖民者一方面以日台之間的「同文同種」來籠絡傳統士紳階級，一方面將漢人民族與文化貶抑爲「前現代」、「落後」、「低劣」，以合理化日本挾現代化工程進行的異民族殖民統治。面臨日本文化以「文明」之名的強勢入侵，台灣人被殖民者則試圖以漢人民族與文化的歷史悠久與優越性，來

九九四）。中國借用日本譯詞的例子當中，有些是日本在七世紀從中國古典借用的漢字語彙於十九世紀「回流」到中國（時而帶著新的涵義）。參照Lydia H. Liu, Appendix D. "Return Graphic Loans: *Kanji* Terms Derived from Classical Chinese," *Translingual Practice*, pp. 302-42。

2 Timothy Mitchel, "The Stage of Modernity," in *Questions of Modernity*, ed. Timothy Mitchel (Minneapolis; London: University of Minnesota Press, 2000), p. 12.

3 Tejaswini Niranjana, *Siting Translation: History, Post-structuralism, and the Colonial Context* (Berkeley: University of California Press, 1992).

加以抵抗。然而，台灣人知識分子卻面臨了清朝與現代中國的民族及文化歧異（第三章）、知識分子與在地傳統文化之間的距離、以及漢人內部的階級差異（第五章、第六章），使得他們試圖據以抵抗異民族殖民統治的「民族」認同，無法具有一貫性與統一性。更重要的是，如果我們將日本人與台灣人知識分子對於漢人與日本人文化的再現，視爲同一殖民地時空下的文化產物，以對位法式的方式並置來看，可以看到雙方雖然看似站在互相對立的角度，但其實都是在全球規模的「現代性」論述當中（第一章），建構台灣漢人的「民族性」與帝國的「現代性」論述，從中確認自己做爲殖民者或被殖民者的殖民地主體。因此，台灣的殖民地主體與現代性形構過程當中的文化翻譯相關問題，無法放置在二元對立的公式當中解釋，而展現更加複雜的權力關係與曲折的現代性經驗與論述。這樣的曲折性首先挑戰的，就是西方式現代「進化」的線性發展論述。

文化人類學者費邊（Johannes Fabian）在分析人類學學科興起過程的專書《時間與他者：人類學如何製造出它的對象》（*Time and the Other: How Anthropology Makes Its Object*）當中，批判西方人類學者慣用「對同時存在之否認」（denial of coevalness），將自身與調查對象的非西方人種放置在不同的時間「進化」階段，建構爲「他者」，無視於雙方同時存在於田野調查現場之現實。[4]不同於人類學者的民族誌書寫能夠直接標榜「眞實」與「科學性」，日本人殖民者對於被殖民者民族與文化之小說再現，則必須刻意強調自身的「在場」，以無所不包的「帝國」

空間，置換殖民地的「他者」空間，藉此彌補小說文類的「虛構」性質與現實指涉之間的差距，增加其眞實性與可信度。然而，即使承認了自身與「他者」之間的同時存在，日本人殖民者仍可挪用西方現代性的普世性論述與自我民族中心主義，以現代的日本人／前現代的「支那民族」或「番族」爲不證自明的民族與文化優劣順序，進而以「現代化的不均等發展」爲由，合理化殖民者救贖蒙昧他者之文明化使命。

與此相關的是，人類學者阿薩德（**Talal Asad**）在一九八六年發表的後殖民文化翻譯理論之先驅性研究〈英國社會人類學中的文化翻譯概念〉（**"The Concept of Cultural Translation in British Social Anthropology"**），[5]提到文化翻譯中的種族不平等關係。阿薩德分析西方人類學者透過語言與文化的翻譯，試圖讀取第三世界被殖民者原住民文化深層的部分，賦予被殖民者文化一貫性。因此，西方人類學者自認爲比原住民更了解他們的文化，就像心理分析師比病患更了解其「潛意識」一樣。結果是，西方人類學者在記錄原住民的文化時，成爲「眞正的作者」

4 主要透過強調田野調查「經驗」與「報告」田野調查經驗兩者之間的時間落差。Johannes Fabian, *Time and the Other: How Anthropology Makes Its Object* (New York: Columbia University Press, 1983), pp. 25-35。

5 Talal Asad, "The Concept of Cultural Translation in British Social Anthropology," in *Writing Culture: The Poetics and Politics of Ethnography: A School of American Research Advanced Seminar*, ed. James Clifford and George E Marcus (Berkeley: University of California Press, 1986), pp. 141-64.

（real author）。日本人殖民者對於台灣人被殖民者的「前現代性」之再現當中，即可觀察到這樣的權力運作模式。日本人殖民者同樣藉由「現代化的不均等發展」，合理化文化翻譯中不證自明的種族不平等關係，使得「同時存在」的承認，不但不會危及自我民族優越性的主張，反而成爲其有力佐證。

然而，日本人做爲黃種人後進帝國，先是接受中國的漢文化傳統，繼而接受西化的現代化工程，中國與西方這兩個「正版」的文化源頭，使得日本不管是在國內的「現代的超克」課題上，或是在海外殖民地推動同化政策時，其移植與翻譯的「第二手」文明化與現代化論述，都必須面臨中國、西洋、日本三者之間文化移植翻譯與民族權力關係的問題。日本曲折的現代性與自我認同，在留學日本或中國的台灣人知識分子身上，獲得更加曲折的演繹。受過高等教育的台灣人知識分子，在挑戰日本人殖民者的自我民族中心主義與帝國意識形態的同時，很難避免地也沿襲、內化殖民者的現代性視線，透過台灣人庶民這樣的「他者」，來建構知識分子的自我認同。這些「在地人類學者」（native anthropologist）的自我民族誌書寫享有天生的權威性，然而，對於「文明」與「現代性」的無條件擁抱，使得他們用來對抗日本人殖民者帝國意識形態的台灣文化與民族性，成爲帝國論述內部建構出來的人爲產物——亦即周蕾（Rey Chow）筆下透過異民族殖民與現代化所「發現」的「原始民族」（the primitive）。[6]

誠如印度裔後殖民理論家荷米・巴巴（Homi K. Bhabha）專書《文化的位置》（*The*

Location of Culture）中的論文〈新事物如何進入世界——後現代空間、後殖民時代、以及文化翻譯的考驗〉（"How Newness Enters the World: Postmodern Space, Postcolonial Times and the Trials of Cultural Translation"）[7]指出的，殖民統治產生的文化混雜性（cultural syncretism）造成翻譯的不可能，因爲所有的異質文化，都已經無法區辨地混合在一起。同樣地，如同本書各章的討論顯示的，殖民地台灣的日台知識分子透過移植與翻譯引進的現代事物，與前殖民地時期的漢人移墾文化、日本漢文化傳統、日本做爲黃種人後進帝國的獨特位置、殖民統治下台灣在地文化的轉變、接受現代教育與思潮的台灣現代知識分子之民族與階級演繹等等，產生拮抗、回應、協商與交混，生產出獨特的混雜殖民現代性。

如同本書序章開頭所示，後殖民論述多傾向於從殖民地的語言文化拼圖當中，抽取出與其政治意識形態相符的部分小塊，或強調與中國的文化聯繫，或強調與日本的主從關係，或強調

6 Rey Chow, "The Force of Surfaces: Defiance in Zhang Yimou's Films," *Primitive Passions: Visuality, Sexuality, Ehnography, and Contemporary Chinese Cinema* (New York: Columbia University Press, 1995), p. 145. 周蕾討論張藝謀的電影作品，認爲由在地人所拍攝的民族誌電影「實際上成爲一個文化對於它自身的時間性與他性之遲延著迷」，張藝謀作品當中呈現的「中國」，「是個屬於過去的沒有時間性的中國，現代性所建構的中國」。

7 Homi K. Bhabha, "How Newness Enters the World: Postmodern Space, Postcolonial Times and the Trials of Cultural Translation," *The Location of Culture* (London; New York: Routledge, 1994), pp. 212-35.

台灣獨自的主體性，致力排除任何「污染」其本眞意義的雜質。然而，台灣的殖民現代性產生於帝國主義、殖民主義與國族主義之「間隙」當中，無法被化約爲現代／前現代、西洋／東洋、日本／台灣、日本／中國、殖民／後殖民等二元對立。我們必須將其重置於以下兩個過程之中：一個是不同物質、制度、思想與文化，透過多重的移植與翻譯互相抗衡與混合的過程，另一個則是在後殖民文脈中詮釋與流用的過程，加以審視。誠如巴巴所言，後殖民時期的文化差異，不應該只放在多元文化的共存當中來看，而是應該做爲「文化翻譯在交界處的協商」(borderline negotiation of cultural translation)，來追溯其歷史形構過程。

本書透過殖民地台灣的小說，探討日本人殖民者如何以現代物質、制度、思想與文化進行帝國意識的移植，卻又在同時，暴露其多民族帝國的混淆性質，與黃種人後進帝國面臨的「現代的超克」難題。同時，也探討了台灣人被殖民者如何在同樣的現代事物移植與翻譯當中，試圖進行民族與階級的抵抗，卻面臨種種文化與認同的分歧。重要的是，如同本書序章指出的，現代性與殖民主義具有密不可分的關係。日本絕不是如它所宣稱地，先完成本國的現代化之後，繼而向海外發展，將本國的現代化經驗移植到海外殖民地，而是透過海外殖民地與勢力圈的經營，與不同空間、民族與文化進行接觸，一方面生產出殖民地的現代性，同時也建構自身的「現代性」與「帝國」認同。在這樣的雙向過程當中，「落後」的「前現代」民族與文化，並非現代性的「欠缺」，而是構成現代性的「一部分」，同時也是現代性之「產物」。也就是說，做爲移植與翻譯的現代性形構過程，本身就是一個在帝國政經力學牽動下，多樣民族、人種、語言、文化與歷史交錯、不斷重劃疆界的「交界場域」。[8] 即使是在英法等西方老牌帝國通常被視爲「第一手」的現代性經驗上，也是如此。衆多後殖民研究顯示出，西方老牌帝國是在海外與國內的現代性移植與翻譯過程中，建構自我民族中心主義的帝國自我認同。正如印度裔歷史學者查克巴替（Dipesh Chakrabarty）呼籲後殖民研究應該「將歐洲省級化」（provincializing Europe），試圖「在現代性的歷史當中，寫入曖昧、矛盾、力量的使用、以及伴隨的悲劇與諷刺」，[9] 本書對於殖民地台灣小說文本的後殖民思考，透過生產、製造出台灣殖民現代性的雜種間隙，除了重新思考台灣與日本、中國之間的歷史關係，也希望能夠成爲破除現代性思考根源的「西洋迷咒」之出發點。

8 對於現代性做爲「交界領域」的思考，來自於我另外一篇討論沖繩八重山與殖民地台灣之間人員與物資移動經驗的論文。請參照〈做爲交界場域的「現代性」——往返於沖繩八重山諸島與殖民地台灣之間〉，《文化研究》五期（二〇〇七年十月），頁四九—八六。

9 Dipesh Chakrabarty, "Postcoloniality and the Artifice of History: Who Speaks for 'Indian' Pasts?," *Provincializing Europe: Postcolonial Thought and Historical Difference* (Princeton, N. J.: Princeton University Press, 2000), pp. 42-43.

代後記　「回歸」的旅途

這是我的第一本書，書中的論文篇章最早著手於二〇〇三年我以訪問學人身分赴美之後。不過，做為一個思考與追尋的旅途，這本書的孕育必須回溯到一九九六年我到日本留學。從每日上學途中眺望北阿爾卑斯山脈萬年殘雪的信州小鎮，到每年有上千名各國留學生入學的名古屋大學，我研究的對象也從大學時代以來心儀的村上春樹，轉變為沖繩作家目取真俊。六年的留日生涯，除了日語成為自己作夢與寫論文的語言，更具有象徵意義的，應該是從「日本文學」到與台灣更為相近的「沖繩文學」之觀點轉換。二〇〇二年回台任教之後，我很自然地以沖繩為中繼站，回歸到日治時期台灣文學研究，接著在兩年的美國訪問之中摸索主題與方向，二〇〇六年回台後，如願進入台灣文學相關系所服務。

從北到南，從日本到沖繩再到台灣，我的求學與研究歷程，不自覺地朝向自己出身的地方移動，就像是鮭魚迴游出生地產卵一樣。這雖是宿命的回歸之旅，但仍受到許多同行者有意無意的影響與指引，如果不是這些人，也許我走的路徑將有所不同。碩士班、博士班的指導教授和田敦彥與坪井秀人兩位老師採取「野放」的方針，同時積極鼓勵留學生從事與自己國家相關的研究，從外部觀看「日本文學」與「日本」，讓我開始培養獨立思考的能力，並思考研究可以如何與自身的生命產生關聯。碩士班時期的至友金銀珠、博士班時期的酒友朴光賢與淺野卓夫，在無數次的把酒言歡之中，刺激了我對東亞、殖民與後殖民等議題的思考。在沖繩進行田野調查的時期，沖繩縣立藝術大學久万田晉老師將我納入藝大研究與玩樂的網絡當中，讓我得以融入當地的生活。如果說我的留日經驗讓我得以摸索出從台灣觀看日本的批判性視野，很大部分要感謝這些在日本結識的師友。

回到台灣之後，台灣文學界的諸位前輩從不吝於給予鼓勵與支持。研討會論文發表時的討論人李承機、星名宏修、劉恆興、陳建忠、蘇碩斌、柳書琴、紀駿傑等諸位前輩，以及論文投稿期刊時的匿名審查，針對各篇論文給予懇切的建議。最重要的，還是近四年來中興大學提供的優良研究與教學環境。從蕭介夫校長、林富士院長、邱貴芬所長到中興大學台文所的諸位老師與助理，都提供了最佳的資源與支持。另外要特別感謝王德威老師將這本書納入麥田人文系列，以及胡金倫先生專業的編輯協助。

對家人的感謝照例留在最後——但也是最深切的。從大二相識以來便無條件支持我的振哲、童言童語讓我工作壓力盡拋腦後的晨翰，是我最重要的感情支持。來自台北婆家、台東娘家，以及台中的奶媽葉媽媽一家實質與情感上的支持，使我得以兼顧工作與家庭。家人對於學術研究並不了解，但這絲毫不影響他們對我的關心與愛。最後的最後，僅以此書獻給我的父親在天之靈。從解嚴前後便成爲後山少數的本土派，他對我的影響是無形但深遠的。

論文初出一覽

序章　民族國家「間隙」中台灣的現代性形構

第一章　現代世界體系下的「台灣」——殖民地台灣的民族與階級論述，一九二〇—一九三七

「跨領域對談：全球化下的台灣文學與文化研究研討會」宣讀論文，國立成功大學台灣文學系主辦，台南：國立台灣文學館，二〇〇七年十月二十六—二十七日。

第二章　越界書寫——一九二〇年代台灣現代小說的誕生

原題〈越界書寫——一九二〇年代台灣雜誌與現代小說的誕生〉，「台灣文學傳播全國學術研討會」宣讀論文，國立中興大學台灣文學研究所主辦，台中：國立中興大學，二〇〇六年五月十二—十三日；後收入徐照華主編，《台灣文學傳播全國學術研討會論文集》（台中：國立中興大學台灣文學研究所，二〇〇六），頁三〇二—二五。

第三章　混淆的帝國、歧義的民族——西川滿〈台灣縱貫鐵道〉與朱點人〈秋信〉

原題〈帝國主義、國族主義、「現代」的移植與翻譯——西川滿《臺灣縱貫鐵道》與朱點人〈秋信〉〉，刊載於《中外文學》三三卷一一期（二〇〇年四月），頁一一一—四〇。

第四章　空間置換與故鄉喪失的現代性經驗——殖民地台灣小說中的旅/居書寫

「樂・生・怒・活：二〇〇八年文化研究會議」宣讀論文，中國文化大學大眾傳播系、文化研究學會主辦，台北：中國文化大學，二〇〇八年一月五—六日；

教育部「邁向頂尖大學計畫」（中興大學文學院九十六學年度「燎原」專案個人型計畫）補助成果。

第五章　在地口傳的殖民演繹——「書寫」阿罩霧林家傳聞

「第三屆敘事學國際研討會：敘述過去的聲音：民間文學、口述歷史、田野調查」宣讀論文，國立中興大學文學院燎原「跨越國境線」整合型計畫，台中：國立中興大學，二〇〇八年十月四—五日；

教育部「邁向頂尖大學計畫」（中興大學文學院九十七學年度「燎原」專案整合型計畫）補助成果。

第六章　「小說化」在地的悲傷：皇民化時期台灣喪葬習俗的文學再現

"Fictionalizing Indigenous Mourning: Taiwanese Funerals Under Japanese Imperialization," *Positions: East Asia Cultures Critique* 16.2 (Fall 2008): 279-303.

終章　做爲「移植」與「翻譯」的現代性

Edited by David D. W. Wang,
Professor of Chinese Literature, Harvard University.
Published by Rye Field Publications, a division of Cité Publishing Ltd.
11F., No. 213, Sec. 2, Xinyi Rd., Zhongzheng District, Taipei City 100, Taiwan.

麥田人文 126
「現代」的移植與翻譯：日治時期台灣小說的後殖民思考
The Transplantation and Translation of "Modern":
Postcolonial Thinking in Colonial Literature from Taiwan

作　　者　朱惠足（Huei-chu Chu）
選書企畫人　陳蕙慧、胡金倫
責 任 編 輯　胡金倫
主　　編　王德威（David Der-wei Wang）

總 經 理　陳蕙慧
發 行 人　凃玉雲
出　　版　麥田出版
城邦文化事業股份有限公司
100台北市中正區信義路二段213號11樓
電話：（886）2-2356-0933　傳眞：（886）2-2351-6320；2-2351-9179
發　　行　英屬蓋曼群島商家庭傳媒股份有限公司城邦分公司
104台北市中山區民生東路二段141號2樓
客服服務專線：(886) 2-2500-7718；2500-7719
24小時傳眞專線：(886) 2-2500-1990；2500-1991
服務時間：週一至週五上午09:00~12:00；下午13:00~17:00
劃撥帳號：19863813；戶名：書虫股份有限公司
讀者服務信箱：service@readingclub.com.tw
麥田部落格　http://blog.pixnet.net/ryefield
香港發行所　城邦（香港）出版集團有限公司
香港灣仔駱克道193號東超商業中心1樓
電話：(852) 2508-6231　傳眞：(852) 2578-9337
E-mail：hkcite@biznetvigator.com
馬新發行所　城邦（馬新）出版集團【Cité (M) Sdn. Bhd. (458372U)】
11, Jalan 30D / 146, Desa Tasik, Sungai Besi, 57000 Kuala Lumpur, Malaysia.
電話：（60）3-9056-3833 傳眞：（60）3-9056-2833
印　　刷　前進彩藝有限公司
初 版 一 刷　2009年8月10日

售價：360元
ISBN：978-986-173-541-2

國家圖書館出版品預行編目資料

「現代」的移植與翻譯：日治時期臺灣小說的後殖民思考＝The transplantation and translation of "modern" : postcolonial thinking in colonial literature from Taiwan / 朱惠足著. -- 初版. -- 臺北市：麥田, 城邦文化出版：家庭傳媒城邦分公司發行, 2009.08

面；　公分. -- (麥田人文：126)

ISBN 978-986-173-541-2 (平裝)

1. 臺灣小說　2. 後殖民主義　3. 文學評論　4. 日據時期

863.27　　98012321

cité 城邦 麥田出版

Rye Field Publications
A division of Cité Publishing Ltd.

廣 告 回 函
北區郵政管理局登記證
台北廣字第000791號
免 貼 郵 票

英屬蓋曼群島商
家庭傳媒股份有限公司城邦分公司
104 台北市民生東路二段141號2樓

▼

請沿虛線折下裝訂，謝謝！

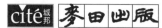

讀者回函卡

謝謝您購買我們出版的書。請將讀者回函卡填好寄回，我們將不定期寄上城邦集團最新的出版資訊。

姓名：________________ 電子信箱：________________

聯絡地址：□□□ ________________

電話：（公）________________ 分機 ____ （宅）________________

身分證字號：________________（此即您的讀者編號）

生日：____年____月____日　性別：□男　□女

職業：□軍警　□公教　□學生　□傳播業　□製造業　□金融業　□資訊業　□銷售業

□其他 ________________

教育程度：□碩士及以上　□大學　□專科　□高中　□國中及以下

購買方式：□書店　□郵購　□其他 ________________

喜歡閱讀的種類：（可複選）

□文學　□商業　□軍事　□歷史　□旅遊　□藝術　□科學　□推理　□傳記

□生活、勵志　□教育、心理　□其他 ________________

您從何處得知本書的消息？（可複選）

□書店　□報章雜誌　□廣播　□電視　□書訊　□親友　□其他 ________________

本書優點：（可複選）

□內容符合期待　□文筆流暢　□具實用性　□版面、圖片、字體安排適當

□其他 ________________

本書缺點：（可複選）

□內容不符合期待　□文筆欠佳　□內容保守　□版面、圖片、字體安排不易閱讀

□價格偏高　□其他 ________________

您對我們的建議：________________

____

____